Dieses Buch basiert auf dem Drehbuch
›The Resistance Origin‹
von Christoph E. T. Muhr aus dem Jahr 2012.

Sie möchten dem Autor dieses Buches ein persönliches Feedback geben, oder weitere Informationen über zukünftige Projekte direkt aus erster Hand erfahren?

Dann besuchen Sie ihn einfach auf seiner Homepage oder folgen ihm auf Facebook oder Twitter:

www.alienus-resistance.net
www.twitter.com/ChristophETMuhr
www.facebook.com/ChristophETMuhr

BoD™
BOOKS on DEMAND

CHRISTOPH E.T. MUHR

ALIENUS

OPERATION ENDOGEN

Bibliografische Information der Deutschen Nationalbibliothek: Die Deut-
sche Nationalbibliothek verzeichnet diese Publikation in der Deutschen
Nationalbibliografie;
detaillierte bibliografische
Daten sind im Internet über www.dnb.de abrufbar.

2. Auflage 2014
© 2014 Christoph E. T. Muhr
Lektorat: Inge Muhr
Umschlaggestaltung, Layout und Satz: Annika Thierbach
Cover-Grafik: © Ig0rZh – www.fotolia.com
Herstellung und Verlag:
BoD - Books on Demand, Norderstedt

ISBN: 978-3-7347-3671-1

Vielen Dank an meine Eltern,
Inge und Annika für ihre
großartige Unterstützung!

PROLOG

EIN FUNKEN HOFFNUNG

Müde wischte er mit dem Schwamm über die Tafel. Sein Trommelfell wurde vom quietschenden Geräusch eines wippenden Stuhls gequält. Ein kurzer Blick über die Schulter reichte aus, um den unerträglichen Tönen ein Ende zu bereiten.

Unbarmherzig ertränkte er den Schwamm in einem halbleeren Eimer Wasser und ließ sich anschließend seufzend in seinen gepolsterten Stuhl sacken. Mit verschränkten Armen steckte er seine Nase tief in ein Buch auf seinem Pult und studierte den Lehrplan.

Ein Schüler wackelte vor Langeweile an seinem letzten Milchzahn herum. Ein anderer naschte von seinem Pausenbrot. Selbst Matti, die sonst so aufgeweckte Klassenratte, gab keine Töne von sich und saß erwartungsvoll in ihrem Käfig.

Plötzlich kullerte ein Zahn über den Boden. Der Lehrer, aus seinem Trancezustand gerissen, schaute ruckartig auf und suchte kurz nach Orientierung. Die Schüler zuckten zusammen.

Gelassen atmete er noch einmal tief durch, schob seinen Stuhl nach hinten, richtete seinen alten Körper auf und setzte sich gemütlich in Bewegung.

In der Mitte der Tafel angekommen, drehte er sich zur Klasse, hob seinen Arm und zeigte auf den nach seinem Zahn greifenden Schüler.

»Du!«, hallte es durch den Klassenraum. Ertappt schnappte sich der Schüler beherzt seinen Zahn und stieß sich auf dem Rückweg seinen Kopf.

»Ja, bitte?«, erwiderte er, den Kopf reibend.

»Was möchtest du später einmal werden?«

»Ich?«, überlegte der Schüler kurz. »Ich möchte gerne ein Arzt werden.«

»Ein Arzt? Zahnarzt wäre wohl passender«, erwiderte der Lehrer trocken.

Die Schüler kicherten. Nun schweifte sein Blick ab auf eine Schülerin, welche gerade damit beschäftigt war Matti mit ein paar Beeren zu füttern.

»Und was ist mit dir, meine liebe Tierfreundin?«

»Tierpflegerin«, äußerte sie verlegen und errötete.

»Wie unerwartet«, antwortete der Lehrer mit einem Ton, der ironischer nicht hätte sein können.

Achtsam wanderte er durch die Sitzreihen, gelangweilt von den bisherigen Aussagen. Dann grinste er kurz. Sein Interesse war auf Tremor gefallen, einen sehr verschlossenen Schüler, dessen Freunde man problemlos an einer Hand abzählen konnte.

»Tremor«, sagte der Lehrer, setzte sich auf eine Tischkante und verschränkte seine Arme. »Wie sieht es mit dir aus? Was strebst du an, wenn du groß bist?«

Auch die Schüler wurden nun aufmerksam, hatten die meisten doch noch kaum ein Wort mit dem Außenseiter gewechselt.

Tremor war weder hässlich noch dumm, ganz im Gegenteil. Er war seinem Alter bereits weit voraus.

Doch ließen ihn seine Schüchternheit und Weitsicht schnell zum Einzelgänger werden.

Tremor schaute unbeholfen zum Lehrer hoch. Er ahnte bereits, was ihm bevorstand, wenn er mit der Wahrheit herausrücken würde. Er zögerte. Doch dann erinnerte er sich an seinen verstorbenen Großvater, welcher immer zu seiner Meinung stand, vollkommen unabhängig davon, wie viele für oder gegen ihn waren.

Er bewunderte seinen Großvater sehr. Groß, stark, selbstbewusst und konfliktfreudig. Eben all das, was er nicht war. So dachte er jedenfalls.

Tremor ballte seine Fäuste. Dann antwortete er leise: »Ich möchte zur See fahren.«

»Du möchtest was?«, hakte der Lehrer nach.

»Seefahrer!«, rief Tremor entschlossen.

In der Klasse wurde es totenstill. Ungläubig und mit einem leichten Grinsen schaute der Lehrer auf Tremor, doch konnte er an seinem Blick schnell erkennen, dass es ihm ernst war.

Plötzlich kicherte jemand in den hinteren Reihen und löste dadurch eine ganze Lawine an Gelächter aus, die nun auf Tremor einbrach. Auch der Lehrer konnte seine Emotionen kaum im Zaum halten und rang nach Fassung.

»Seefahrer. So etwas gibt es doch gar nicht«, schmunzelte der Lehrer spöttisch.

»Doch! Mein Großvater war einer!«, verteidigte er sich energisch. »In seiner Jugend bereiste er alle Ozeane und lernte Dutzende Länder, Sprachen und Kulturen kennen. Und genau das möchte ich auch!«

Je mehr er sich gegen die Meinung seines Lehrers auflehnte, desto lauter wurde das Gelächter seiner Mitschüler.

Unerwartet schnell fasste sich der Lehrer wieder. Es sah so aus, als hätte etwas schlagartig Besitz von ihm ergriffen.

»Früher, da war die Welt noch in Ordnung«, murmelte er vor sich hin. »Aber heute?«

Längst verbannte Erinnerungen plagten ihn. Es dauerte eine Weile, bis seine Augen wieder klar wurden. Sein Blick führte zu Tremor. Mit einer trockenen und sachlichen Stimme knüpfte er an: »Schlag dir das aus dem Kopf, Kleiner. Diese Zeiten sind vorbei. Ein für alle Mal.«

Papierkugeln flogen auf Tremor. Der Lehrer ermahnte die Werfer und versuchte, die nun tobende Masse wieder zu beruhigen. Doch Tremor scherte es nicht, er bekam von all dem bereits nichts mehr mit.

In Gedanken versunken, starrte er aus dem Fenster. Es war kurz vor halb elf. Ein Schwarm Vögel würde jeden Augenblick über die Stadt in Richtung Hafen fliegen. Und da waren sie auch, wie jeden Tag um halb elf.

Er wünschte sich so sehr, sie würden einmal nicht auftauchen, oder zumindest eine andere Choreographie fliegen. Doch hatte die Gemeinde kein Geld für weitere Updates. So gab es nur eine Frühlings-, Sommer-, Herbst- und Winterversion.

Tremor fühlte sich wie ein Inhaftierter. Und das war er im Grunde auch. Umgeben von einem Meter dicken Stahlbeton, begraben unter siebenundachtzig Meter staubtrockenen Erdmassen.

Auf der Oberfläche erstreckte sich eine Wüstenlandschaft. Kahle, felsige Berge und Sand, soweit das Auge reichte. Die Sonne brannte. Die Luft flimmerte. Hinter einer Bergkuppe befand sich eine riesige, einst blühende Metropole, halb verschlungen vom rauen Wüstensand.

›Eine Stadt mit Zukunft‹, wie man zu sagen pflegte. Wie gigantische Stalaktiten ragten die Hochhäuser aus dem Wüstensand, doch die Fassaden bröckelten. Kleinere Wirbelstürme fegten über die ehemalige Strandpromenade. Ein altes Karussell drehte sich quietschend im Wind. Im Hafen rosteten Schiffe vor sich hin. Ein Meer suchte man vergebens. Fischknochen zierten die Felsen.

Plötzlich ein lautes Klirren, das so schnell verstummte, wie es gekommen war. Es kam aus einem ehemaligen Supermarkt. Eine leere Glasflasche war aus einem Regal gefallen und auf dem Boden zerbrochen. Einfach so. Oder gab es etwa noch Leben in dieser trostlosen Einöde?

Am Horizont tauchte ein graues Objekt auf, welches sich bedrohlich schnell näherte. Es war ein Raumschiff. Kein großes. Es bot gerade einmal genug Platz für eine Handvoll Männer.

Es drosselte seine Geschwindigkeit, flog über den alten Marktplatz und setzte einige hundert Meter weiter zwischen ein paar völlig vertrockneten Bäumen zur Landung an. Die Turbinen wirbelten den Sand unter sich fort, unter dem ein großer Brunnen zum Vorschein kam. Er spaltete sich wie von Geisterhand langsam in zwei Hälften.

Darunter verbarg sich ein tiefer Schacht, welcher nur spärlich von roten Lämpchen und der Sonne ausgeleuchtet wurde. Die fliegende Büchse bahnte sich ihren Weg hinunter. Die Luke schloss sich. Es dauerte nicht lange, da holte sich der Sand wieder, was ihm genommen wurde.

Wenige Augenblicke später stoppte das Raumschiff erneut. Eine zweite Schleuse machte ein Weiterkommen unmöglich. Kurz darauf öffnete auch sie sich, begleitet von einem plärrenden Alarm.

Unter ihr befand sich eine große, schwach beleuchtete Halle. Sand rieselte hinein. Das Raumschiff bereitete sich auf die Landung vor. Schatten huschten umher. Eine hallende Sprechanlage ertönte und jemand gab, mit einer rauen Stimme, den Befehl, die zweite Eisenluke wieder zu schließen.

Das stählerne Ungetüm setzte elegant am Boden auf, Dampf schoss aus seinen hydraulischen Stoßdämpfern, die Verriegelungen der Luke hakten ein, der Alarm verschwand, die roten Lämpchen erloschen. Für einen kurzen Augenblick war es still und stockfinster.

Begleitet von furchteinflößenden, einem Donner ähnlichen Geräuschen, schalteten sich überall mächtige Scheinwerfer ein, welche die Halle taghell ausleuchteten. Die Gestalten entpuppten sich als Soldaten. Einige liefen zum Schiff.

Mit einem lauten Zischen öffnete sich eine schmale Klappe am Raumschiff. Rekan eilte heraus. Bewaffnet mit einer schweren Mappe, begrüßte er den Kommandanten, welcher sich kurz zuvor mit zwei Soldaten vor dem Schiff aufgestellt hatte.

Dass Rekan völlig aus dem Häuschen war, blieb auch den anderen Soldaten nicht lange verborgen.

Was auch immer sie dort besprachen, schien von äußerster Wichtigkeit zu sein.

So war es natürlich nicht verwunderlich, dass einige der Grünliebhaber versuchten zu lauschen. Ehe sie sich jedoch in Reichweite begeben konnten, war das Gespräch bereits beendet und Rekan durch die angrenzende Doppeltüre verschwunden.

Auch ihr Vorgesetzter war nun aufgebracht. Er ignorierte die Anfrage eines neugierigen Untergebenen, ging strammen Schrittes in sein Büro, knallte die Tür hinter sich zu und griff hektisch zum Telefon.

Rekan marschierte durch einen gut bewachten nicht enden wollenden Tunnel, welcher schließlich in eine mehrstöckige Halle enormer Größe mündete. Ihr Flächeninhalt umfasste zwei Dutzend Fußballfelder.

Umspannt mit einer imposanten Glaskuppel, wirkte alles offen, hell und freundlich. Der Himmel über der Kuppel leuchtete türkis, die Sonne strahlte. Überall zierten Blumenbeete und Springbrunnen den Raum. Eine ruhige Melodie erklang im Hintergrund.

Es hatte etwas Harmonisches an sich, doch bei genauerem Hinsehen offenbarte sich das Trugbild. Die Blumen waren aus Kunststoff, der Himmel eine Computeranimation und das Wasser hochgradig toxisch.

Trotz der Größe des Raumes fand man kaum eine freie Stelle. Überall wimmelte es nur so von Menschen, die chaotisch hin und her liefen und sich wie Ameisen verständigten. Es fühlte sich an, als befände man sich in einem modernen Kaufhaus, nur war alles wesentlich größer.

Rekan stürzte sich ins Getümmel, vorbei an Geschäften, Büros, Vergnügungsräumen, öffentlichen Bädern und unzähligen Schlafkammern.

Abseits des Kuppelbaus gab es in einem gesonderten Bereich auch Wohnungen. Diese wurden jedoch nur Mitgliedern des Militärs und Beamten bereitgestellt.

Als Zivilist gab es keine Möglichkeit der Privatsphäre, wenn man nicht das passende Kleingeld und die nötigen Beziehungen hatte. Es war eine regelrechte Stadt im Untergrund.

Ein Schulgong ertönte. Ehe sich Rekan versah, fiel er bereits über den ersten Dreikäsehoch, der aus dem Klassenraum stürmte. Rekan half dem Schüler hoch. Es war Tremor.

»Alles okay bei dir?«, fragte Rekan fürsorglich, doch in Eile.

Tremor nickte verlegen. Rekan lächelte und setzte seinen Weg fort. Dann erkannte Tremor erst, mit wem er es zu tun hatte.

»Ist Papa auch wieder zurück?!«, rief er ihm euphorisch nach.

Rekan drehte sich während des Gehens um.

»Ja. Er dürfte aber noch im Hangar drei sein.«

Tremor strahle über das ganze Gesicht. Das ließ er sich nicht zwei Mal sagen und rannte schnell nach Hause.

Mittlerweile hatte Rekan die Halle am anderen Ende wieder verlassen und betrat einen abgesicherten Bereich, der für die Öffentlichkeit unzugänglich war.

Schwer bewaffnete Soldaten bewachten ihn und patrouillierten durch die einzelnen Räume und Gänge. Kameras und massive Türen wohin das Auge reichte. Kurz vor seinem Ziel versperrte ihm ein Soldat den Weg und forderte ihn auf sich auszuweisen.

Rekan kramte in seiner Weste, während ein zweiter Soldat im Hintergrund telefonierte. Obwohl Rekan seinen Ausweis vorzeigte, wurde er vom Soldaten nicht akzeptiert.

»Sie haben hier nichts zu suchen, Soldat. Verschwinden Sie auf der Stelle«, mahnte der Soldat.

»Aber ich muss zum Präsidenten! Hat man Sie denn nicht informiert?«, fragte Rekan entsetzt.

Kompromisslos machte der Soldat seine Waffe scharf und richtete sie auf den verwunderten Rekan. Er verstand und wollte gerade gehen, da legte der Soldat im Hintergrund den Hörer auf.

»Lass ihn passieren. Er hat die Autorität bekommen.«

Der erste Soldat sicherte seine Waffe wieder und trat zur Seite. Rekan stieß bis zum zweiten Soldaten vor.

»Private Rekan?«, fragte der andere Soldat.

»Der bin ich«, und er zeigte seinen Ausweis erneut.

»Warten Sie hier bitte einen Augenblick.«

Er verschwand durch eine Sicherheitstüre. Dahinter befand sich ein Konferenzraum, dekoriert mit künstlichen Pflanzen und alten Gemälden. In der Mitte ein großer Tisch mit abgerundeten Ecken, der auf Hochglanz poliert worden war.

Rundherum saßen die wichtigsten Köpfe der Nation. Die Vertreter des Militärs, der Wirtschaft, der Religion, der Wissenschaft und natürlich der Präsident höchstpersönlich.

Im Gegensatz zu den anderen saß er nicht auf einem simplen Holzstuhl mit ausgefransten Sitzkissen, sondern auf einem gepolsterten Lederstuhl mit Massagefunktionen.

Hinter ihm schmückten zwei prächtig gestaltete Fahnen und ein gerahmtes Bild von ihm die Wand.

»[...] Das Erdreich ist mittlerweile durch unter anderem monotone Bepflanzung so nährstoffarm, dass wir 6,3% mehr Kunstdünger und Chemikalien brauchen, als es noch vor einem dreiviertel Jahr der Fall gewesen ist. Außerdem hat sich die Qualität unserer Lebensmittel durch den massiven Einsatz der Chemikalien drastisch verschlechtert. Es gibt Gewächshäuser, in denen ein so hoher Schadstoffanteil in der Nahrung nachgewiesen wurde, dass es ein Wunder ist, dass nicht noch mehr von uns erkrankt sind«, berichtete der Wissenschaftsführer empört.

»Wie lange wird es Ihrer Auffassung nach noch möglich sein, Nahrungsmittel unter Tage anbauen zu können?«, fragte der Präsident besorgt.

Der Wissenschaftsführer zog einen Taschenrechner aus dem Ärmel und hämmerte wild darauf herum.

»Gemessen an unserer Bevölkerung ungefähr fünfzehn Jahre. Jedoch werden bis dato sehr viele von uns an den Folgen des hohen Schadstoffanteils lebensgefährlich erkrankt oder gestorben sein.«

Aufbrausend klatschte der Militärführer seine Hände auf den Tisch und stand überstürzt auf, wodurch sein Stuhl umfiel.

»Da hören Sie es, Herr Präsident! Wir müssen handeln, unverzüglich!«

»Ach, hören Sie bloß damit auf, Sie Wahnsinniger! Wir können doch nicht unsere Bevölkerung umbringen, nur um unsere eigene Lebenserwartung künstlich zu steigern. Wir haben nicht das Recht, Gott zu spielen. Wir haben schon zu viele unserer Mitmenschen verloren. Der Herr wird uns schon aus der Patsche helfen«, sprach der Religionsführer überzeugt.

»Ihr Gott kann mir gestohlen bleiben. Es geht hier ums nackte Überleben. Entweder sterben alle oder nur ein Teil von uns. Da ist es ja wohl klar, was sinnvoller ist. Manchmal kommt man eben nicht drum herum Opfer zu bringen. Herr Präsident, ich appelliere an Ihre Vernunft. Geben Sie mir die Erlaubnis.«

»Ohne Ihr dämliches Militär wären wir doch nie in diese aussichtslose Situation gekommen«, provozierte der Religionsführer.

»Wir sind das Schwert, aber nicht die Hand, die es führt«, konterte der Militärführer, woraufhin der Religionsführer verstummte.

»Sir? Ich erwarte Ihre Entscheidung.«

Der Präsident kehrte tief in sich. Ihm fiel es nicht leicht, über das Leben so vieler zu urteilen. Doch er musste etwas unternehmen. Daran bestand kein Zweifel. Die Zeit arbeitete gegen ihn. Er musste jetzt handeln, wenn er noch etwas retten wollte. Er schaute auf ein kleines Bild auf seinem Tisch. Darauf war eine junge Frau zu erkennen.

»Nun«, schnaubte er, »unter diesen Umständen sehe ich keine andere Alternative, als Ihnen zuzustimmen.« Entsetzt wollte ihn der Religionsführer unterbrechen, doch der Präsident bemerkte es und wurde lauter. »Auch wenn es mir wirklich nicht leicht fällt«, betonte er, in die Richtung vom Religionsführer schauend, »aber hiermit genehmige ich

Ihnen ...« Siegessicher schaute der Militärführer zum Religionsführer, da wurde der Präsident plötzlich vom Soldaten unterbrochen, welcher Rekan gebeten hatte, draußen zu warten.

Er flüsterte ihm etwas ins Ohr. Der Präsident schaute ihn verwundert an und nickte. Daraufhin verließ der Soldat wieder den Raum.

»Aufklärungstrupp Z7 Delta ist zurückgekehrt und hat wohl wichtige Neuigkeiten für uns. Hören wir sie zuerst noch an. Dann fahren wir fort«, sprach der Präsident irritiert.

Kurz darauf klopfte es an der Tür.

»Herein.«

Private Rekan betrat leicht nervös den Raum. Er hatte noch nie zuvor die Ehre gehabt, mit dem Präsidenten zu sprechen.

»Entschuldigen Sie die Störung, Herr Präsident, aber es ist dringend. Erbitte sprechen zu dürfen«, sagte er förmlich.

»Erlaubnis erteilt.«

»Aufklärungstrupp Z7 Delta meldet, einen bewohnbaren Planeten in einem anderen Sonnensystem ausgemacht zu haben.«

Jubel brach bei den Führungskräften aus. Nur der Militärführer hielt seine Freude in Grenzen.

»Sehen Sie? Es geht nichts über den Glauben. Gott hat uns ein Wunder geschenkt«, sagte der Religionsführer zum Militärführer, welcher nur herablassend gestikulierte.

»Jedoch wurden außerirdische Bewohner erspäht und der Planet droht durch jene überbevölkert und zerstört zu werden«, fuhr Rekan fort.

Der Militärführer grinste zum Religionsführer welcher ihm beleidigt den Rücken zukehrte. Rekan präsentierte seine Mappe, die er die ganze Zeit bei sich trug.

»In diesem Dokument stehen alle bisherigen uns bekannten Informationen über den Planeten und seiner Bewohner.«

Rekan trat vor und übergab dem Präsidenten das Dokument.

»Vielen Dank.«

»Herr Präsident.«

Nach einem militärischen Gruß verließ Rekan den Konferenzraum. Der Präsident schaute ihm noch eine Weile nach, dann drehte er sich voller Zuversicht zu den anderen.

»Na, das sind doch endlich mal gute Neuigkeiten. Das eröffnet uns natürlich vollkommen neue Wege und Möglichkeiten. Ich werde jedem von Ihnen eine Kopie anfertigen lassen und nächste Woche beraten wir uns dann darüber, wie wir weiter vorgehen werden. Guten Tag, meine Herren«, verabschiedete sich der Präsident und verließ fröhlich den Raum durch das Hinterzimmer.

KAPITEL 1

UNTER VERDACHT

Zehn Jahre später. Wir schreiben das Jahr 2012.

Langsam aber kontinuierlich löste sich die lieblos gekleisterte Tapete wieder von der Wand. Die anderen waren immer noch kahl. Der Tapeziertisch stand sich die Beine in den Bauch, während der offene Eimer Kleister trocknete.

Ein paar aufgerissene Kartons, in denen sich allerlei befand, standen neben einer alten Couch. Vor der Sitzgelegenheit befand sich ein kleiner Glastisch, auf dem sich die Wollmäuse schon lange ›Gute Nacht‹ sagten.

Dahinter, auf einem Stapel zerknitterter Zeitschriften ein Fernseher, in dem gerade der Wetterbericht für die kommenden Tage lief.

»[...] Am Freitag kommt es dann wieder zu Wärmegewittern, mit viel Regen und schwüler Luft, bei Temperaturen von um die 36°Grad. Soweit vom Wetter, ich gebe zurück ins Studio, zu Simone Krüger.«

»Danke, Sarah. Er hat erneut zugeschlagen. Der mysteriöse Mörder von Jamestown.«

Matthew betrat den Raum. Er war gerade damit beschäftigt, seine Uhr anzulegen. Routiniert verdeckte er die Joghurtkleckse von letzter Woche, die sich mittlerweile vermehrt hatten, mit einem Kissen, setzte sich und hörte interessiert zu.

»Heute Morgen entdeckte eine Joggerin einen Leichnam mitten im Wald in der Nähe der Black Hills. Bisher gibt es noch keinerlei Hinweise auf den Täter. Die ansässige Bevölkerung ist schockiert. Das einzige, was wohl mit Sicherheit angenommen werden kann, ist, dass es sich wieder um denselben Täter handeln muss, da das Opfer, wie auch schon die Opfer zuvor, merkwürdige Verbrennungen aufweist. Selbst die Polizei ist ratlos.«

Nun wurde ein aufgezeichnetes Interview mit der besagten Joggerin gezeigt.

»Wissen Sie, ich hatte bereits während des Joggens das Gefühl, beobachtet zu werden. Ich bin mir sicher, dass der Mörder noch in der Nähe gewesen sein muss. Und dann stieß ich plötzlich auf den Toten. Es war so furchtbar! Ich rief gleich die Polizei an. Sein halbes Gesicht war von Verbrennungen entstellt. Seine Augen aufgerissen. Sie starrten mich an! Können Sie sich das vorstellen? Mir zittern jetzt noch die Hände. Ich hätte nie gedacht, dass so etwas ausgerechnet mir einmal passieren würde«, erzählte die Joggerin aufgelöst.

Ein Anruf unterbrach Matthew. Er stellte den Fernseher leiser und griff zu seinem Handy.

»Ja?«

»Ey, Alter! Wo bleibst du? Der Bus kommt in zwei Minuten. Beeile dich. Sonst kommst du wieder zu spät«, mahnte Steve, ein guter Freund und Klassenkamerad von Matthew.

»Verdammt! Wie schnell die Zeit immer vergeht. Bis gleich!«

In den Nachrichten hatte mittlerweile wieder die Nachrichtensprecherin übernommen.

»Eine Tragödie. Das ist nun schon das dreizehnte Opfer binnen zwei Monaten.«

Matthew schaltete den Fernseher aus, hängte eilig seine Tasche um und rannte aus der Wohnung. So schnell, dass das Schloss seiner Wohnungstüre erst zu fiel, als er bereits unten aus der Haustüre stürmte.

Im Bus steckte Steve sein Handy in seine Hosentasche und schüttelte den Kopf. Neben ihm saß Kevin, ein weiterer Klassenkamerad.

»Fünf Euro darauf, dass er es wieder nicht schafft«, schlug Kevin vor.

»Die Wette steht«, antwortete Steve.

Beide gaben sich die Hand.

Matthew rannte so schnell wie ihn seine Beine tragen konnten. Nur noch einmal am Ende der Straße links, und er hatte es geschafft. Doch dann sah er bereits den Bus kommen. Er entschied sich dazu, über ein anliegendes Grundstück abzukürzen.

Mit einem beherzten Sprung hechtete er durch eine Hecke, die das Anwesen umgab. Ein ansässiger Pudel wurde auf den Eindringling aufmerksam und jagte ihm mutig kläffend hinterher. Auf der anderen Seite angekommen, tat Matthew dasselbe noch mal. Mit breiter Brust stolzierte der Pudel zurück auf seinen Platz.

Der Bus stand nun direkt vor Matthew, doch hatte er seine Türen bereits wieder geschlossen und fuhr weiter. Frustriert spuckte Matthew ein Blatt aus.

»Verdammt!«, fluchte Steve.

»Wenigstens hat er das Frühstücken nicht vergessen!«, lachte Kevin. »Her mit der Kohle!«

Steve kramte in seinem Portmonee und holte einen fünf Euro Schein heraus.

»Kannst du nicht darauf verzichten, unter Freunden?«

»Natürlich«, antwortete Kevin mit einer Selbstverständlichkeit.

»Wirklich?«, fragte Steve verwundert, der ihn so nicht kannte.

»Nö«, grinste er unbarmherzig und riss Steve gierig den Schein aus der Hand.

Der Bus kam in der Nähe einer Schule an. Steve und Kevin stiegen mit einem Dutzend anderer Schüler aus und gingen über den Schulhof in Richtung Haupteingang. Da stieß Kevin Steve an.

»Hey, sieh mal. Da kommt dein Täubchen.«

»Sie ist nicht mein Täubchen und nenne sie nicht so!«, antwortete Steve entsetzt mit gerötetem Kopf.

»Wer es glaubt«, antwortete Kevin spöttisch.

»Hi, Steve, Tag, Kevin«, grüßte Kathy.

Steve grinste nur.

»Morgen, Kathy und hallo, meine Kleine«, grüßte Kevin zurück und umarmte und küsste Mary, welche mit Kathy zusammen gekommen war.

»Wo ist denn Matthew?«, fragte Kathy Steve.

»Ja, ich will«, antwortete Steve.

»Was willst du?«, fragte Kathy verwirrt.

»Ähm, was?«, fragte Steve, aus seinen Gedanken gerissen.

»Matthew, wo ist er?«, fragte Kathy erneut.

»Welcher Matthew?«, fragte Steve schockiert.

»Na Matthew. Dein Freund und mein Bruder, mit dem du schon seit Jahren eine Klasse besuchst«, antwortete Kathy schmunzelnd.

»Ach Matthew, der ... der ... ähm ...«, stotterte Steve.

»Ja?«, hakte Kathy geduldig nach.

»Der hat mal wieder den Bus verpasst«, rief Kevin dazwischen.

Die Schulglocke ertönte. Die Gruppe begab sich nach drinnen. Kevin und Steve gingen vorweg. Kathy und Mary folgten ihnen.

»Ich kann es nicht glauben«, sagte Kathy entsetzt.

»Was glaubst du nicht?«, fragte Mary.

»Mein Bruder, er ist schon wieder zu spät.«

»Und das bekümmert dich? Er kommt doch nie pünktlich.«

»Eben, genau deshalb. Das läuft jetzt schon seit Monaten so ab, dabei war er doch früher immer so ein disziplinierter Mensch. Weißt du noch?«

»Jetzt, wo du es ansprichst«, überlegte sie, »nach ihm konnte man die Uhr stellen. Aber das ist schon eine halbe Ewigkeit her. Mach dir darüber keinen Kopf. Das ist sicher nur so eine pubertäre Phase. Das legt sich schon wieder.«

»Pubertäre Phase? Sollte er da nicht schon lange raus sein? Außerdem haben sich seine Noten deutlich verschlechtert.«

»Vielleicht hat es ja mit seinem Auszug von Zuhause zu tun. Jetzt wo er auf eigenen Beinen steht, hat er niemanden mehr, der ihn morgens weckt.«

»Wofür gibt es Wecker? Zudem glaube ich nicht, dass es am Auszug liegt. Ich befürchte, dass es noch mit dem plötzlichen Tod unseres Vater zusammenhängt. Er macht sich vielleicht immer noch Vorwürfe wegen dem was damals passierte.«

»Aber das liegt doch jetzt schon etliche Jahre zurück.«

»Das stimmt. Aber jetzt, wo er alleine wohnt, ist vielleicht alles wieder in ihm hochgekommen. Vielleicht waren wir eine Art Siegel, welches seine Erinnerungen im Zaum gehalten hat und nun ist es gebrochen«, erzählte Kathy besorgt.

»Da könnte natürlich etwas dran sein. Das hat ihn damals wirklich schwer mitgenommen. Dann solltest du ihn am besten mal behutsam darauf ansprechen.«

»Ja, das werde ich auch«, antwortete Kathy nachdenklich.

»Wo bleibt ihr denn?«, rief Kevin, zwischen Tür und Angel stehend.

»Wir kommen schon«, antwortete Mary.

Die Türe zum Klassenraum wurde geschlossen. Die Gänge waren nun still und leer.

Der Unterricht war schon in vollem Gange, als plötzlich die Klassentüre aufgerissen wurde. Es war Matthew.

»Entschuldigen Sie die Verspätung. Der Bus hatte einer Panne«, keuchte Matthew, völlig außer Atem, schloss die Türe hinter sich, begrüßte seine Freunde und setzte sich auf seinen Platz.

Die Klassenlehrerin trug ihn ins Klassenbuch ein.

»Matthew?«

»Ja, Frau Escher?

»Ich muss mich mit Ihnen in der Pause einmal unterhalten, also bleiben Sie nach der Stunde bitte im Klassenraum«, sagte Frau Escher in einer ernsten Tonlage.

»Natürlich«, antwortete er irritiert.

Aus den Baumkronen heraus beobachtete ein Eichhörnchen aufmerksam das Geschehen am Boden. So viele Menschen hatte es noch nie in seinem Wald gesehen. Vorsichtig knabberte es weiter an der Schale einer Kastanie herum. Es wollte auf keinen Fall Aufmerksamkeit auf sich ziehen.

Die Polizisten am Boden hatten Schwierigkeiten, Schaulustige und Presse vom Tatort fern zu halten. Die Absperrbänder interessierten viele nicht. Respektlos rutschten manche Pressefotografen und Kameraleute unter ihnen her und wurden gleich wieder von den Polizisten zurückgescheucht.

Ein kleiner Van bahnte sich seinen Weg durch den Menschenauflauf. Die Polizisten öffneten für ihn eines der Absperrbänder und ließen ihn passieren.

Plötzlich bemerkte das Eichhörnchen einen Bussard, rannte panisch zum nächsten Astloch und verlor dabei seine Kastanie, welche nach unten neben den Leichnam fiel.

Verwundert schaute Roger hoch, der gerade neben dem Leichnam hockte und ihn inspizierte. Kurz darauf tauchten vor ihm drei Männer auf. Roger erhob sich.

»Ah, die Leute von der Spurensicherung. Da seid ihr ja endlich.«

»Es war nicht leicht, diesen Ort zu finden«, antwortete ein Mitglied der Spurensicherung und führte fort: »Wurde irgend etwas am Tatort oder dem Leichnam verändert?«

»Bis auf diese Kastanie hier, nichts«, antwortete Roger, zerbrach die Schale und aß sie.

Die Männer von der Spurensicherung schauten ihn irritiert an.

»In Ordnung, wir übernehmen dann.«

Roger verließ den Tatort und ging in Richtung seines Polizeiwagens. Unterwegs wurde er von einem Fernsehteam abgefangen.

»Detektiv! Detektiv! Würden Sie uns ein Paar Fragen beantworten?«, fragte die Reporterin aufdringlich.

»Sicher. Was möchten Sie denn wissen?«, antwortete Roger überrumpelt und aufgeregt.

Noch bevor die Reporterin ihre Fragen vorbereiten konnte und der Kameramann die richtige Kameraeinstellung vorgenommen hatte, wurde Roger plötzlich aus dem Kamerabild gezerrt. Es war sein Chef.

»Geh gefälligst zurück an die Arbeit«, flüsterte ihm der Oberkommissar bestimmend zu und gab ihm einen leichten Schubs. Dann drehte er sich mit einem freundlichen Lächeln zum Fernsehteam.

»Guten Tag. Mein Name ist Richard Lenden. Ich leite das Polizeipräsidium in Jamestown. Was kann ich für Sie tun?«

»Wow, der Oberkommissar höchstpersönlich«, antwortete die Reporterin beeindruckt, schaute fragend zum Kameramann, der ihr zunickte, »Herr Lenden. Stimmt es, dass es sich auch hier wieder um die Handschrift des Mörders von Jamestown handelt?«, fuhr die Reporterin fort.

»Unseren aktuellen Erkenntnissen nach ist das nicht unwahrscheinlich. Leider kann ich Ihnen noch keine genauen Infos geben, aber [...] «

Roger machte sich genervt auf zu Frank, seinem Arbeitskollegen und besten Freund, der ebenfalls am Tatort präsent war. Roger war noch nicht lange bei der Polizei und voller Tatendrang. Frank hatte Rogers Übereifer schon oft ausgebremst und ihm damit den ein oder anderen Ärger erspart.

»Was für eine dumme Sau! Der sitzt den ganzen Tag nur auf seinem fetten Hinterteil und tut nichts. Aber wenn es ums Fernsehen geht, ist er immer der erste Mann«, fluchte Roger enttäuscht.

»Ach, reg dich nicht so auf. Ich denke so sind alle Chefs«, antwortete Frank gelassen.

»Ich werde morgen zu ihm gehen und Klartext reden«, fluchte Roger weiter.

»Jetzt mach aber mal halblang. Das führt doch zu nichts. Halt dich lieber ruhig, sonst versetzt er dich noch in den Innendienst und du kannst tonnenweise staubige Akten durcharbeiten. Oder schlimmer, er feuert dich, denn noch hast du deinen Beamtenstatus nicht erreicht.«

Roger grummelte.

»Du hast ja Recht. Wie so oft.

Auf einmal wurde Roger auf eine Person aufmerksam, die mitten im Getümmel stand. Er wusste selbst nicht genau, was ihn an dieser Person störte, doch er hatte ein ungutes Gefühl. Irgendetwas stimmte nicht, das konnte er förmlich riechen.

Roger drehte sich zu Frank, der gerade damit beschäftigt war, für einen späteren Bericht Details über den Tatort in seinem Notizbuch festzuhalten.

»Dieser Kerl da vorne«

»Welcher Kerl?«, fragte Frank.

»Na der da«, Roger zeigte in die Richtung, in der er die zwielichtige Person gesehen hatte, doch er war verschwunden.

»Gerade eben stand er noch dort. Komm mit!«

Frank half ihm bei der Suche, auch wenn ihm nicht ganz klar war, nach wem er eigentlich Ausschau halten sollte.

Wo sie ihn auch suchten, er war wie vom Erdboden verschluckt.

»Erzählst du mir jetzt endlich, worum es geht?«, hakte Frank ungeduldig nach.

»Dieser Kerl, den ich gerade gesehen habe. Ich kenne ihn irgendwoher. Nur woher?«

»Das ist alles?«, fragte Frank enttäuscht.

Roger fing an zu grübeln. Plötzlich schossen ihm Erinnerungen an vergangene Tatorte durch den Kopf. Jedes Mal befand sich diese besagte Person unter den Schaulustigen.

»Das ist es!«, rief Roger unerwartet aus.

Frank erschrak.

»Was ist was? Ist dir etwas eingefallen?«

»Ja. Ich habe diese Person bereits an mehreren Tatorten gesehen. Das kann doch kein Zufall sein!«, sagte Roger euphorisch.

»Das ist wirklich ziemlich schleierhaft«, unterstützte Frank ihn.

»Es gibt doch diese Theorie, dass ein Täter immer wieder an den Ort des Geschehens zurückkehrt. Wer weiß, vielleicht hat er etwas mit den Morden zu tun. Er muss ja nicht gleich der Mörder sein, doch könnte er mehr wissen als wir.«

»Der Sache sollten wir in jedem Fall auf den Grund gehen. Glaubst du, du bist in der Lage, ihn so genau beschreiben zu können, dass es für ein Fahndungsbild ausreicht?«, fragte Frank.

»Bisher habe ich ihn immer nur flüchtig gesehen, doch ich denke, ich bekomme das hin«, antwortete Roger.

KAPITEL 2

ZWIELICHTIGES TREIBEN

Aufmerksam antwortete Kathy: »X ist fünf und y minus drei. Der Wendepunkt liegt bei (4/3).«

»Einen Moment«, sagte Frau Escher und schaute auf den Lösungszettel. »Ja, das ist korrekt«, fuhr sie fort. »Matthew, würdest du bitte die nächste Aufgabe machen?«

Keine Reaktion.

»Matthew?«

Erneut keine Reaktion.

»Matthew! Träumst du schon wieder?«, schimpfte die Lehrerin.

Steve, der neben Matthew saß, trat ihm leicht gegen sein Schienbein und signalisierte ihm die Richtung. Matthew erschrak aus seinen Gedanken.

»Autsch! Was sollte das? Hä? Wie? Was hatten Sie gesagt?«, fragte er unschuldig.

»Deine Hausaufgaben. Du sollst uns die nächste Aufgabe mitteilen.«

»Ach so. Ich habe die Hausaufgaben nicht gemacht«, erwiderte Matthew entspannt.

»Das war ja nicht anders zu erwarten, wie üblich. Dann wirst du sie bis zum nächsten Mal nacharbeiten. Hast du mich verstanden?«

»Ja, ja«, antwortete er ignorant.

Es klingelte. Der Klassenraum leerte sich. Bis auf Matthew waren bereits alle Schüler fort. Als Steve auffiel, dass sein Freund nicht mitgekommen war, kehrte er noch einmal zurück.

»Wo bleibst Du denn?«, fragte Steve.

»Ich soll doch hier bleiben.«

»Ach ja, ich erinnere mich. Dann bis nachher.«

Matthew schaute erwartungsvoll zu Frau Escher, die gerade ihre Tasche packte. Er wusste, dass er in letzter Zeit die Schule etwas hatte schleifen lassen, doch sah er darin kein Problem, denn er konnte ja prinzipiell alles.

»Schließe bitte die Türe und setz dich zu mir nach vorne«, forderte Frau Escher routiniert.

Matthew schloss die Tür, nahm sich einen Stuhl und setzte sich vor das Lehrerpult.

»Ich denke mal, du weißt, warum ich mich mit dir unterhalten möchte?«

»Ich soll mich mehr am Unterricht beteiligen und meine Hausaufgaben regelmäßig machen etc. etc.«, antwortete er genervt.

Frau Escher schüttelte den Kopf und schaute ihn mit ernster Mine an.

»Nein, Matthew. Ich glaube du bist dir über den Ernst der Lage gar nicht bewusst. Du stehst auf der Abschussliste!«

Wie ein Pfeil schoss ihm das Wort durch den Körper. Das kam für ihn vollkommen unerwartet, doch machte sich weder Angst noch Reue in ihm breit. Wut ließ sein Herz brodeln.

»Ist dir klar, was das bedeutet?«, fuhr sie fort, »Ich hatte dich bereits vor zwei Monaten gewarnt und seitdem hat sich nichts, aber auch überhaupt nichts, bei dir verbessert. Im Gegenteil, eher nur noch verschlechtert. Du schreibst in fast allen Fächern nur noch mangelhafte Noten und ich kann mich gar nicht mehr entsinnen, wann du das letzte Mal deine Hausaufgaben hast.«

Matthew musste schmunzeln, was Frau Escher frustrierte.

»Das ist nicht komisch! Deine mündliche Beteiligung ist gleich Null und deine Fehlzeiten treten dem Fass endgültig den Boden aus!«

»Tja«, schnaubte Matthew.

»Tja? Ist das alles, was du dazu zu sagen hast?«

Er zuckte mit den Schultern. Seine Gleichgültigkeit entsetzte seine Klassenlehrerin.

»Es tut mit leid, Matthew, aber du bekommst eine Klassenkonferenz. Sie findet am Montag um fünfzehn Uhr statt. Sei pünktlich und sieh zu, dass du dich dort von deiner besten Seite zeigst. Überzeuge die anderen Lehrer davon, dass du dich von nun an radikal ändern wirst. Im positiven Sinne, versteht sich. Das ist deine allerletzte Chance, sonst fliegst du von der Schule! Habe ich mich klar ausgedrückt? Du verbaust dir hier gerade deine ganze Zukunft!«

Der letzte Satz war überflüssig, dachte sich Matthew wütend.

»Zukunft? Was wissen Sie denn schon? Ich verbaue mir meine Zukunft, wenn ich hier weiter meine Zeit verschwende! Lieber nutze ich sie, um mein Drehbuch zu vollenden. In ein paar Jahren werde ich ...«

»Fängt das schon wieder an?«, unterbrach ihn Frau Escher. »Matthew, der große Regisseur, gleichzusetzen mit Freddy Spielbergen und Heinz Luca! Bitte sei doch nicht so naiv. Du warst doch immer so ein guter Schüler. Was ist nur mit dir geschehen? Ich weiß doch, dass du das hier alles kannst. Verstehst du denn nicht, dass dein Abitur viel wichtiger ist als deine Träumerei?«

»Träumerei? Das ist keine Träumerei! Wissen Sie was? Sie können mich mal kreuzweise!«, fluchte Matthew.

»Achte auf deine Wortwahl!«, mahnte die Lehrerin.

»Ach was. Ich brauche weder Sie, noch diese Schule, noch sonst wen. Ich werde meinen Traum verwirklichen, Sie werden schon sehen. In ein paar Jahren werden alle zu mir aufschauen!«

Geladen verließ er den Klassenraum und knallte die Tür hinter sich zu.

Die Lehrerin stützte ihren Kopf leicht auf ihre Hand.

» Ach, Matthew.«

Aufgebracht rannte Matthew zu seinen Freunden auf den Schulhof.

»Da bist du ja endlich. Wie ist es gelaufen?«, fragte Kathy.

Matthew ignorierte seine Schwester. Er wendete sich Steve zu.

»Könntest du der Lehrerin mitteilen, dass mir schlecht ist und ich deshalb zum Arzt gegangen bin?«

»Sicher!«, antwortete er irritiert. »Aber ...«

»Danke. Du bist ein wahrer Freund.«

Steve wollte etwas dazu sagen, doch er wusste nicht wie.

»Also, bis dann, Leute.«

»Jo, ciao«, sagte Kevin gelassen. Mary schwieg.

Als er gerade gehen wollte, blockierte Kathy ihm den Weg.

»Hallo? Du wirst gefälligst nicht gehen! Das sieht doch ein Blinder, dass du nicht krank bist!«, fauchte sie.

»Lass mich in Ruhe, du blöde Kuh! Kümmere dich gefälligst um deinen eigenen Kram!«

Matthew stieß sie zur Seite und wollte seinen Weg fortsetzen, als plötzlich ...

»Sie ist keine blöde Kuh!«, rief Steve in Rage. Feuer brannte in seinen Augen.

Ein kurzes Schweigen brach aus. Alle schauten den sonst so zurückhaltenden Steve verwundert an, welcher daraufhin errötete und sich wieder verlegen in sich zurückzog.

»Ach«, stöhnte Matthew und setzte seinen Weg fort.

»Matthew!«, rief ihm Kathy verärgert hinterher.

Mary, welche mit Kevin auf einer Bank saß, stand auf und ging zu ihr.

»Das Verhalten deines Bruders ist echt nicht mehr normal. Du solltest ihn wirklich darauf ansprechen. Wenn du möchtest, helfe ich dir dabei«, bot sie ihr einfühlsam an.

»Danke. Aber ich werde das schon alleine regeln.«

Roger saß an seinem Schreibtisch in seinem Büro und schlürfte eine Tasse Kakao. Mit scharfen Blick beobachtete er das Treiben im Nachbarbüroraum. Es war der Raum seines Chefs. Da klopfte es an seiner Türe und kurz darauf trat Frank mit einer Akte ein.

»Die Ergebnisse der Autopsie sind da.«

Frank legte die Akte auf Rogers Tisch und bemerkte dabei sein Desinteresse. Er hatte ihn nicht mal eines Blickes gewürdigt und fixierte weiterhin das Büro von Richard.

»Was ist denn da?«, fragte Frank und versuchte zu sehen, was Roger beobachtete.

»Dieser Typ da, mit dem sich unser Chef gerade unterhält. Wer zum Geier ist das? Er ist keiner von uns aber er treibt sich ständig hier herum.«

»Welcher Typ denn jetzt schon wieder?«, fragte Frank und wurde fündig, »Ach so, den meinst du. Das ist Timothy. Ich habe gehört, er sei aus einem Polizeirevier in Rose City. Er macht hier wohl eine Art Auslandspraktikum. Aber so ganz werde ich daraus auch nicht schlau. Frag ihn doch einfach selbst, wenn du ihn das nächste Mal siehst.«

»Findest du nicht, dass sie sich ein wenig merkwürdig verhalten?«

»Was meinst du?«

»Ich kann es nicht beschreiben, aber ihre Art. Sie sind mir manchmal ein wenig unheimlich.«

»Unheimlich?«, fragte Frank irritiert und erspähte dabei die rosa Krawatte seines Chefs. Er würde so etwas nie tragen, dachte er sich.

Auf einmal machte Timothy ein merkwürdiges Handzeichen, welches von Richard erwidert wurde und verließ den Raum.

»Da! Hast du das gesehen? Was soll das sein? Ein Gruß oder Gebärdensprache?«, fragte Roger aufgeregt.

»Du machst dir immer Gedanken. Keine Ahnung was das bedeuten sollte. Vielleicht macht man das so in Rose City. Andere Länder, andere Sitten«, erklärte Frank gelassen.

»Vielleicht«, antwortete Roger nachdenklich.

Plötzlich bemerkte Richard, dass er beobachtet wurde und schloss zügig die Jalousien.

»Da! Er hat die Jalousien runtergemacht. Die haben doch was zu verbergen!«, stellte Roger fest.

»Wie würdest du dich fühlen, wenn dich jemand bespannt?«, fragte Frank schmunzelnd.

Roger grummelte. Frank nahm auf einem Stuhl vor Rogers Tisch Platz, schenkte sich ein Glas Apfelsaft ein und blätterte in der Akte herum.

»Jedenfalls, es bestehen keine Zweifel daran, dass wir es wieder mit demselben Täter zu tun haben. Das Opfer wies starke Verbrennungen im Gesicht auf, außerdem ein tiefer Schnitt am Rücken.«

Frank holte ein paar Beweisfotos aus der Akte und zeigte sie Roger, dessen Aufmerksamkeit nun wieder ganz der Arbeit galt. Roger schaute sich die Fotos genau an. Frank fuhr derweil fort.

»Die Todesursache gibt uns weiterhin Rätsel auf. Sie liegt definitiv nicht an den Verbrennungen noch an dem Schnitt. Das Opfer starb durch Ersticken. Es gibt aber keinerlei Spuren von Strangulationen oder irgendwelcher Rückstände von Chemikalien im Blut.«

»Gibt es Fingerabdrücke?«

»Nein. Aber wir haben die Personalien des Opfers. Sein Name war Frederic Melborne, dreiunddreißig Jahre alt, verheiratet, keine Kinder, aus Newford. Von Beruf war er Bankkaufmann. Seine Frau wurde bereits benachrichtigt.«

»Newford? Das ist aber nicht gerade um die Ecke. Was hat ihn denn hierher in unser beschauliches Städtchen verschlagen?«, fragte Roger überrascht.

»Urlaub jedenfalls nicht. Denn seine Frau ist noch in Newford«, sagte Frank.

»Vielleicht Probleme in der Ehe?«

»Finden wir es heraus.«

KAPITEL 3

AMBITIONIERT

Kathy stand vor einem Kino. Sie schien auf jemanden zu warten. Es war bereits eine Weile dunkel draußen und ihr wurde allmählich kalt. Um sich aufzuwärmen, ging sie ein wenig die Straße auf und ab, als plötzlich eine Glasflasche neben ihr an einer Laterne zerbrach.

Eine Gruppe Halbstarker zeichnete sich dafür verantwortlich, welche aus einer schlecht beleuchteten Gasse taumelten. Sie lachten laut und grölten.

Kathy bekam ein ungutes Gefühl, als sie langsam näher kamen. Sie drehte sich in eine andere Richtung und vermied den Blickkontakt, sie versuchte, sie möglichst lässig zu ignorieren, doch die Clique hatte bereits ein Auge auf sie geworfen und näherte sich unaufhaltsam.

Nur noch wenige Meter trennten sie von einem Aufeinandertreffen.

Am liebsten wäre sie weggelaufen, doch wollte sie keine Schwäche zeigen, um den jungen Männern so wenig Angriffsfläche wie möglich zu bieten. Sie ballte ihre Hände in ihren Taschen, schluckte schwer und bereitete sich seelisch auf eine Auseinandersetzung vor.

»Abend, Kathy« grüßte Steve, der gerade aus einer U-Bahnstation kam. Erleichterung machte sich in ihr breit, als sie seine Stimme hörte.

»Steve!«, rief Kathy.

Sie lief zu ihm und umarmte ihn herzlich. Mit einer solchen Begrüßung hatte Steve nicht gerechnet. Er errötete.

Die Krawallmacher schauten nur skeptisch und gingen weiter. Nach der Umarmung schossen Steve tausende Gedanken durch den Kopf. Sollte er es ihr jetzt sagen? Eine solche Gelegenheit würde er sicher nicht noch einmal bekommen. Vielleicht, ja, vielleicht würde sie ja ...

»Hey, sieh mal, da kommen Kevin und Mary«, sagte Kathy und rannte zu ihnen.

Bittere Enttäuschung und Wut auf sich selbst übernahmen seine Gefühlswelt. Hätte er doch nur schneller den Mund aufgemacht und weniger über die möglichen Konsequenzen nachgedacht, dann wüsste er es jetzt. Dann wäre es vorbei gewesen, endlich vorbei gewesen. Die Ungewissheit. Diese ewige Ungewissheit machte ihn völlig fertig.

»Da seid ihr ja endlich. Der Film fängt gleich an. Habt ihr etwas von meinem Bruder gehört?«, fragte sie, das junge Glück.

»Nein. Ich denke, er hat unser Treffen vergessen«, antwortete Mary.

»Ist ja mal wieder typisch«, ärgerte sich Kathy.

»Ich werde ihn anrufen. Ihr könnt ja schon einmal vorgehen«, bot Steve an und holte sein Handy heraus.

»Gut. Dann bis gleich.«

Kevin. Mary und Kathy gingen zum Kinoeingang. Als sie gerade eintreten wollten, bekamen sie mit, wie eine alte Dame nicht weit von ihnen über eine Bürgersteigkante stolperte und auf die Straße fiel.

Während Mary und Kathy instinktiv zu ihr hin eilten, um der alten Frau hoch zu helfen, fing Kevin lautstark an zu lachen.

»Kevin!«, mahnte ihn Mary und warf ihm einen bitterbösen Blick zu. Auch Kathy schaute ihn verständnislos an.

»Haben Sie sich etwas getan?«, fragte Mary fürsorglich.

»Nein, ich glaube nicht«, antwortete die alte Dame.

»Warten Sie, wir helfen Ihnen hoch«, sagte Kathy.

»Vielen Dank.«

»Gern geschehen«, erwiderte Mary

»Keine Ursache«, merkte Kathy an.

Die alte Frau ging wieder ihres Weges. Auch eine kräftige Backpfeile von Mary konnte Kevin sein Schmunzeln nicht nehmen.

»Gott, du bist unmöglich. Wie kannst du nur so etwas komisch finden? Die alte Oma hätte sich sonst was tun können«, ärgerte sie sich.

»Ach, komm schon. Das sah doch lustig aus. Nimm doch nicht alles gleich so ernst«, verteidigte er sich.

»Und wenn schon. Man kann sich doch wohl mal ein wenig zusammenreißen.«

Kevin fühlte sich bestätigt.

»Na also. Da haben wir es doch. Du fandest es auch amüsant. Du willst es nur nicht zugeben.«

Mary verdrehte ihre Augen und zerrte ihn ins Kino.

»Komm jetzt!«

Steve hatte alles aus der Ferne beobachtet und wählte Matthews Nummer.

»Ich verstehe es nicht. Idioten wie er bekommen jede ab, und ich? Zum Mäuse melken«, murmelte Steve vor sich hin und seufzte.

Matthew saß daheim auf seiner Couch. Seine Beine hatte er angewinkelt und nutzte sie als Ablage für seinen Schreibblock, auf dem er wild einen Text formulierte. Davon abgesehen, dass man allein schon das Geschriebene kaum entziffern konnte, sah alles sehr chaotisch aus.

Überall waren Ziffern und Pfeile kreuz und quer übers Blatt verteilt, die einzelne Abschnitte miteinander verbanden. Viele Wörter und teilweise ganze Sätze waren durchgestrichen.

Auf dem Glastisch vor ihm lag ein Pizza Karton mit einer halb aufgegessenen kalten Pizza. Milben machten sich über ein Stück her, das kopfüber auf dem Sofa neben ihm lag.

Matthew schien es nicht zu stören. Er war ganz vertieft in seine Arbeit. Im Fernseher vor ihm liefen leise die Nachrichten.

»Und jetzt weitere Nachrichten des Tages. Großbritannien ist heute überraschend aus der Europäischen Union ausgetreten. Nach den Streitigkeiten der vergangenen Woche, in der man eine Regulierung der Londoner Börse durchsetzen wollte, hatte sich Außenminister Boldwin für einen sofortigen Austritt aus der EU ausgesprochen, dem heute das britische Parlament mit knapper Mehrheit zustimmte. Dies ist ein weiterer schwerer Rückschlag für das vereinigte Europa, nachdem erst letzte Woche Dänemark seine Grenzen wieder dicht machte und systematische Zollkontrollen zurück ins Leben rief.« Matthews Handy klingelte, doch er versuchte es zu ignorieren, hatte er doch ausgerechnet jetzt einen so kreativen Gedankengang. »Italiens Präsident Balatzo äußerte sich dazu und meinte, dass das Projekt ‚Vereinigtes Europa‘ in seinen Augen gescheitert sei und er auch darüber nachdenke, das Zitat: ‚sinkende Schiff Europa‘ zu verlassen. Wie lange werden Frankreich und Deutschland noch den ‚Flickenteppich Europa‘ zusammenhalten können?«

Das Klingeln seines Handys im Hintergrund brachte ihn ganz aus dem Konzept, er machte den Fernseher aus und hob ab.

»Ja!«, rief er verärgert.

»Ich bin es nur, Steve«, antwortete es eingeschüchtert.

»Ach, Steve. Ich dachte, du wärst jemand anderes. Was gibt es?«

»Hast du es etwa vergessen? Wir hatten doch Anfang der Woche vereinbart, diesen Samstag ins Kino zu gehen und uns den neusten Streifen der SPI Pictures, ‚Isabel the Masutobuta‘, anzusehen.«

Matthew erinnerte sich.

»Stimmt. Sorry, das hatte ich total vergessen.«

»Das haben wir uns irgendwie schon gedacht. Wie sieht es denn aus? Kommst du trotzdem noch? Du hast noch knappe zehn Minuten und die erste Viertelstunde läuft eh immer nur Werbung. Du könntest es also noch schaffen. Dann kaufe ich für dich eine Karte mit und warte auf dich vorm Saal.«

Matthew war alles andere als begeistert von dieser Idee. Es war nicht so, dass er grundsätzlich kein Interesse hatte, mit seinen Freunden Zeit zu verbringen, doch war er ein Gefangener seines eigenen Ehrgeizes. Wenn er nicht gerade an seinem Drehbuch arbeitete, dachte er nahezu ununterbrochen darüber nach.

Obwohl er mit seinen neunzehn Jahren noch sehr jung war und sein ganzes Leben noch vor sich hatte, hatte er ständig das Gefühl, dass ihm die Zeit davon lief, wenn er nicht daran arbeitete. So konnte er solche Treffen nicht genießen und mied sie lieber.

Er suchte nach einer Ausrede, doch fiel ihm so spontan keine ein. So blieb er einfach bei der Wahrheit, sein Freund würde es schon verstehen.

»Nee, tut mir Leid, aber ich habe gerade eine total kreative Phase und sollte sie ausnutzen. Trotzdem danke. Ein anderes Mal, okay?«

»Na gut. Dann noch viel Erfolg. Man sieht sich dann am Montag in der Schule.«

Matthew zögerte.

»Ja. Bis Montag. Und viel Spaß noch.«

»Danke. Bis dann.«

Matthew legte auf. Er war erleichtert, doch zur gleichen Zeit nagte das schlechte Gewissen an ihm. Hätte er vielleicht doch gehen sollen, fragte er sich. Lange blieb ihm nicht, darüber nachzudenken, denn schon übernahm sein innerer Zeitdruck wieder das Kommando und er beugte sich.

Steve quetschte sich durch die engen Stuhlreihen im Kinosaal und setzte sich neben Kathy. Die Werbung hatte bereits angefangen und zeigte einen Trailer zu einem kommenden Film.

»Und? Lass mich raten. Er kommt nicht«, spekulierte Kathy.

»Ja, wie immer«, bestätigte Steve.

»Nun ja, sein Pech«, seufzte Kathy verärgert.

Der Film startete. Alle schauten gespannt auf die Leinwand. Da bemerkte Steve, dass Kevin und Mary herumknutschten.

Erneut schossen ihm die wildesten Phantasien durch den Kopf. Ein Kampf brach in seinem Inneren aus. Er schaute zu Kathy hinüber. Der Film setzte ihr Gesicht in einem Spiel aus Licht und Schatten noch einmal richtig in Szene. Sie sah so wunderschön aus, stellte er fest. Ihre Lippen, so zart. Ihre Augen funkelten.

Seine Hände waren schweißgebadet und zitterten. In einem Augenblick des Mutes überwand er sich. Zum ersten Mal in seinem Leben dachte er nicht über mögliche Konsequenzen nach und ließ seinen Gefühlen freien Lauf.

»Kathy?«

Sie drehte sich zu Steve, da versuchte er sie zu küssen. Doch Kathy, von der Situation völlig überrascht, drehte ihren Kopf zur Seite und drückte ihn leicht von sich weg.

»Steve, ich ...«, Kathy fehlten die Worte. Sie konnte kaum glauben, was gerade geschehen war.

Steves Herz fühlte sich an, als würde es jeden Augenblick platzen. Er konnte kaum atmen, vor Scham und Enttäuschung.

»Es tut mir Leid! Es tut mir so Leid! Wird nie wieder vorkommen, versprochen!«, beteuerte er hastig.

»Ist schon in Ordnung«, antwortete sie irritiert.

Dann folgte der Satz, dem Steve endgültig das Herz brach.

»Lass uns einfach nur Freunde bleiben, okay?«

Er wäre am liebsten tot umgefallen. Mit letzter Kraft zwang er sich ein Lächeln ins Gesicht.

»Okay.«

Wir befinden uns in einem dunklen Hausflur. Es war totenstill. Eine alte Tapete mit kariertem Muster zierte die ungewöhnlich hohen Wände des Anwesens. Es handelte sich um einen Altbau.

Die alte, massive Holztüre hatte zwei rechteckige, kleine Fenster mit orangem, geriffeltem Glas, welches kaum einen Lichtstrahl von draußen eindringen ließ.

Neben den zwei Glasfenstern befand sich jeweils ein zusammengeschobener roter Vorhang. Links von der Türe stand ein Kleiderständer, an dem ein paar Jacken hingen. Daneben ein geschlossener Schuhschrank. Auf ihm ein gerahmtes Bild, unterlegt mit einem Zierdeckchen.

Auf dem Bild konnte man eine junge Frau erkennen. Sie stand auf einem Bootssteg an einem großen See, umringt von blauen Bergen. Das Wasser kristallklar. Sie lachte. Neben ihr stand ein Mann in einem Fischeroutfit. Er setzte gerade stolz einen Fisch in Szene, den er wohl kurz zuvor gefangen hatte.

Beide schienen sehr glücklich. Der Mann auf dem Bild war Frederic Melborne, nur ein paar Jahre jünger.

Plötzlich störte ein Klingelgeräusch die Stille. Kurz darauf klopfte es ungeduldig. Von innen konnte man durch das trübe Glas nur zwei verschwommene Schatten erkennen.

Eine Frau ging langsam über die kalten Bodenkacheln im Flur und öffnete die Tür. Es war Melbornes Ehefrau. Sonnenlicht fiel herein und blendete sie für einen kurzen Augenblick. Das Geräusch plärrender Kinder ertönte von einem Spielplatz ganz in der Nähe. Der Verkehr dröhnte, Vögel zwitscherten.

»Guten Tag. Mein Name ist Detektiv Klarsen. Und das ist mein Kollege Detektiv Burton. Wir sind von der Kriminalpolizei in Jamestown. Wir hatten telefoniert. Dürfen wir reinkommen?«, fragte Frank.

»Aber ja doch, treten Sie ein«, erlaubte die Witwe.

Sie sah sehr mitgenommen aus. Ihre Augen waren ganz rot, ihre Haare fettig. Sie führte die beiden Polizisten ins angrenzende Wohnzimmer, blieb neben einem Sessel stehen und drehte sich zu ihnen. Auf dem Tisch lagen überall Fotos verstreut. Daneben ein Papierkorb, gefüllt mit benutzten Taschentüchern. Auf der Couch lag noch eine volle Packung.

»Entschuldigen Sie die Unordnung, aber ich habe nicht mit Besuch gerechnet. Setzen Sie sich doch.« Roger und Frank setzten sich auf das Sofa. »Möchten Sie etwas trinken?«

»Nein, danke«, lehnte Roger ab.

»Für mich ebenfalls nichts, danke.«

Nun setzte sich auch die Witwe.

»Zuerst einmal, Frau Melborne, möchten wir Ihnen unser herzliches Beileid aussprechen. Das mit dem Tod Ihres Mannes tut uns sehr Leid«, beteuerte Roger wie aus dem Lehrbuch zitiert.

»Vielen Dank«, antwortete die Witwe, den Tränen nahe.

»Wir können uns vorstellen, dass es Ihnen nicht leicht fallen wird, aber wir müssen Ihnen ein paar

Fragen stellen. Dies ist unabdingbar, damit wir den Mörder Ihres Mannes schnell dingfest machen können. Sind Sie dazu bereit?«, fragte Frank.

Zögerlich nickte sie.

»Nun denn«, fuhr er fort, »können Sie uns sagen, ob Ihr Mann irgendwelche Feinde hatte oder sich kurz vor seinem Tod heftig mit jemanden gestritten hat?«

»Nein. Mein Mann hatte keine Feinde. Er war so ein herzensguter Mensch. Ich verstehe nicht, warum ihm jemand so etwas angetan hat!«

Übermannt von ihren Gefühlen, fing sie an zu weinen. Roger wurde ungeduldig.

»Okay, versuchen wir es anders. Jamestown is nicht gerade eine Weltmetropole. Können Sie uns verraten, was Ihr Mann dort wollte? Und warum ist er ohne Sie dort hingefahren? Gab es vielleicht irgendwelche Beziehungsprobleme zwischen Ihnen beiden? Wo waren Sie in den letzten zwei Tagen?«, frage er forsch.

»Ich war hier. Verdächtigen Sie mich etwa?«, antwortete die Witwe entsetzt, einem Nervenzusammenbruch nahe.

»Aber nein doch. Das ist nur reine Routine. Bitte beantworten Sie meine Fragen«, blockte Roger. Frank stupste Roger am Oberarm und machte ihm mit einem Blick verständlich, dass er sich etwas zügeln sollte. Roger verstand.

»Entschuldigen Sie bitte, Frau Melborne. Ich war übereifrig. Aber irgendwo da draußen läuft noch ein Wahnsinniger herum, der schon dreizehn Menschen auf dem Gewissen hat und es werden mehr werden, wenn wir ihn nicht endlich stoppen. Sie könnten vielleicht der Schlüssel sein, diesem Wahnsinn ein Ende zu bereiten. Also wenn Sie etwas wissen, irgendetwas, lassen Sie uns bitte daran teilhaben. Jedes noch so kleine Detail kann hilfreich sein«, erläuterte Roger.

Für eine Weile schwiegen alle. Roger wusste, er hatte den Start vermasselt. Frank schüttelte nur den Kopf. Frau Melborne versuchte sich etwas zu beruhigen. Sie mochte Rogers Art nicht, doch sie wollte unbedingt wissen, warum ihr Mann sterben musste. Sie atmete ein paarmal tief durch und sammelte ihre Gedanken.

»Nun ja. In den letzten Monaten lief es tatsächlich nicht mehr so gut in unserer Ehe. Mein Mann hatte sich von heute auf morgen so verändert. Er distanzierte sich immer mehr von mir und war häufig tagelang fort, ohne mir vorher etwas davon zu sagen. Er hat sich noch nicht einmal gemeldet!« Roger und Frank wurden aufmerksam. Roger wünschte sich, sie würde schneller reden. »Beim ersten Mal glaubte ich, ihm wäre etwas Schlimmes passiert und informierte sogar die Polizei. Als es dann mehrmals vorkam, dachte ich, dass er mich betrügen würde. Er entschuldigte sich zwar immer bei mir, doch das reichte mir natürlich nicht. Ich wollte Antworten, ich wollte wissen, wo er sich immer herumtrieb und was er gemacht hatte, doch immer wich er mir aus. Erst als ich ihm mit der Scheidung drohte, bekam ich ein paar Informationen.«

Roger lehnte sich aufgeregt nach vorne und stützte seine Arme auf seinen Knien ab.

»Was für Informationen?«

»Er meinte, dass etwas Unfassbares geschehen sei, was er mir nur zu gerne erzählen würde, doch er dürfte nicht.«

»Er durfte nicht?«, fragte Roger ungläubig.

»Ja. Das sagte er so. Er meinte, dass zu viel auf dem Spiel stünde und wenn er etwas sagen würde, wir in große Gefahr geraten würden. Er versicherte mir, dass ich die einzige Frau in seinem Leben sei und versprach mir, dass sich schon bald alles aufklären würde. Dass ich es im Nachhinein verstehen würde. Und dann sagte er mir noch ...«

»Was sagte er noch?«

»Dass er mich über alles liebe und ich mir keine Sorgen machen solle.«

Frau Melborne brach in heftige Tränen aus. Frank reichte ihr die Packung Taschentücher. Dann stand er auf und tröstete sie. Roger fing mit einem Bein nervös an zu wippen. Er hatte noch ein paar Fragen die er nur zu gern geklärt haben wollte.

Es war nicht so, dass Roger ein Unmensch war. Er konnte die Gefühle von Frau Melborne absolut nachvollziehen und hatte selbst eine Freundin, die er sehr liebte. Doch während der Arbeit distanzierte er sich von jeglichen Emotionen und konzentrierte sich nur auf den Ermittlungserfolg.

Vielleicht war es die beste Einstellung. In seinem Job hatte er schon viele Tragödien miterlebt, die so manch einen Kollegen seelisch fertig gemacht hatten. Das konnte ihm so nicht passieren.

Nach einer Weile hatte sie sich wieder etwas gefangen. Frank setzte sich zurück auf's Sofa. Dann fuhr sie zögerlich fort.

»Vor ein paar Tagen sagte er zu mir, er wolle zu einer Motorradmesse in Jamestown fahren. Das ganze kam mir gleich schleierhaft vor. Er hatte doch noch nicht mal ein Motorrad. Ich fragte ihn, ob ich mitkommen könnte, doch er verneinte. Er erzählte mir, dass es nur für Mitglieder irgendeines Fanclubs für Motorräder sei. Ich glaubte ihm kein Wort. Doch dann zeigte er mir eine Einladung.«

Frank und Roger wurden hellhörig.

»Haben Sie die Einladung noch?«, fragte Frank.

»Ja, sie müsste noch dort drüben in der Schublade liegen.«

Frau Melborne wollte aufstehen.

»Machen Sie sich keine Umstände«, sagte Frank, stand auf und ging zur Schublade.

»Ist Ihr Mann alleine dort hingefahren oder hatte er zum Beispiel mit einem anderen Mitglied eine Fahrgemeinschaft gegründet?«, fragte Roger.

»Da war dieser junge Mann.«

»Welcher junge Mann?«

»Sieh mal, sogar mit Adresse«, rief Frank und hielt die Einladung hoch. Roger nickte zufrieden.

»Ich hatte ihn noch nie zuvor gesehen. Frederic meinte, es sei ein alter Freund von ihm. Dabei waren sie mindestens vierzehn Jahre auseinander. Ich schätzte ihn auf zwanzig, einundzwanzig um den Dreh. Mehr hat er mir nicht verraten. Der Fremde war auch nicht sehr gesprächig.«

»Wissen Sie zufällig, wie der Fremde hieß?«

»Irgendetwas mit J. Jack, James, Jamie, Jayden ... Ja, das ist es. Er hieß Jayden. Aber seinen Nachnamen hat er nicht genannt.«

Roger kramte in seiner Jackentasche herum und zog ein gefaltetes Blatt Papier heraus. Er klappte es auseinander und reichte es Frau Melborne. Es war ein Phantombild und zeigte das Gesicht der zwielichtigen Person, die Roger immer wieder an den Tatorten gesehen hatte.

»Handelt es sich bei dieser Person um diesen besagten Jayden?«

Frau Melborne wurde ganz bleich und riss die Augen auf. Sie bekam eine Gänsehaut. Ihr Hände fingen an zu zittern.

»Das ist der Kerl! Das ist Jayden!«, rief sie entsetzt.

Roger strahlte über das ganze Gesicht. Dann schaute er zu Frank.

»Jackpot. Ich wusste doch, dass er etwas zu verbergen hat«, sagte er, dann wendete er sich wieder Frau Melborne zu. »Vielen, vielen Dank, Frau Melborne, das wäre erst einmal alles. Sie haben uns wirklich sehr geholfen. Wir werden uns noch einmal bei ihnen melden, falls wir weitere Fragen haben sollten.«

Nun stand auch Roger auf.

»Auch von mir einen herzlichen Dank«, sagte Frank.

»Alles Gute«, wünschte Roger und sie verließen das Wohnzimmer.

Völlig überrumpelt eilte Frau Melborne ihnen hinterher.

»Warten Sie! Hat dieser Jayden etwa damit zu tun? Ist er der Mörder meines Mannes?«

»Das können wir zum jetzigen Stand der Ermittlungen noch nicht sagen. Aber er könnte mit diesen und weiteren Morden in Verbindung stehen«, antwortete Frank mit ruhiger Stimme.

»Oh, ich bitte Sie. Finden Sie dieses Schwein und setzten Sie ihn auf den elektrischen Stuhl!«, rief Frau Melborne in Rage.

»Wir werden unser Bestes tun«, versprach Roger. »Ich wünsche Ihnen alles Gute.«

»Alles Gute«, wünschte auch Frank.

»Danke. Viel Erfolg«, erwiderte die Witwe.

Die Haustüre fiel ins Schloss. Langsam kehrte Dunkelheit und Stille zurück und verschlangen Frau Melbornes Seele.

Roger und Frank gingen die Straße entlang. Roger war ganz aus dem Häuschen.

»Das war doch mal eine super Ausbeute! Wir haben einen Namen, einen Tatverdächtigen, eine Adresse und wenn wir den nächsten Flieger noch erwischen, dann können wir bereits morgen früh zum Messegelände fahren«, strahlte er.

»Nicht nur das«, fügte Frank hinzu, »wenn es tatsächlich eine Privatveranstaltung war, wird der Veranstalter mit Sicherheit so etwas wie eine Mitgliederliste haben, auf der die Vor- und Nachnamen der Gäste stehen. Gegebenenfalls sogar die Adressen! Und den Vornamen haben wir bereits.«

»Oh ja, ich kann es kaum erwarten!«

Da klingelte Rogers Mobiltelefon.

»Ja?«

»Hi, Schatz, ich bin es!«, sagte Rogers Freundin.

»Hi, Mausi! Wie geht es dir?«

»Gut. Ich wollte dir nur sagen, wie sehr ich mich schon auf morgen freue.«

»Auf morgen? Ja, morgen wird großartig!«, stimmte Roger euphorisch zu.

»Du freust dich auch!«, antwortete seine Freundin glücklich.

»Selbstverständlich. Darauf habe ich schon so lange gewartet!«, bestätigte Roger.

»Es ist schon so lange her, dass wir etwas zusammen unternommen haben. Ich freue mich riesig.«

‚Zusammen unternommen?', fragte sich Roger und wurde nachdenklich.

»Wir können ja zu unserem Lieblingsitaliener gehen und anschließend ins Wonderland fahren! Das wird sicher ein Heidenspaß!«

‚Lieblingsitaliener? Wonderland?', dachte Roger. Plötzlich erschrak er. Ihm war es wieder eingefallen.

»Bist du noch dran?«

»Ja. Na klar. Können wir alles machen. Das wird mit Sicherheit ein schöner Tag«, zögerte Roger. »Du, ich muss jetzt leider auflegen, mein Flieger kommt gleich. Wir sehen uns dann heute Abend. Ich liebe dich.«

»Ich liebe dich auch! Bis nachher!«

Roger legte auf und wurde leichenblass.

»Was ist denn los? Du siehst so aus, als hättest du einen Geist gesehen«, merkte Frank an.

»Ich bin so blöd. Meine Freundin und ich haben morgen unser dreijähriges Jubiläum. Ich wollte mit ihr den ganzen Tag verbringen. Dafür habe ich extra schon vor Wochen mit unserem Chef geredet, damit er mich freistellt.«

»Wo ist das Problem? Hat er dir etwa kein frei gegeben?«

»Doch, aber ...«

»Ich verstehe schon«, schmunzelte Frank. »Dich hat mal wieder der Ehrgeiz gepackt. Aber keine Sorge. Noch haben wir die Liste nicht und wenn

wir sie haben, muss er ja nicht unbedingt mit draufstehen.«

Roger schaute bestürzt auf den Boden. Frank lachte und legte seine Hand auf Rogers Schulter.

»Hey! Falls er draufstehen sollte, werde ich mit
der Verhaftung extra bis übermorgen warten, damit
du auch dabei sein kannst. Ist das was?«

»Versprochen?«, strahlte Roger.

»Versprochen«, grinste Frank.

»Das wollte ich hören!«, freute er sich.

KAPITEL 4

AUSGESPIELT

Mehrere Lehrer saßen um einen großen Tisch. Im Hintergrund tickte eine schwere Uhr. Einer schlürfte an seiner Tasse Pfefferminztee, eine Kollegin hustete. Auch Frau Escher war mit von der Partie.

Am Tischende saß ein grimmig aussehender großer Mann. Er trug eine Brille mit breiter Fassung und hatte seine letzten drei Haare quer über seine Glatze gekämmt. Es war der Schulleiter.

Er schaute mehrfach ungeduldig auf seine Armbanduhr und grummelte dabei. Dann klatschte er in die Hände.

»Tja. Dann hat sich das ja erledigt«, sagte er.

»Sollen wir nicht noch ein paar Minuten warten?«, fragte Frau Escher.

»Nein. Das sehe ich nicht ein. Matthew ist bereits über vierzig Minuten zu spät. Wenn er durch irgendetwas aufgehalten wurde, hätte er im Sekretariat anrufen können. Er wusste, wie es um ihn steht und wurde mehr als einmal gewarnt. Einen solchen Schüler können wir hier an unserer Schule nicht gebrauchen. Wir haben immerhin einen Ruf zu verlieren.«

»Aber ...«

»Kein aber. Frau Schneider?«, rief der Schulleiter.

Kurz darauf öffnete sich die Hintertür des Raumes und eine Sekretärin trat ein.

»Ja, bitte?«

»Machen Sie mir bitte einen Entlassungsbrief für diesen Schüler fertig«, und gab ihr eine Akte, die vor ihm auf dem Tisch gelegen hatte.

»Sehr wohl«, antwortete die Sekretärin und verließ den Raum wieder.

Der Schulleiter stand auf und folgte ihr. Kurz darauf erhob sich auch der Kollege.

»Tut mir Leid für dich. Es ist immer doof, einen Schüler zu verlieren«, er klopfte Frau Escher auf die Schulter, drehte sich um und ging aus dem Zimmer. Frau Escher blieb alleine im Raum zurück.

»So einen sturen Schüler hatte ich noch nie«, ärgerte sie sich.

Ein Polizeiwagen stoppte vor einer großen Halle. Bis auf einen Pommesstand war der Parkplatz vor dem Messegelände leer. Die Mülleimer voll. Zerknüllte Flyer lagen überall verstreut.

Frank stieg aus dem Auto. Er schaute noch einmal auf die Einladung, die er von Frau Melborne erhalten hatte und verglich die Adresse mit der Hausnummer und dem Straßenschild. Dann schlug er die Fahrertür zu, schloss ab und ging zur großen Doppeltüre.

Rechts von der Doppeltür war eine Klingel. Frank wollte sie gerade drücken, da bemerkte er, dass eine der beiden Türen nur angelehnt war. Er drückte sie auf.

Die Türe öffnete sich langsam mit einem lauten Quietschen. Die Halle stand leer und war durch die wenigen schmalen Fenster auf Deckenhöhe, deren Jalousien fast alle geschlossen waren, nur spärlich beleuchtet.

Es dauerte eine Weile, bis sich Franks Augen an die Dunkelheit gewöhnten.

Ein kalter Windzug strömte ihm entgegen. Er bekam ein mulmiges Gefühl.

»Hallo? Ist hier jemand?«, fragte Frank.

Keine Reaktion.

»Mein Name ist Detektiv Klarsen von der Kriminalpolizei in Jamestown. Ich untersuche einen Mordfall, und Informationen haben mich hierher geführt.«

Stille. Nun ging er langsam durch die Halle. Plötzlich hörte er ein schepperndes Geräusch, als wäre jemand gegen eine leere Dose gestoßen. Er blieb stehen und griff an seinen Pistolenhalter.

»Ist da jemand?«

Unerwartet schlug die Eingangstür mit einem lauten Knall zu, welcher noch einige Sekunden in der Halle hallte. Das war genug. Frank öffnete den Pistolenhalter und zog seine Waffe. Hätte er sich nicht zur Türe gedreht, hätte er womöglich die Gestalt bemerkt, die ihn aus dem Schutze der Dunkelheit anstarrte.

Verdammter Wind, dachte sich Frank und setzte seinen Weg fort. Die große Halle führte in einen schmalen Gang, in dem sich beidseitig Türen befanden. Er probierte eine Tür nach der anderen aus, doch sie waren alle verschlossen.

Am Ende des Ganges nutzte Frank eine Treppe, die in den Keller führte.

Unzählige Kartons stapelten sich bis an die Decke, an der große und kleine Rohre verliefen. Frank mühte sich durch den immer schmaler werdenden Gang, bis er schließlich vor einer Gittertüre stand. Sie war mit einer schweren Kette abgeschlossen. Dahinter befand sich eine große Ölheizung. Frank schnaubte. Hier ging es nicht weiter. Er steckte seine Waffe weg und quetschte sich zurück durch die Kartonberge.

Urplötzlich fiel ihm einer entgegen und begrub ihn unter sich. Die Kartons waren sehr schwer. Er hatte Schwierigkeiten sich zu befreien, da hörte er Schritte auf sich zukommen. Er beeilte sich, um an seine Pistole zu kommen, doch der letzte Karton war einfach zu schwer.

Plötzlich warf etwas einen Schatten über ihn. Frank schaute erschrocken nach oben, er glaubte für einen Moment, seine letzte Stunde habe geschlagen.

»Was in Gottes Namen haben Sie hier zu suchen?«, drohte die Gestalt mit einem massiven Eisenrohr bewaffnet. Sie leuchtete Frank mit einer Taschenlampe ins Gesicht. Frank kniff seine Augen zusammen und schützte sie mit einer Hand.

»Mein Name ist Klarsen von der Kriminalpolizei in Jamestown. Ich ermittele in einem Mordfall. Sind Sie der Veranstalter dieses Treffens?«

Frank zog die Einladung aus seiner Hemdtasche und reichte sie der Person. Diese nahm sie und schaute sie nur flüchtig an.

»Der bin ich. Und was wollen Sie von mir?«, fragte der Veranstalter unfreundlich.

»Soll ich ewig hier liegen bleiben?«, fragte Frank.

»Oh, Verzeihung. Wo bleiben meine Manieren? Einen Moment.«

Gemeinsam schafften sie es, den schweren Karton beiseite zu räumen. Der Veranstalter reichte ihm die Hand und zog ihn hoch.

»Kommen Sie mit in mein Büro.«

Zurück im Gang schloss er eine der Türen auf und öffnete sie. Er verschwand im dunklen Zimmer und zog die Rollladen hoch. Licht durchflutete nun den Raum.

Die plötzliche Helligkeit brannte in Franks Augen. Der Veranstalter ging zu einem Schrank, zog eine Akte hervor, setzte sich an seinen Schreibtisch und blätterte darin herum.

»Nun?«, fragte er.

Frank schloss die Tür hinter sich und trat etwas näher.

»Vor ein paar Tagen wurde ein gewisser Herr Melborne ermordet. Er hatte zuvor eine Einladung von Ihnen bekommen und war gemeinsam mit einem anderen Mitglied hierher gefahren. Nach genau dieser Person fahnden wir jetzt. Wir kennen bereits ihren Vornamen und ihr äußeres Erscheinungsbild. Da es sich hier um einen Privatclub handelt, gibt es mit Sicherheit eine Mitgliederliste und genau da kommen Sie ins Spiel.«

»Darum geht es Ihnen also. Und Sie glauben, dass ich sie Ihnen jetzt einfach so aushändige? Vergessen Sie es.«

»Es geht hier um einen Mord!«, rief Frank verständnislos.

»Und wenn schon«, antwortete der Veranstalter unbeeindruckt, »die Daten unserer Mitglieder sind streng vertraulich. So sehr ich den Tod von Frederic auch bedaure. Das kann ich nicht tun.«

Den Tod von Frederic, dachte Frank misstrauisch.

»Woher kennen Sie seinen Namen?«

»Den haben Sie mir gerade eben gesagt«, antwortete der Veranstalter zögerlich.

»Nein, das habe ich nicht. Ich nannte Ihnen nur den Nachnamen. Sie kannten sich also persönlich? Wo waren Sie zum Zeitpunkt der Tat?«

»Was? Verdächtigen Sie jetzt etwa mich? Was für eine Frechheit. Es kann sein, dass ich schon das eine oder andere Mal mit ihm gesprochen habe. So groß ist unsere Organisation auch wieder nicht«, er wippte nervös mit dem Fuß.

»Ihre Organisation?«

»Organisation, Verein, Club, ist doch alles dasselbe. Was zum Geier wollen Sie von mir?«

»Das sagte ich Ihnen bereits, die Liste.«

»Das interessiert mich einen Scheißdreck!«, fluchte er plötzlich. »Ohne richterlichen Beschluss bekommen Sie von mir gar nichts. Und jetzt verschwinden Sie auf der Stelle, sonst verklage ich Sie wegen Hausfriedensbruchs!«

Frank wusste, dass ihm die Bürokratie die Hände band.

»Ich hoffe, Sie können nachts noch ruhig schlafen, falls ihretwegen, noch mehr Menschen diesem Verbrecher zum Opfer fallen sollten!«

Der Veranstalter schnaubte nur herablassend. Als sich Frank umdrehte um zu gehen, wurde er kurz von einem metallischen Gegenstand geblendet, welcher größtenteils von ein paar Büchern in einem Regal verdeckt wurde. Franks geschulte Augen erkannten sofort, womit er es zu tun hatte. Er grinste.

»Was noch?«, fragte der Andere unfreundlich.

Frank bewegte sich zielstrebig auf den Gegenstand zu. Der Veranstalter sprang auf und eilte ihm nach.

»Was machen Sie da? Finger weg!«, rief er.

Frank ließ sich nicht beirren und griff nach dem Gegenstand, der sich als Revolver entpuppte.

»Nette Waffe haben Sie da.«

»Ja, finde ich auch. Geben Sie her.«

Er griff nach dem Revolver, doch Frank zog ihn ihm vor der Nase weg.

»Schauen wir doch mal nach der Seriennummer. Oh je, da ist ja keine drauf. Dann sind Sie ja im Besitz einer illegalen Waffe«, sagte Frank sarkastisch.

»Die ist nicht von mir!«, beteuerte sein Gegenüber.

»Das kann ja jeder sagen. Ich glaube, ich sollte meine Kollegen informieren. Die bringen dann auch gleich einen Durchsuchungsbefehl mit. Da bin ich doch mal gespannt, was wir hier noch so alles finden werden.« Frank zückte sein Mikrofon. »Zentrale, hier Einheit zwölf, bitte melden, over«, dann schaute er den Veranstalter mit einem ernsten Blick an. »Die Liste«

Dieser kochte vor Wut. Am liebsten hätte er Frank den Hals umgedreht. Wie konnte er nur so unachtsam sein und seine Waffe herumliegen lassen? Es stand zu viel auf dem Spiel, als dass er es hätte riskieren können, die Polizei noch intensiver bei ihm herumschnüffeln zu lassen und so gab er klein bei.

Er ging zu seinem Schreibtisch, öffnete mit einem Schlüssel eine der Schubladen, zog einen Ordner aus der Schublade und heftete verärgert ein Blatt aus. Dann knallte er es auf den Tisch und schob es in Franks Richtung.

»Hier! Und jetzt lassen Sie mich in Frieden.«

Frank ging zum Schreibtisch, nahm die Liste an sich und überflog sie kurz.

»Hier Zentrale, was ist los, Einheit zwölf, over?«

»Ach nichts. Hat sich bereits erledigt, over and out.«

Frank legte den Revolver auf den Schreibtisch.

»Vielen Dank für Ihre Kooperation.«

Er drehte sich um und ging aus der Tür. Der Veranstalter schaute zum Revolver. Angespannt ballte er seine rechte Faust. Dann griff er ihn schnell, doch er zögerte.

War es das wert, fragte er sich. Er warf den Revolver wütend in die vorher geöffnete Schublade und drückte sie gewaltsam zu, setzte sich hin, verschränkte seine Arme über dem Kopf und atmete einmal tief durch. Dann rieb er sich die Hände durchs Gesicht und erstarrte vor Angst. Er war nicht allein.

Mittlerweile war Frank wieder bei seinem Dienstwagen. Er setzte sich hinein und ging die Liste noch einmal in Ruhe durch. Bingo, Jayden Parker, freute er sich. Doch kurz darauf kam die Ernüchterung. Na klasse, dachte er sich. Jayden Torelli. Welcher von den beiden ist es nun?

Er startete den Motor und machte ihn direkt wieder aus. Die Fressbude hatte geöffnet. Überall roch es nach altem Fett. Eine Bratwurst mit Fritten und Ketchup, dass war jetzt genau das Richtige, dachte er sich und leckte sich über die Lippen.

KAPITEL 5

NIEDERGESCHMETTERT

Kevin, Kathy, Mary und Steve saßen auf einem langgezogenen Heizkörper in einem Schulflur. Es war Pause. Kevin und Mary konnten mal wieder nicht ihre Hände voneinander lassen und küssten sich innig.

Steve fühlte sich unwohl. Das wollte er sich nicht antun. Nach dem katastrophalen Annäherungsversuch an Kathy neulich hatte er erst einmal genug von Beziehungen. Mit anzusehen wie ein glückliches Paar sich küsste, machte ihn unglücklich.

Steve hatte schon vieles in seinem jungen Leben erreicht. Er schrieb gute Noten und hatte eine rosige Zukunft vor sich.

Womöglich konnte er gleich nach seinem angestrebten Wirtschaftsstudium als führender Marketing Manager in einem Großunternehmen einsteigen, in dem sein Vater ein hohes Tier war. Eine überdurchschnittliche Bezahlung und ein krisensicherer Arbeitsplatz wären ihm somit gewährleistet.

Doch all das interessierte ihn nicht wirklich. Er war bescheiden. Geld hatte für ihn keinen Stellenwert, es war nur ein Mittel zum Zweck. Alles was er jemals wollte, wahrhaftig wollte, war eine feste Freundin. Aber nicht irgendeine.

Er kannte Kathy schon seit er denken konnte und fast genauso lange hegte er starke Gefühle für sie. Er hatte sich schon viele Gedanken über ihre mögliche Zweisamkeit gemacht. Ein großzügiges Haus an einem See, fernab vom Trubel der Großstadt. Ein großer Garten, Kinder…

Doch war sein Traum nun geplatzt. Er würde ihr Herz nie erobern können, denn sie hatte ihm verständlich gemacht, dass sie ausschließlich Freundschaft wollte. Steve stand auf.

»Ich geh mir ein Schnitzelbrötchen kaufen«, sagte er bedrückt.

»Kannst du mir eine Vollmilch mitbringen?«, fragte Kevin, der Mühe hatte, sich den Fängen Marys zu entziehen.

»Klar.«

»Danke.«

Steve wartete darauf, dass Kevin ihm das Geld für seine Milch gab, doch es kam nichts. Kevin bemerkte, dass er noch nicht fort war.

»Was?«, fragte er unfreundlich.

»Ach nichts.«

Gesenkten Hauptes machte er sich zum Kiosk auf, welcher sich auf der anderen Seite des Schulgeländes befand.

Kathy bemerkte Steves Kummer. Sie konnte sich denken, was in ihm vorging. Doch diese Situation überforderte sie vollkommen.

Auf der einen Seite wollte sie ihm Mut zusprechen, auf der anderen Seite ihm auf keinen Fall falsche Hoffnungen machen.

Sie mochte ihn sehr und es war auch nicht so, dass er überhaupt nicht ihrem Bild von einem Mann entsprach. Aber die Vorstellung, mit ihm zusammen zu kommen, war ihr zuwider.

Es wäre für sie so gewesen, als ob sie mit ihrem Bruder einen Beziehung eingehen würde. Genau so sah sie Steve, wie einen Bruder. Steve war einfach Steve.

Steve nahm das Wechselgeld von der Kioskverkäuferin, griff sein belegtes Brötchen und die Milch für Kevin und schlenderte über den Schulhof. Als er gerade in sein Brötchen beißen wollte, wurde er unerwartet angerempelt.

»Hoppla! Entschuldige, ich habe dich gar nicht gesehen«, beteuerte der Raufbold sarkastisch.

Steve kannte den Raufbold. Er hatte ihm schon des öfteren Probleme bereitet. Er schwieg und ging weiter. Doch dann versperrten ihm drei Freunde des Raufbolds den Weg.

»Hey! Mal langsam, Freundchen. Ich sagte Entschuldigung. Willst du sie denn etwa nicht annehmen?«, fragte der Raufbold verärgert.

»Doch, doch. Es ist alles okay«, erwiderte Steve und wollte gehen, doch der Andere hielt ihn fest.

»Nichts ist okay. Meine Entschuldigung ist dir wohl nicht gut genug.« Er fing an Steve vor sich her zu schubsen.

»Ich sagte doch schon, dass es okay ist. Ich möchte keinen Ärger, lasst mich einfach in Ruhe«, sagte Steve eingeschüchtert.

»Ich möchte keinen Ärger«, plapperte der Provokateur nach, seine Mitläufer lachten. »Ich sage, wenn etwas okay ist und du hast meinen Stolz verletzt!«

Erneut schubste er ihn. Diesmal so heftig, dass Steve hinfiel und sein Brötchen in den Dreck rutschte.

»Oh, das tut mir jetzt aber wirklich Leid. Was wirst du nun tun? Dich bei deiner Mami ausheulen gehen?«, amüsierte sich der Angreifer. Seine Freunde bekamen schon Tränen in den Augen vor Lachen.

Steve rappelte sich langsam auf, da wurde er zurück auf den Boden gedrückt.

»Hey! Habe ich etwas von Aufstehen gesagt?«

»Lasst mich doch in Ruhe, verdammt!«, rief Steve gereizt. Erneut plapperte der Raufbold ihm nach. Die Gruppe hatte einen riesigen Spaß, als plötzlich…

»Hey! Spinnt ihr? Verpisst euch Ihr Hinterwäldler!«, rief Kathy zornig.

»Und wer bist du? Sein Bodyguard?, fragte der Raufbold überrascht. »Seht euch dass an. Der Typ wird von einem Mädchen verteidigt!« Die Gruppe fing an heftig zu lachen, doch nicht nur sie, auch andere unbeteiligte Schüler hatten von dem Treiben Wind bekommen und amüsierten sich. »Du bist echt armselig, Junge«, setzte der Raufbold fort. Dann entfernten sie sich.

»Das sagt der Richtige! Arschlöcher!«, rief ihnen Kathy hinterher. »Alles in Ordnung?«, fragte sie Steve und reichte ihm ihre Hand. Steve schlug sie entsetzt aus.

»Ob alles in Ordnung ist?«, fluchte er. »Du hast mich vor allen bloß gestellt!«

Er stand auf.

»Aber ich wollte dir doch nur helfen.«

»Helfen nennst du das? Jetzt kann ich mich in der ganzen Schule nicht mehr blicken lassen!«

70

»Aber ...«

»Ach, vergiss es einfach.«

Steve rannte weg, verfolgt von den herablassenden Blicken der Schüler, die über ihn lästerten.

»Es tut mir Leid«, nuschelte Kathy, der jetzt erst bewusst wurde, was sie ihm dadurch ungewollt angetan hatte.

Gemächlich tickte eine handgefertigte Uhr. Es war eine Original Schwarzwalduhr. Plötzlich schoss ein winziger, bemalter Holzvogel aus einem kleinen Türchen über dem Ziffernblatt, und rief elf Mal ›Kuckuck‹.

Kurz danach hörte man einen Schlüsselbund klimpern. Die Haustür öffnete sich. Roger und seine Freundin kamen freudestrahlend herein. Sie umarmten und küssten sich. Offensichtlich hatten sie einen schönen und aufregenden Tag zusammen erlebt.

An der Kommode machten sie halt und küssten sich erneut. Als Roger seinen Schlüsselbund auf die Kommode neben den Anrufbeantworter legte, bemerkte er, dass das Lämpchen leuchtete.

»Und jetzt kommt das Beste«, sagte Rogers Freundin grinsend. Roger wusste, was gemeint war und grinste zurück, seine Gedanken waren aber ganz woanders. Wer könnte hier angerufen haben? Was könnte er gewollt haben? Vielleicht war es wichtig, dachte er sich. Er konnte sich nicht helfen. Er musste es einfach tun.

»Geh schon mal vor, Schatz, ich höre nur noch kurz die Nachrichten ab und komme unverzüglich nach.«

»Na gut. Dann habe ich noch Zeit, in etwas Bequemes zu schlüpfen. Lass mich nicht zu lange warten«, mahnte seine Freundin verführerisch.

»Das werde ich ganz sicher nicht.«

Kaum war seine Freundin im Schlafzimmer verschwunden, drückte Roger stürmisch auf den Knopf. Ihm war die Nummer zu vertraut, die nun auf dem Display angezeigt wurde. Es war Franks Nummer.

Ein ungutes Gefühl machte sich in ihm breit. Frank wusste doch, dass er heute den ganzen Tag mit seiner Freundin verbringen wollte, er wusste, dass sie schon länger nichts mehr gemeinsam unternommen hatten und dieser Tag sehr wichtig für sie war. Was könnte ihn also dazu bewegt haben, trotzdem anzurufen und ihre Zweisamkeit zu stören?

»Sie haben drei neue Nachrichten«, sagte die Maschine und piepte, »Nachricht eins.«

»Hey Roger, ich bin es, Frank. Sorry, dass ich störe, aber falls du da bist, geh mal an dein Telefon. Ich hab die Liste.«

»Nachricht zwei.«

»Wo steckst du nur so lange? Ich habe es auch schon auf deinem Handy versucht, doch es ist ausgeschaltet. Ich habe etwas Unglaubliches herausgefunden! Melde dich, wenn du da bist!«

»Nachricht drei.«

»Verdammt, Roger! Komm so schnell wie es geht ins Polizeirevier, in die Autopsie. Ich habe herausgefunden, wer hinter all den Morden steckt! Er hat mir einen blauen Kristall gezeigt, du wirst Augen machen!« Lärm ertönte. »Was war das? Du, ich ruf dich gleich nochmal an. Da scheint jemand zu sein.«

»Keine weiteren Nachrichten«, der Anrufbeantworter schloss mit einem Piep ab.

Roger wurde speiübel. Franks letzte Nachricht war bereits über eine Stunde her. Warum hatte er sich nicht mehr gemeldet? Konnte er vielleicht nicht? Weswegen? Die schlimmsten Fantasien schossen ihm durch den Kopf.

»Roger! Wo bleibst du?«, rief seine Freundin.

Er schaute zur halb offen stehenden Schlafzimmertüre, dann wieder zurück auf den Anrufbeantworter.

»Roger!«

»Vergib mir«, er griff seinen Schlüsselbund und verließ die Wohnung. Die Wohnungstür knallte zu.

»Roger?«

Seine Freundin kam leicht bekleidet aus dem Schlafzimmer und riss die Wohnungstüre auf. Sie sah nur noch Rogers Schatten unten im Treppenhaus aus der Haustür eilen.

»Roger!«, rief sie ihm entsetzt nach. »Nicht schon wieder ... Bedeute ich dir denn gar nichts mehr?« Bestürzt ging sie zurück in die Wohnung.

Mit erhöhter Geschwindigkeit raste Roger mit seinem Auto durch die Straßen. Dabei ignorierte er eine rote Ampel und verursachte fast einen Unfall. Unerschütterlich fuhr er weiter, als sei nichts passiert. Er schaltete sein Handy ein und rief Frank an. Es klingelte.

»Komm schon, Frank, geht an dein verfluchtes Handy«, rief er ungeduldig nach dem ersten Ton.

In den Hallen der Autopsie war es dunkel und ruhig. Nur in einem Raum am Ende des Ganges brannte Licht. Ein Klingelton brach die sonst so düstere Atmosphäre.

Er hallte durch den ganzen Keller. Franks Handy lag auf dem Boden neben einem Autopsietisch, auf dem der Leichnam von Frederic Melborne aufgebahrt war.

Plötzlich beugte sich ein Schatten über das Handy. Frank?

Mit quietschenden Reifen schoss Roger um eine Kurve, blieb mitten auf zwei Parkplätzen stehen, riss die Fahrertüre auf und rannte ins Revier.

Zu dieser Uhrzeit war es nur mit einer Handvoll Männern besetzt.

Roger rannte so schnell, dass er bereits außer Sichtweite in ein Treppenhaus abgebogen war, als der Polizist am Empfang seine Schritte wahrnahm und seine Zeitung niederlegte.

Verdutzt schaute er den Gang entlang, schüttelte den Kopf und setzte sein Kreuzworträtsel fort, mit dem er gerade beschäftigt gewesen war. Ein anderes Wort für Unzuverlässigkeit, mit elf Buchstaben.

Mit viel Schwung flog die Doppeltüre der Autopsieabteilung auf und knallte gegen die Wand.

»Frank!«, rief Roger.

Keine Antwort. Nun sah er das Licht, das aus dem Raum am Ende des Ganges strahlte.

»Frank!«, rief er erneut.

Wieder keine Antwort. Hier stimmt etwas nicht, dachte sich Roger. Er zog seine Pistole. Vor dem Autopsieraum atmete er noch einmal tief durch und sprang mit angelegter Waffe in den Raum.

Schnell senkte er sie wieder, sein Atem geriet ins Stocken. Seine schlimmsten Befürchtungen hatten sich bewahrheitet.

Neben dem Autopsietisch lag Frank, das Gesicht nach unten, auf dem Boden. Sein rechter Arm war ausgestreckt und zeigte in die Richtung seines Handys. Er musste von hinten kurz nach seinem letzten Anruf attackiert worden sein.

Roger hockte sich neben Frank. Er sah gleich, dass er tot war. Frank wies dieselben Verbrennungen auf wie schon die unzähligen Opfer vor ihm.

Wie konnte das geschehen, fragte er sich. War der Mörder tatsächlich so dreist gewesen und ist ihm bis ins Polizeirevier gefolgt? Oder ist der Mörder etwa...

Roger drehte ihn vorsichtig um. Franks Augen waren weit aufgerissen, sie durchdrangen ihn regelrecht. Er versuchte verzweifelt, Franks Augenlider zu schließen, doch sie öffneten sich immer wieder.

»Frank... ich hätte nicht auf dich hören sollen und dich lieber begleitet, dann wärst du jetzt vielleicht noch am Leben«, sagte er bestürzt. »Verdammt noch mal, Frank! Während du um dein Leben gekämpft hast, habe ich mich amüsiert. Als du mich am meisten brauchtest, war ich nicht da. Es tut mir Leid. Ich schwöre dir bei allem, was mir heilig ist, ich finde diesen Dreckskerl! Du kannst dich auf mich verlassen, du kannst dich auf mich verlassen!«, rief Roger in einer Mischung aus Wut und Trauer.

»Was ist denn hier los? Warum ist diese Leiche nicht im Kühlraum?«

Roger drehte sich erschrocken um. Es war Timothy. Erst jetzt nahm Timothy Frank wahr.

»Großer Gott, ist das nicht Detektiv Klarsen? Was ist hier passiert? Ist er etwa ...«

»Ja, er ist tot«, trauerte Roger. »Aber was zum Teufel tun Sie hier unten?«, fragte er misstrauisch.

»Ich wurde von Herrn Klarsen angerufen. Ich solle sofort hierher kommen, er habe etwas Wichtiges herausgefunden. Und so habe ich mich auf den Weg gemacht.«

»Er hat Sie angerufen?«, fragte Roger irritiert.

»Ja, was ist mit Ihnen? Hat er Sie auch angerufen?«

Roger ignorierte die Frage und fing an Franks Leichnam zu durchsuchen.

»Was machen Sie da?«

»Die Liste, wo ist die gottverdammte Liste?«

»Was für eine Liste?«

»Die Mitgliederliste, die sich Frank besorgt hatte.«

»Ich weiß nicht, wovon Sie reden.«

Roger wollte ihm gerade alles detailliert erklären und schaute hoch zu Timothy, da verzog Roger sein Gesicht.

»Was?«, fragte Timothy verwirrt. »Ich weiß wirklich nicht wovon...« Da sprang Roger auf und stürmte an Timothy vorbei aus dem Raum.

»Stehen bleiben!«, rief er zornig und schoss drei Mal den Gang hinunter. Doch er verfehlte sein Ziel haarscharf. Er setzte die Verfolgung hasserfüllt fort. Es war Jayden, den er verfolgte und der plötzlich hinter Timothy gestanden hatte. Der Jayden, nach dem alle suchten. Der sich an zu vielen Tatorten herumgetrieben hatte und die letzte Person war, mit der Frederic Melborne lebend gesehen wurde.

Nun war sich Roger vollkommen sicher. Es bestand kein Zweifel mehr. Dieser Jayden musste der Mörder von Jamestown sein. Es war absolut ausgeschlossen, dass er durch irgendwelche Medien vom neusten Tatort Wind bekommen hatte, denn außer ihm und Timothy wusste bisher niemand, außer der Mörder selbst, davon.

Des weiteren hätte ihn der Polizist am Empfang nicht passieren lassen. Er musste sich also irgendwie herein geschlichen haben, ermordete Frank, nahm die Liste an sich und hielt sich versteckt, als er Roger kommen hörte.

Rogers Hass gab ihm die nötige Kraft um ihn einzuholen, doch er war immer noch nicht nah genug. Er überlegte sich, noch einmal zu schießen, doch war ein Schuss während des Laufens unkontrollierbar und er wollte ihn unbedingt lebend fangen.

Jayden flüchtete durch die Notausgangstüre und löste dabei einen Alarm aus.

Sie rannten die Straße hinunter und dann querfeldein durch einen kleinen Park. Auf der anderen Seite angekommen eilte Jayden in eine Häuserschlucht, die direkt in eine Sackgasse führte. Roger dachte, er hätte ihn, doch Jayden zögerte keine Sekunde und kletterte die Mauer hoch, welche die Häuser miteinander verband.

Roger griff nach ihm und erhaschte Jaydens Bein, aber der konnte sich losreißen und sprang auf der anderen Seite hinab.

Roger kletterte hinterher, doch rutschte er auf halber Strecke ab und knallte auf den harten Asphalt. Sein Arm blutete, unbeeindruckt versuchte er es sofort erneut. Diesmal schaffte er es. Trotz des großen Vorsprungs, den Jayden nun hatte, schaffte es Roger ihn wieder einzuholen. Sein Körper war so voller

Adrenalin, dass er weder Schmerz noch Erschöpfung spürte.

Sie sprinteten durch eine alte Allee auf einen geschlossenen Bahnübergang zu. Ein Güterzug näherte sich mit hoher Geschwindigkeit.

Jetzt müsste er doch endlich aufgeben, dachte sich Roger. Doch Jayden riskierte es. Er sprang über die Schranke und hechtete lebensmüde über das erste Gleis, dabei wurde er nur knapp vom Zug verfehlt, der nun mit voller Kraft bremste.

Die Güterwagons rauschten gewaltsam mit einem lauten Quietschen, weiter an ihnen vorbei und wurden dabei immer langsamer. Jayden raffte sich erschöpft auf und schaute zu Roger. Beide sahen sich tief in die Augen.

»Du kannst rennen, doch entkommen wirst du mir nicht, denn die Welt ist eine Kugel, du rennst eh nur im Kreis! Eines Tages kriege ich dich!«, rief Roger blutrünstig.

Jayden zeigte keine Emotionen und nutzte die Gelegenheit zu verschwinden.

Niedergeschmettert öffnete Roger seine Wohnungstüre und betrat sie. Es war bereits kurz nach drei Uhr morgens. Im Wohnzimmer brannte noch Licht. Als er die Türe zumachte, kam seine Freundin. Ihre Nase war ganz rot und ihre Augen unterlaufen. Sie gab Roger eine heftige Backpfeile.

»Wo bist du gewesen? Warum bist du einfach abgehauen? Weißt du eigentlich, wie spät es ist?«, keifte sie hysterisch. »Mir reicht es langsam mit dir, immer ...«

»Frank ist tot«, unterbrach er sie traurig.

»Was?«, fragte seine Freundin schockiert. »Aber wie… Komm her.«

Sie schloss ihn zärtlich in ihre Arme und versuchte ihn zu trösten.

KAPITEL 6

DIE ENTSCHEIDUNG

Kathy rief ihren Bruder auf seinem Haustelefon an. Es klingelte ein halbes Dutzend Mal, doch niemand hob ab. Tatsächlich war Matthew zuhause. Er stand direkt neben dem Telefon. Doch als er die Nummer erkannte, wollte er nicht abheben.

Er war jetzt schon seit einigen Tagen nicht mehr in der Schule gewesen und hatte keine Lust auf eine eventuelle Moralpredigt.

Trotzdem blieb er am Telefon stehen und hörte sich an, was seine Schwester zu sagen hatte, als sich der Anrufbeantworter einschaltete.

»Hey, ich bin es, dein Schwesterchen. Was ist los mit dir? Ist alles okay bei dir? Du bist jetzt schon gut eine Woche nicht mehr in der Schule gewesen. Ich mache mir Sorgen um dich. Wenn du da bist, bitte geh ans Telefon.«

Matthew scherte sich nicht darum. Als aber Kathy anfing zu schluchzen, bekam er ein schlechtes Gewissen. Auch wenn er sich schon oft heftig mit ihr gestritten hatte und sie ihn zur Weißglut brachte, so war es immer noch seine Schwester.

Er sah es nicht gern, wenn sie traurig war. So überwand er sich und nahm den Anruf entgegen.

»Kathy?«

»Matthew?«, fragte Kathy überrascht.

»Ich wollte dir nur sagen, dass mit mir alles in Ordnung ist. Ich habe mir nur eine Magen-Darm-Grippe zugezogen. Alles halb so wild. Du brauchst dir also keine Sorgen zu machen.«

»Ich bin so froh dich zu hören. Brauchst du irgendetwas? Soll ich heute Nachmittag mal bei dir vorbei kommen?`«

»Nein, nein«, winkte Matthew ab. »Du brauchst nicht vorbeikommen, ich habe hier alles, was ich brauche. Außerdem will ich dich nicht unnötig anstecken.«

»Wirklich nicht?«, drängte Kathy. »Ich würde dann so gegen fünfzehn Uhr vorbeikommen.«

»Ich sagte nein!«, brüllte er verärgert und legte auf. Kathy schnaubte. In dem Moment ging Frau Escher vorbei, die gerade auf dem Weg zum Lehrerzimmer war.

»Frau Escher! Warten Sie bitte kurz.«

Frau Escher blieb stehen und drehte sich um. Kathy lief zu ihr.

»Ach, Kathy, du bist es. Womit kann ich helfen?«

»Ich wollte Ihnen nur mitteilen, dass Matthew eine Margen-Darm-Grippe hat und deshalb diese Woche nicht in der Schule war.«

»Das bezweifele ich doch stark«, widersprach Frau Escher.

»Wie bitte? Warum?«, fragte Kathy erstaunt.

»Wissen Sie es denn noch nicht?«

»Was soll ich noch nicht wissen?«

»Das sieht ihm ähnlich«, sie schüttelte den Kopf. »Matthew hatte am Montag eine Klassenkonferenz und ist nicht erschienen, deshalb wurde er ausgeschult.« Kathy konnte nicht glauben was sie da hörte. »Ich hatte ihn explizit darauf hingewiesen, dass es seine letzte Chance sei, doch er hat sie bewusst nicht genutzt.«

»Das kann doch nicht wahr sein. Und mir erzählt er, er wäre krank«, sie war fassungslos. »Na der wird was zu hören bekommen. Das können Sie mir glauben.«

»Viel Erfolg. Aber ein Betonpfeiler ist wohl eher dazu bereit, einen Schritt nach vorne zu machen als Matthew.«

In einem düsteren Verschlag klingelte ein Mobiltelefon, das auf einem alten Holztisch lag. Die Holzwände hatten teils große Spalten, die provisorisch mit ein paar krummen Brettern geflickt worden waren.

Überall hingen Spinnennetze. Unzählige Werkzeuge waren mit Nägeln an den Wänden befestigt worden. Überwiegend alt und verrostet, hatten sie merkwürdige dunkle Flecken an ihren Nutzflächen.

Neben dem Eingang befanden sich ein paar abgedeckte Kisten, auf denen sich der Staub schon Zentimeter hoch angesammelt hatte.

Durch das Dach tropfte es gelegentlich. Eine unverkleidete Glühbirne hing in der Mitte des Raumes und wurde durch den Wind, der durch die unzähligen Löcher der Wände zog, hin und her gewippt.

Eine Person betrat den Raum und schaltete sie ein. Sie flackerte leicht, bevor sie richtig anfing zu leuchten und warf ein schwaches, dunkles Licht in den Raum. Eine große Motte wurde vom Licht angezogen und tanzte wie ein Indianer ums Lagerfeuer.

Die Person entpuppte sich als Jayden. Er setzte sich auf einen alten Hocker vor den Tisch und ging ans Handy.

»Ja?«

»Hey, Jayden, altes Haus. Ich bin es, Matthew.«

»Servus, Matthew«, freute sich Jayden. »Hast dich ja lange nicht mehr gemeldet.«

»Ja, ich hatte viel Stress in letzter Zeit.«

»Tja, das Leben ist kein Zuckerschlecken. Ich hatte auch ordentlich zu tun«, Jayden hob ein Messer auf und schaute sich die Klinge an. Auf ihr war eine eingetrocknete rötliche Substanz. Er rieb sie ein paar mal über seinen Ärmel. »Was macht die Schule?«

»Ist doch unwichtig«, wich Matthew aus. »Du, ich hatte dir doch mal erzählt, dass ich ein Drehbuch schreibe, oder?«

»Ja, das hattest du.«

»Nun ja, ich bin jetzt soweit damit fertig. Es fehlt nur noch der Feinschliff. Den dürfte ich bis nächste Woche fertig haben und dann könnte ich auch schon nächsten Samstag anfangen zu drehen. Da wollte ich mal nachfragen, ob dein Angebot noch steht und du mir dabei hilfst?«

Plötzlich rammte Jayden gewaltsam das Messer in den Tisch.

»Na klar doch. Ist mal ein wenig Abwechslung vom Alltag. Du kannst auf mich zählen.«

»Klasse!«, rief Matthew euphorisch. »Endlich mal jemand, auf den man sich verlassen kann. Dann würde ich sagen, bis nächsten Samstag?«

»Abgemacht. Wo und um wie viel Uhr?«

»So gegen zwölf, wenn es recht ist. Ich werde dich dann abholen. Okay?«

»Ist gut.«

»Dann bis dann, dann.«

»Okay, bis dann.«

Jayden legte auf, hielt kurz inne, riss seinen Mund auf und verspeiste genüsslich ein Marmeladenbrot.

Roger befand sich mit seiner Freundin auf einem Friedhof. Er nahm an der Beerdigung von Frank teil. Frank hinterließ seine Frau und zwei kleine Kinder, welche noch nicht recht begriffen, was los war und ständig fragten, wann Daddy nach Hause komme. Franks komplette Familie und einige Polizisten nahmen an der Bestattung teil. Die Stimmung war getrübt.

Die Sonne schien grell, ihre Strahlen wärmten, der Himmel war wolkenlos und in ein freundliches Hellblau getunkt. Vögel sangen. Es hätte so ein schöner Tag sein können.

»[...] Asche zu Asche, Staub zu Staub. Möge er in Frieden ruhen«, sprach der Priester und beendete damit die Zeremonie.

Die beiden Totengräber ließen den Sarg langsam ab, auf dem ein großer, aufwändig dekorierter Kranz und ein Bild von Frank lagen. Die Angehörigen gingen der Reihe nach ans Grab und warfen kleine Blumensträuße hinein. Franks Kinder wurden von ihrer Großmutter fortgebracht. Die Menge löste sich allmählich auf.

Rogers Freundin rieb Roger über die Schulter und ging schon einmal zum Auto vor. Er schaute ihr nach, dabei erspähte er Timothy, der am Friedhofseingang stand. Was macht der denn hier, fragte sich Roger. Als Timothy bemerkte, dass Roger ihn gesehen hatte, suchte er zügig das Weite. Das kam ihm spanisch vor. Doch war jetzt nicht die Zeit zum Grübeln. Er war an der Reihe.

Roger ging zum Grab und hockte sich hin. Er hatte schon vieles mit Frank erlebt. Gute wie schlechte Erinnerungen spielten sich in seinem Kopf ab. Bei so manchen musste er grinsen. Er atmete noch einmal tief durch, nun warf er auch seinen Strauß hinein.

Er verabschiedete sich noch bei Franks Frau Franziska, welche von ihrem Bruder getröstet wurde und folgte seiner Freundin, die schon im Auto saß.

Auf der Fahrt zurück herrschte eine erdrückende Stille, die erst gebrochen wurde, als Roger zuhause im Treppenhaus auffiel, dass seine Freundin nervös in ihrer Handtasche wühlte.

»Was suchst du?«

»Mein Handy, ich finde es nicht. Ich muss es wohl im Auto liegen gelassen haben.«

»Hier«, er gab ihr die Autoschlüssel.

»Dauert nur eine Sekunde«, sagte sie und eilte die Treppe hinunter.

Auf der zweiten Etage angekommen, fiel Roger vom Glauben ab. Er ertappte Jayden, welcher gerade etwas unter seiner Wohnungstüre durchschob.

»Da bist du ja! Diesmal kommst du mir nicht davon!«, rief Roger wutendbrannt und stürmte auf Jayden zu.

Jayden rannte bis zum Ende des Flurs, riss das Fenster auf und kletterte ein Rohr herunter. Roger klebte ihm wortwörtlich an den Fersen. Diesmal würde er ihm nicht entkommen, doch Jayden war nicht auf den Kopf gefallen.

Er flüchtete ins Getümmel der Innenstadt und lenkte Roger gezielt in ein Kaufhaus hinein. Dort schaffte er sich durch das Umwerfen von kleineren Regalen und Ständern einen Vorsprung, griff sich wahllos einen Artikel und stürmte damit durch die Lichtschranke des Hauses.

Prompt ertönte der Alarm. Er ließ den Artikel direkt am Eingang fallen und sprintete weiter die Straße hinab. Als Roger kurz darauf ebenfalls die Lichtschranke passieren wollte, wurde er plötzlich von zwei Sicherheitsbeamten niedergeworfen und festgehalten.

»Nicht so schnell, Freundchen! Da will wohl einer nicht bezahlen!«, rief der eine.

»Ja, ich hab es genau gesehen, wie er diesen Artikel hier stehlen wollte«, behauptete der andere und hob die Ware auf, die Jayden kurz zuvor dort zurückgelassen hatte.

»Lasst mich los, ihr Idioten! Ich bin Polizist!«, fluchte Roger.

»Das kann ja jeder sagen«, sagte der eine, der andere lachte.

Vollkommen fassungslos schaute Roger mit an, wie ihm Jayden erneut entwischte.

Die beiden Sicherheitsbeamten waren nicht zu überzeugen, hielten seinen Polizeiausweis sogar für gefälscht.

Erst nachdem sie Roger dazu gebracht hatte, sich die Videoaufzeichnungen der Überwachungskameras anzusehen, ließen sie ihn gehen.

Verärgert über sein erneutes Scheitern, kehrte er zurück nach Hause. Seine Freundin erwartete ihn schon.

»Wo warst du die ganze Zeit? Hier lag ein Umschlag für dich auf dem Boden, es befand sich aber kein Absender drauf.«

»Wo ist dieser Umschlag jetzt?, drängte Roger.

»Ich habe ihn auf den Küchentisch gelegt«, antwortete seine Freundin, überrascht von seinem plötzlichen Stimmungswandel. Roger eilte an seiner Freundin vorbei in die Küche und riss übereifrig den Umschlag auf.

In ihm befanden sich, zu Rogers Erstaunen, eine Kopie der Mitgliedsliste des Motorradclubs und ein handgeschriebener Brief. Das gibt es doch nicht, dachte er sich. Er nahm Platz und las ihn aufgeregt durch.

»Ich weiß nicht so recht, wo ich anfangen soll. Aber ich möchte, dass Sie wissen, dass ich nicht für den Tod Ihres Kollegen verantwortlich bin. Tatsächlich wollte ich ihn noch warnen, doch ich kam leider zu spät. Ihr Kollege war dort in eine Sache hinein geraten, die eine Nummer zu groß für ihn gewesen ist. Ich habe Sie eine Weile beobachtet. Ich weiß, dass Sie des Rätsels Lösung gefährlich nahe gekommen sind. Und so möchte ich wenigstens Sie warnen, bevor es für Sie ebenfalls zu spät ist. Stellen Sie die Ermittlungen bezüglich der Morde in Jamestown ein und vergessen Sie, was hier geschehen ist. Wechseln Sie Ihren Wohnort und fangen Sie dort ein neues Leben an. Tun Sie es Ihrer Freundin zuliebe. Dann wird Ihnen auch nichts geschehen. Ansonsten erwartet Sie nur eines, der Tod.«

Roger dachte nach. Dann betrat seine Freundin die Küche.

»Alles in Ordnung?«

»Ja. Alles bestens«, antwortete Roger mit einem gezwungenen Lächeln.

»Okay. Wenn etwas ist, ich bin im Wohnzimmer.«

Er nickte ihr zu und sie verließ den Raum wieder. Er sah ihr nach. Alles abbrechen? Ein neues Leben anfangen? Nein, Roger war nicht der Typ dafür. Wenn er etwas anfing, brachte er es auch zu Ende. Er ließ sich nicht von den Warnungen einschüchtern. Er würde Franks Mörder finden und ihn zur Strecke bringen. Das hatte er ihm versprochen. So las er weiter.

»Falls Sie es einfach nicht lassen können, möchte ich Ihnen trotzdem behilflich sein. Wie Sie sicherlich schon bemerkt haben, habe ich Ihnen eine Kopie der Mitgliederliste beigefügt, welche Ihren Kollegen das Leben kostete. Ich denke, dass Sie damit arbeiten können. Doch ich warne Sie ein letztes Mal. Es ist lebensgefährlich, man wird sie töten. Es wäre also das Sinnvollste, die Liste zu verbrennen. gez. Ein Freund.«

Roger ging die Liste durch, auf welcher ein Name unkenntlich gemacht worden war. Erschreckend viele Namen kamen ihm bekannt vor. Es waren frühere Mordopfer. Fast alle waren darauf zu finden. Die Opfer kannten sich also untereinander, schloss er daraus.

Ihm wurde schnell klar, was er da in den Händen hielt. Es war keine einfache Mitgliederliste irgendeines Clubs, es war eine Todesliste und jede Person auf diesem Blatt schwebte vermutlich in Lebensgefahr.

Alle Morde in Jamestown waren somit nicht wahllos gewesen, sondern gezielt.

Doch warum sollte jemand Interesse daran haben, diese Menschen zu ermorden? Was stimmte mit diesem Club nicht und welche Verbindung hatten die Mitglieder zueinander, außer, dass sie Motorräder toll fanden?

Das konnte doch nicht das Motiv sein, oder doch? Menschen hatten schon für belanglosere Dinge gemordet, das wusste er, aber so systematisch? Das war ihm fremd.

Dann fand er den Namen, den er so sehnlichst suchte, Jayden Parker. Roger sprang auf und machte sich gleich auf den Weg. Jayden schwebte in Lebensgefahr. Er musste ihn finden, bevor der Mörder es tat.

KAPITEL 7

IST ES GESCHAFFT?

Laute Rock Musik dröhnte aus einer Anlage aus Matthews Wohnung. Sie war so laut, dass man beinahe schon auf der Straße vorm Haus dazu tanzen konnte. Seine Wohnung sah anders aus, dreckiger. Die Müllberge versuchten sich gegenseitig in ihrer Höhe zu übertreffen.

Matthew saß auf einem alten, klapprigen Holzstuhl, wackelte mit seinem Bein im Rhythmus der Musik und schrieb akribisch an seinem Drehbuch.

Kathy betrat das Treppenhaus. Kurz darauf klingelte es mehrmals in Matthews Wohnung, doch er konnte sie wegen der lauten Musik nicht hören. Schnell gesellte sich zum Klingeln ein Klopfen, welches immer heftiger wurde, bis schließlich die Klingel gar nicht mehr losgelassen wurde.

Endlich bemerkte Matthew, dass etwas mit dem Rhythmus der Musik nicht stimme. Als er seine Anlage leiser drehte um zu horchen, ob die Boxen kaputt waren, wurde ihm schließlich klar, was dieses Geräusch verursachte.

Er ging zur Wohnungstür und öffnete sie. Vor ihm stand ein älterer Herr, ein Nachbar. Seine Verärgerung stand ihm ins Gesicht geschrieben.

»Was fällt Ihnen eigentlich ein?!«, schrie er Matthew ohne Vorwarnung an. »Schon einmal etwas von Mittagsruhe gehört? Machen Sie gefälligst die Musik leiser, sonst rufe ich die Polizei! Haben wir uns verstanden?«, drohte er kompromisslos.

»Ist ja schon gut«, antwortete Matthew. »Man muss ja nicht gleich übertreiben. Ich werde die Musik leider drehen.«

Der Nachbar drehte sich um und ging zurück in seine Wohnung. »Alter Sack«, murmelte Matthew, schloss die Tür, ging zu seiner Anlage und drehte die Musik auf eine für ihn angemessene Lautstärke. Er saß noch keine drei Sekunden, da klingelte es erneut.

Jetzt reicht es aber, dachte er sich. Ist es ihm etwa immer noch zu laut? Wütend stand Matthew auf und schleuderte seinen Stuhl in die nächste Ecke. Strammen Schrittes ging er zur Tür und riss sie auf.

»Was noch?!«, schrie er.

Kathy schreckte zurück. Die unerwartet aggressive Haltung ihres Bruders schüchterte sie ein.

»Ach, du bist es nur«, wechselte Matthew auf eine freundliche Stimme, als er bemerkte, wer es war. »Ich dachte du seist jemand anders.«

»Darf ich reinkommen?«, fragte sie.

»Klar doch. Fühle dich wie zuhause.«

Matthew machte einen Schritt zur Seite. Kathy trat ein und ging zielstrebig ins Wohnzimmer. Sie war nicht zum ersten Mal hier. Matthew schloss die Tür und folgte ihr.

»Möchtest du etwas trinken?«

»Gerne.«

Matthew verschwand in die Küche, während sich Kathy einen Weg durch das Chaos bahnte und zögerlich ein Plätzchen auf dem Sofa freiräumte.

»Cola, Limo oder Wasser?«, hallte es aus der Küche.

»Eine Cola, wenn es recht ist.«

Kathy setzte sich. Kurz darauf kam Matthew mit einem Glas Cola zurück ins Wohnzimmer, reichte ihr das Glas, schmiss ein paar leere Essensschachteln vom Sessel und setzte sich ebenfalls.

Das Glas war von außen noch feucht und hatte stellenweise trübe Flecken. Es schien erst vor wenigen Augenblicken von Hand provisorisch gespült worden zu sein. Kathy wollte sich gar nicht ausmalen, wie es wohl in der Küche aussah und suchte verzweifelt nach einer sauberen Stelle am Glas.

»Also. Was verschlägt dich hierher? Ich sagte doch, dass du mich nicht besuchen brauchst. Meine Grippe ist schon deutlich besser geworden.«

»Besser geworden, ja?«, Kathy stellte verärgert ihr Glas auf den Tisch. »Hör doch mit den Spielchen auf. Ich weiß jetzt ganz genau, was Sache ist. Ich habe mich heute mit Frau Escher unterhalten.«

Matthew stöhnte, verschränkte seine Arme hinter seinem Kopf und hörte sich die zu erwartende Moralpredigt gelassen an.

»Sie erzählte mir, dass du von der Schule geflogen seist! Sag mal, bist du verrückt geworden? Was, um Himmels Willen, ist los mit dir?«

»Mit mir ist gar nichts los«, antwortete er ruhig. »Mir geht es besser als jemals zuvor. Nie habe ich so klar gesehen wie jetzt«, sprach er mit einem Leuchten in den Augen.

»Ach was«, sagte Kathy herablassend, »Wenn mit dir alles in Ordnung wäre, dann würdest du nicht dein Leben wegschmeißen. Aber ich habe ja schon lange eine Vermutung, weswegen du dich so hast gehen lassen.«

»Warum sagen mir immer alle, ich würde mein Leben wegwerfen, nur weil ich als Einziger den Mut dazu habe, meinen Traum wahr werden zu lassen?«, fragte Matthew verärgert. »Und was für eine Vermutung überhaupt? Wovon redest du?«

»Wovon schon? Von Papa natürlich. Du redest dir doch immer noch ein, du seist schuld an seinem Tod. Habe ich Recht?«

Matthew erschrak. Damit hatte er nicht gerechnet. Er erinnerte sich zurück an den Tag, den er glaubte, für immer aus seinem Gedächtnis verdrängt zu haben.

Zehn Jahre zuvor. Wir schreiben das Jahr 2002.

Kathys und Matthews Vater arbeitete als Bodyguard. Er gehörte zur Leibwache von Mario Torelli, dem ehemaligen Gouverneur des Bundesstaates James Country.

Vor einem angesehenen Hotel zankten sich Presse, Fernsehteams und ein Dutzend Schaulustiger um die besten Plätze.

Vor dem Eingang war ein roter Teppich ausgerollt worden, der links und rechts durch rote Seile vom Mob abgeschirmt war. Trotz des Menschenandrangs hatten die Sicherheitskräfte noch nicht viel zu tun.

Matthew war der einzige Zivilist, der mit hinter die Absperrung durfte. Er war ganz aufgeregt.

All die Presse, die sich um ihn scharte, der rote Teppich, die Sicherheitskräfte, er fühle sich wie ein Filmstar.

»Wer bist du denn?«, fragte ein Bodyguard.

Ängstlich versteckte sich Matthew schnell hinter seinem Vater.

»Das ist mein Sohn«, sagte Matthews Vater grinsend. »Er muss für die Schule einen Aufsatz über den Alltag meines Berufes schreiben. Keine Sorge, er ist ein guter Junge und wird keinen Ärger machen. Stimmt's Matthew?«, und strubbelte dabei Matthews Haare durch.

Matthew grinste zu ihm hoch und nickte.

»Ach so«, der Bodyguard bückte sich runter zu Matthew. »Tja, Kleiner. Du wirst schnell feststellen, dass unser Beruf gar nicht so spannend ist, wie er in den Filmen immer dargestellt wird.«

»Einheit vier bitte melden«, dröhnte es aus dem Funkgerät des Bodyguards.

»Hier ist Einheit vier.«

»Der Gouverneur ist nun auf dem Weg«, rauschte es.

»Verstanden. Over and out.«

Hektik brach aus. Die Menge hatte den Funkspruch mitangehört und wurde nun unangenehm. Eine gepanzerte Limousine fuhr kurze Zeit später vor den Eingang.

Nun war der Augenblick gekommen, auf den alle gewartet hatten. Der Gouverneur kam, umringt von drei Sicherheitskräften, aus dem Hotel und ging schnurstracks Richtung Edelkarosse.

Ein Blitzlichtgewitter brach los. Die Reporter bombardierten ihn mit Fragen, doch er ignorierte sie geschult.

Matthew war hellauf begeistert, er kam aus dem Staunen nicht mehr heraus und notierte jedes Detail auf seinem Schreibblock.

»Was machst du da?«, fragte Jayden, der plötzlich neben ihm stand.

Matthew schaute irritiert zu ihm hin. Er wunderte sich, wer dieser andere Junge war.

»Ich, ähm ...«

Plötzlich fiel ein Schuss. Einer der Sicherheitskräfte sackte zu Boden. Panik brach aus. Ein zweiter Schuss fiel und traf den Gouverneur in die Schulter, kurz darauf ein dritter in den Oberschenkel. Zwei Sicherheitskräfte packten den Gouverneur unter den Armen und zogen ihn zurück ins Gebäude.

Matthews Vater schnappte sich seinen Sohn und Jayden und brachte sie ebenfalls ins Hotel, während der Bodyguard hinter einer kleinen Mauer in der Nähe des Hoteleingangs Schutz suchte, die Position des Scharfschützen ausfindig machte und das Feuer erwiderte.

»Herr Gouverneur, alles in Ordnung? Sind Sie schwer verletzt?«, fragte ein Sicherheitsbeamter.

»Nein, nein. Nicht der Rede wert. Es brennt nur höllisch.«

Der Sicherheitsbeamte zückte sein Funkgerät.

»Hier Einheit zwei. Der Gouverneur wurde angeschossen. Unbekannte Anzahl an Scharfschützen in den umliegenden Gebäuden, vor dem Global Saphir Hotel ausfindig gemacht. Erbitte sofortige Verstärkung!«

Jayden rannte erschrocken zu seinem Vater, dem Gouverneur. Matthew weinte. Ihm war noch gar nicht richtig bewusst geworden, was gerade geschehen war.

Er hatte Angst. Sein Vater hockte sich vor ihn und legte ihm seine Hände auf die Schulter.

»Hör jetzt gut zu, mein Junge. Es ist alles in Ordnung. Du bist hier in Sicherheit. Ich muss jetzt wieder da raus, meinen Kollegen helfen. Was auch immer passiert, bleib hier. Hast du verstanden? Ich bin gleich wieder da, versprochen.«

Er stand auf und rannte zum Bodyguard, welcher ihm sofort Feuerschutz gab. Die beiden kannten sich schon lange Zeit und waren ein eingespieltes Team. Worte waren somit überflüssig. Der Platz war mittlerweile menschenleer.

»Wie viele?«, fragte Matthews Vater.

»Nur einer. Geradeaus, Haus Nummer sieben, dritter Stock, linkes Fenster.«

»In Ordnung.«

»Wir müssen näher ran.«

»Überlasse das mir. Siehst du den Lieferwagen?«

»Geht klar.«

Matthews Vater sprang über die Mauer und lief über den Platz. Der Bodyguard deckte ihn. Matthew hielt es nicht mehr aus. All der Lärm, die Hektik, das Geschrei. Niemand kümmerte sich um ihn. Alles drehte sich nur um den angeschossenen Gouverneur. So rannte er zur einzigen Person, die ihm vertraut war.

»Papa!«, rief Matthew verheult und rannte auf seinen Vater zu.

Sein Vater schaute in seine Richtung. Er konnte nicht glauben, wen er da hörte und kommen sah.

»Oh mein Gott, Matthew! Lauf sofort zurück ins Gebäude!«

Doch Matthew konnte nicht. Angst hatte ihn gepackt. Ohne mit der Wimper zu zucken, drehte sein Vater um und rannte seinem Sohn entgegen. Da ging dem Bodyguard das Magazin leer, er musste es auswechseln.

Der Scharfschütze hatte nun freie Bahn, schoss auf Matthews Vater und traf ihn direkt in den Kopf.

Er stürzte zu Boden und begrub Matthew unter sich. Er war sofort tot. Wenige Augenblicke später hatte der Bodyguard nachgeladen und schaltete den Scharfschützen mit einem gezielten Schuss aus.

Der Bodyguard rannte zu Matthew, welcher blutverschmiert unter dem Leichnam seines Vaters feststeckte und hysterisch kreischte.

Jetzt, da die Situation unter Kontrolle war, wagten sich Presse, Fernsehteams und Schaulustige wieder aus ihren Verstecken.

»Großer Gott, Junge, was hast du getan? Sieh, was du angerichtet hast!«, schimpfte der Bodyguard entsetzt, befreite Matthew und hielt die Wunde von Matthews Vater verzweifelt zu. »Alex! Kannst du mich hören? Nicht aufgeben! Ruf doch mal einer einen Krankenwagen!«, schrie er wütend.

Doch niemand fühlte sich angesprochen, stattdessen wurden Fotos vom Spektakel gemacht, auch von Matthew, den man einfach neben dem Leichnam seines Vaters sitzen gelassen hatte.

Plötzlich griff jemand Matthew unter die Arme und zog ihn weg. Es war Jayden. Jayden war gerade einmal zwei Jahre älter als Matthew, doch hatte er bereits eine geistige Reife erreicht, die so manch einem Erwachsenen fern blieb.

»Komm mit. Du solltest dir das nicht ansehen«, er stellte Matthew auf die Beine, wischte ihm mit einem Taschentuch das Blut aus dem Gesicht und brachte ihn ins Hotel zurück.

Zehn Jahre später. Wir schreiben das Jahr 2012.

Matthew kam aus seinen Gedanken. Er wurde sauer.

»Der Tod unseres Vaters hat überhaupt nichts damit zu tun! Ich weiß einfach nur genau, was ich möchte. Ich möchte ein Filmregisseur werden. Warum versteht das denn keiner?«

»Dafür braucht man aber Abitur. Und das hast du abgebrochen«, konterte Kathy.

»Eben nicht. Sie nehmen auch Leute ohne Abitur auf, sofern sie talentiert genug sind und genau das bin ich! Ich beweise es dir«, Matthew stand auf und rannte in sein Arbeitszimmer, kam kurze Zeit später wieder und klatschte Kathy einen schweren Schnellhefter auf den Tisch. »Da bist du baff, was?«, prahlte er selbstsicher. »Das ist mein Drehbuch. Es ist so umfangreich, dass es für zwei Filme reichen würde und hat eine neue, nie da gewesene Story. Wenn ich es den Unis vorlege, nehmen die mich bestimmt. Natürlich werde ich es vorher noch professionell binden lassen.«

Kathy war sprachlos. Matthew fuhr derweil fort.

»Es fehlen nur noch Kleinigkeiten. Nächste Woche Samstag wollte ich drehen. Wie sieht es aus, Schwesterherz? Kann ich auf dich zählen?«

»Natürlich, aber ...«

»Prima! Du wirst es nicht bereuen. Das wird ganz großes Kino!«, strahlte Matthew und verfiel seinen Visionen.

Kathy war nicht ganz wohl bei der Sache. Eigentlich war sie hergekommen, um ihren Bruder wieder auf die richtige Bahn zu lenken, doch konnte sie seinen Wunsch nicht ausschlagen, da sie befürchtete, dass er sich sonst vollständig von ihr abkapseln würde.

Auf der Polizeistation schlürfte Richard genüsslich an seinem frisch gepressten Ananassaft und schaute den Vögeln vor dem Fenster zu. Da flog unerwartet seine Bürotüre auf und knallte gegen den Türstopper. Erschrocken verschluckte er sich. Es war Roger, der aufgebracht vor seinem Schreibtisch stand.

»Was soll denn das?«, schimpfte Richard.

»Sehen Sie sich das an!«, Roger drückte ihm die Mitgliederliste in die Hand. »Das ist die Mitgliederliste.«

»Was für eine Mitgliederliste?«

»Die Mitgliederliste von dem Motorradclub, mit der Frank zuletzt gearbeitet hat.«

»Woher haben Sie die?«, fragte Richard überrascht. »Ich dachte, sie sei verschwunden?«

»Ist doch unwichtig. Fakt ist, dass bis auf zwei alle Personen auf dieser Liste ermordet wurden.«

»Halt, halt, halt! Mal langsam. Das sind vertrauliche Informationen. Sehen Sie nicht, dass wir Besuch haben?«

Roger drehte sich um und sah eine Reporterin hinter sich auf einem Stuhl sitzen, die sorgfältig alles notierte, was besprochen wurde. Neben ihr lag eine

Kamera auf dem Boden, doch von einem Kameramann fehlte jegliche Spur.

»Lassen Sie uns das in Ruhe unter vier Augen besprechen«, schlug Richard vor und wendete sich dann an die Reporterin. »Entschuldigen Sie, meine Werteste, aber das sind vertrauliche Informationen. Sie verstehen sicher.«

»Sicher«, enttäuscht stand sie auf und räumte alles zusammen.

»Sitzen bleiben und schreiben Sie alles genaustens mit«, befahl Roger. »Es sind keine Informationen, die man verheimlichen müsste.«

»Was erlauben Sie sich? Wie können Sie einfach so meine Autorität untergraben?«

»Wir haben keine Zeit, um über autoritäre Fragen zu diskutieren. Es muss einen Zusammenhang mit den Morden in Jamestown und dieser Liste geben. Und der Einzige, der die Antwort kennt, ist ein gewisser Jayden Parker. Er war die letzte Person, die Herrn Melborne lebend gesehen hat. Wir müssen sofort zu ihm und ihn unter Polizeischutz stellen, jede Sekunde zählt, also los jetzt!«

Roger stürmte aus dem Büro, dicht gefolgt von der Reporterin, die eine große Sensation witterte. Etwas unbeholfen schleppte sie die schwere Kamera hinterher.

»Alle Mann mitkommen. Wir haben einen Notfall!«

Die Polizisten und Timothy schauten Roger verdutzt an, dann wanderte ihr Blick fragend zu ihrem Chef, der im Türrahmen seines Büros stand. Nun stieß auch der Kameramann hinzu, welcher auf der Toilette gewesen war.

»Da bist du ja endlich! Bist ja schlimmer als eine Frau! Los halt drauf!«, befahl ihm die Reporterin und drückte ihm die Kamera in die Hände. Alles wartete auf das Kommando von Richard, der nun keine Wahl mehr hatte, wenn er gut dastehen wollte.

»Ihr habt den Mann gehört«, grummelte er, »ausrücken!«

Mehrere Streifenwagen bogen, dicht gefolgt von einem Nachrichtendienst, mit quietschenden Reifen in eine alte Kopfsteinpflasterstraße ein und hielten vor dem letzten Haus auf der rechten Seite, gleich neben der alten Rotbuche. Das Haus stammte noch aus der Renaissance.

Es war keine typische Gegend für Polizeiaufgebote, tatsächlich hatte es so etwas noch nie in diesem Ortsteil gegeben. So war es nicht verwunderlich, dass bereits nach kürzester Zeit die halbe Nachbarschaft auf der Straße stand.

Roger und ein halbes Dutzend anderer Polizisten, darunter auch Timothy, stiegen aus den Autos und verteilten sich. Kurz darauf positionierte sich auch das Fernsehteam, welches aus seinem Van gestiegen war.

»Ihr beide geht zur Hintertür«, befahl Roger zwei Polizisten. Sie befolgten seinen Befehl anstandslos.

Roger klingelte mehrmals an der Türe, gefolgt von einem übereifrigen Klopfen.

»Mr. Parker, sind Sie da? Hier sprich Detektiv Burton von der Kriminalpolizei. Öffnen Sie bitte die Tür.«

Roger ließ keine Zeit verstreichen und trat, noch bevor er das letzte Wort ausgesprochen hatte, die Haustür ein. Während Timothy die schmale Treppe hoch in den ersten Stock lief, stürmte Roger mit angelegter Waffe in den ersten Raum auf der rechten Seite, es war das Wohnzimmer, doch er kam bereits zu spät.

Direkt vor ihm, hinter einem Glastisch, stand ein Unbekannter. Er war groß, schwer und hatte schwarze, fettige, lange Haare. Er trug eine Bomberjacke, die ihn nur noch massiver wirken ließ, und hielt einen blauen Kristall in seiner rechten Hand. Links neben ihm ragten die Beine einer Person hinter dem Sofa empor, Jayden?

»Polizei! Keine Bewegung!«‚rief Roger. »Fallen lassen und Hände hinter den Kopf!« Der Unbekannte reagierte nicht. »Ich sagte fallen lassen!«, nun ließ er den Kristall los.

Kurz darauf stießen die beiden Polizisten hinzu, welche durch den Hintereingang ins Haus eindringen sollten. Zu ihrem Bedauern gab es keine Hintertüre am Haus. So mussten sie kehrt machen und ebenfalls die Vordertüre benutzen.

Sie unterstützten Roger und legten dem Ungetüm Handschellen an.

Sie führten ihn ab. Draußen lauerte schon die Reporterin mit einem Live-Bericht. Roger steckte seine Waffe zurück ins Halfter und ging zum Leichnam. Tatsächlich, es handelte sich um Jayden. Er war noch warm und wies starke Verbrennungen am Körper auf. Vermutlich wurde er erst wenige Minuten zuvor getötet. Doch womit wurden die Verbrennungen verursacht, fragte er sich.

Er sah sich in der angrenzenden Küche um. Alle Herdplatten waren kalt, ebenso der Ofen. Er fand nichts, was hätte in Frage kommen können. Schließlich fiel seine Aufmerksamkeit wieder auf den Kristall und er erinnerte sich an die letzte Nachricht seines besten Freundes.

Er hatte etwas von einem blauen Kristall erwähnt. Aber was hatte es nur damit auf sich, grübelte er. Der Kristall war nicht größer als ein Golfball und hatte überall wabenförmige Kanten. Er war so klar, dass man fast hindurchsehen konnte. Fasziniert von seiner Reinheit, griff er gebannt nach ihm.

»Nicht anfassen!«

Roger schreckte zurück. Hinter ihm stand Timothy.

»Das ist ein Beweisstück. Sie möchten doch nicht etwa Ihre Fingerabdrücke darauf hinterlassen, oder?«

Roger erhob sich. Timothy ging zum Leichnam.

»Armes Schwein. Nur ein paar Minuten früher und wir hätten ihn retten können.«

Roger ging in Richtung Ausgang.

»Das ist er nicht«, sagte Roger gelassen.

»Was meinen Sie?«, fragte Timothy irritiert, doch Roger ließ ihn in Unwissenheit zurück und ging aus dem Haus. Im Vorgarten wurde er bereits von der Reporterin abgefangen.

»Und hier kommt er, meine Damen und Herren, Detektiv Roger Burton, der Held von Jamestown«, Roger versuchte sie zu umgehen, doch schnitt sie ihm gekonnt den Weg ab, »Was geht in Ihnen vor, jetzt wo die Mordserie von Jamestown, Dank Ihrer Hilfe, beendet wurde?«

»Ich bin froh, dass nun endlich alles vorbei ist und die Bürger von Jamestown wieder ruhig schlafen können. Aber ich möchte jetzt gerne ein wenig Zeit für mich haben. Ich habe eine anstrengende Woche hinter mir«, Roger drängelte sich an ihr vorbei.

»Verständlich. Sie sind ein wahrer Held, Detektiv!«, rief sie ihm hinterher und wendete sich wieder zur Kamera. »Das war ein Live-Bericht aus der Tonstreet , in der soeben die fürchterliche Mordserie von Jamestown ihr ersehntes Ende gefunden hat. Sobald es erste konkrete Infos über den Täter gibt, werden Sie diese bei uns natürlich als Erstes erfahren. Es berichtete Kelly Windson von KBS.«

KAPITEL 8

UNERMUEDLICH

Ein Finger drückte auf eine Türklingel. Kurz darauf hörte man sich nähernde Schritte. Die Türe wurde geöffnet. Es war Jayden Torelli. Vor ihm standen Matthew, Kathy, Steve, Kevin und Mary.

»Servus, Jayden. Wir wollten dich abholen kommen«, sagte Matthew. »Meine Schwester Kathy kennst du ja bereits und das hier sind Mary, Steve und Kevin. Leute, das hier ist Jayden, ein alter Freund von mir.«

Die Drei begrüßten Jayden.

»Hi. Freut mich«, antwortete Jayden, »Kommt doch herein.«

Jayden ging vorweg. Die anderen folgten ihm. Mary schloss die Tür hinter sich.

»Ich muss nur noch kurz meinem W.G. Genossen einen Zettel schreiben, damit er Bescheid weiß. Dann können wir auch schon los.«

»Du kommst mir bekannt vor«, sagte Kevin. »Wo habe ich dich schon einmal gesehen?«

»Das kann ich dir nicht sagen«, antwortete Jayden, »ich kann mich nicht daran erinnern, dich je gesehen zu haben.«

»Woher kennt ihr beide euch eigentlich?«, fragte Steve.

Diese Frage war Matthew unangenehm, wie oft wollte man ihn denn noch daran erinnern. Jayden bemerkte Matthews Reaktion auf die Frage und nahm ihm die Antwort ab.

»Wir waren damals eine Zeit lang auf derselben Schule und haben uns bei einem Fußballturnier kennengelernt, welches unsere Schule veranstaltet hat«, erklärte Jayden.

Matthew grinste und schaute ihn dankbar an.

»Genau«, bestätigte er spontan. »Leider wurden wir am Ende nur Dritter. Wir verloren eins zu zwei gegen den späteren Turniersieger. Jayden schoss dabei den Ehrentreffer.«

»Ja, durch eine Spitzenvorlage von dir«, fügte Jayden hinzu.

Beide lächelten.

»So war das also.«

»Jetzt weiß ich es wieder!«, rief Kevin. »Die Tage habe ich eine große Reportage über den Massenmörder von Jamestown im Fernsehen gesehen. Es stellte sich heraus, dass der Name des Mörders Gregor Torelli ist. Er ist einer von zwei Söhnen des ehemaligen Gouverneurs von James Country, Mario Torelli, der vor gut zwei Jahren ermordet wurde. Sie zeigten ein älteres Foto vom Gouverneur, auf dem auch seine beiden Söhne zu sehen waren und der zweite sah dir unglaublich ähnlich!«

»Ach was«, spottete Matthew, »du solltest lieber mal zum Augenarzt gehen.«

»Ist schon okay«, versicherte Jayden. »Ja, das auf dem Bild war vermutlich ich. Der Gouverneur von James Country war mein Vater.«

»Das heißt ja dann, dass der Massenmörder Gregor dein Bruder ist!«, rief Kevin entsetzt.

Mary und Steve erschraken.

»Ist das wirklich war?«, fragte Mary.

»Ja«, antwortete Jayden gelassen.

»Und du wusstest die ganze Zeit davon?«, fragte Mary Matthew entsetzt.

»Na und? Wo ist das Problem?«

»Wo das Problem ist?«, fragte sie verständnislos. »Wer weiß, ob er nicht auch etwas mit den Morden zu tun hat.«

»Eben«, bestätigte Kevin. »Er wartet doch nur auf die richtige Gelegenheit, uns alle umzubringen.«

Matthew kochte vor Wut, Jayden hielt sich ruhig.

»Jetzt wird es aber lächerlich«, schritt Kathy ein. »Ich wusste auch davon, dass Jayden der Sohn des Gouverneurs ist. Aber nur weil er der Bruder dieses kranken Menschen ist, heißt das doch noch lange nicht, dass er irgendetwas mit der Sache zu tun hat.«

»Das sehe ich genau so«, unterstützte Steve, »Matthew würde uns nie bewusst irgendeiner Gefahr aussetzen. Wenn er glaubt, dass man Jayden vertrauen kann, dann vertraue ich ihm auch.«

»Danke, Steve. Tut mir echt leid, was hier gerade los ist«, beteuerte Matthew Jayden.

»Ist doch kein Drama. Ich kann die beiden ja durchaus verstehen. Aber ihr braucht euch keine Sorgen zu machen. Ich könnte keiner Fliege etwas antun. Davon abgesehen ist Gregor nicht mein leiblicher Bruder, er wurde adoptiert. Ich war selber schockiert, als ich erfuhr, dass er hinter all diesen Morden steckt. Seit dem

Tod unseres Vaters vor zwei Jahren hatten wir keinen Kontakt mehr zueinander.«

»Wer es glaubt«, sagte Kevin ungläubig.

»Komm, ist gut jetzt«, befahl Matthew.

Jayden legte den Zettel auf den Küchentisch und fixierte ihn mit dem Kugelschreiber.

»Von mir aus können wir los.«

»Gut, dann los«, drängelte Matthew.

»Fein«, stimmte Kevin zu. »Doch ich werde dich im Auge behalten.«

Jayden ignorierte ihn. Sie verließen die Wohnung.

»Also, wo soll es hingehen?«, fragte Steve.

»Zur alten Messner Villa«, antwortete Matthew.

Roger betrat das Polizeirevier und ging zielstrebig an den einzelnen Abteilungen vorbei in Richtung seines Büros. Auf dem Weg dorthin wurde er von Timothy aufgehalten, der gerade ein paar Dokumente kopierte.

»Hey, warten Sie mal«, sagte Timothy, als er Roger sah, »was machen Sie hier? Sie wurden doch beurlaubt.«

»Sie können mich ruhig beim Namen nennen. Ich heiße Roger.«

»Timothy.«

»Ich weiß.«

»Also?«

»Ich kann jetzt einfach keinen Urlaub machen«, erwiderte er. »Es gibt noch viel zu viele Dinge, die ungeklärt sind. Welche Rolle spielte die Mitgliederliste bei der Wahl seiner Opfer? War er vielleicht ein ehemaliges Mitglied? Der unkenntlich gemachte Name würde dafür sprechen. Also war das Motiv vielleicht Rache?«

Timothy versuchte etwas zu sagen, doch Roger ließ seinen Gedanken freien Lauf.

»Wenn es aber nur Rache war, aus welchem Grund hat er dann Frank getötet? Das ergibt überhaupt keinen Sinn. Sicherlich wollte er nicht auffliegen, doch konnte er nicht wissen, wie weit er mit seinen Ermittlungen war, geschweige denn, dass er gegen ihn ermittelte. Und was ist mit diesem Jayden? Er stand nicht auf der Liste. Ich würde ja zu gerne den Veranstalter der Motorradmesse fragen, doch auch er wurde ermordet. Alle auf dieser Liste sind tot. Oder ist Jayden etwa der verschollene Name auf der Liste? Aber dann gäbe es keine Verbindung mehr zwischen dem Mörder und dem Club. Wenn dieser ...«

»Jetzt hör mir mal zu«, unterbrach Timothy und legte seine rechte Hand auf Rogers Schulter. «Ich kann ja verstehen, dass dich dieser Fall besonders berührt, immerhin hast du deinen Partner verloren, aber ich finde, du solltest wieder nach Hause gehen und dir einen schönen Tag machen. Du hast einen großartigen Job gemacht. Genieße deinen Resturlaub und lass nun auch mal die anderen etwas tun. Wir kommen schon zurecht und werden alle Unklarheiten beseitigen. Es wird schon noch genügend Fälle geben, an denen du dann wieder so engagiert mitarbeiten kannst.«

Roger schlug gereizt Timothys Hand von seiner Schulter.

»Und ich finde, dass du dich an deinen eigenen Arsch kratzen solltest.«

Roger verschwand in seinem Büro und knallte die Türe hinter sich zu. Timothy schaute ihm verständnislos nach.

KAPITEL 9

GEISTESBLITZ

Im Schutze der Dunkelheit webte eine Spinne ihr Netz zwischen den Verstrebungen eines alten Treppengeländers. Draußen hörte man Stimmen.

»Bist du dir sicher, dass wir hier so einfach rein dürfen? Nachher erwischt uns noch einer. Hallo? Hörst du mir eigentlich zu? Wir machen uns strafbar.«

»Halt mal kurz.«

»Was hast du damit vor?«

Dumpf klingende Schläge ließen die alte Holztüre erbeben.

»Hör sofort damit auf!«

»Könnte ihr jemand mal das Maul stopfen?«

Mit einem lauten Knirschen sprang die Tür ein kleines Stück weit auf. Das Schloss war hinüber. Kurz darauf wurde sie langsam aufgedrückt, sie knarrte dabei. Es hallte im ganzen Raum.

Matthew betrat als Erstes die Eingangshalle, in seiner rechten Hand trug er ein Brecheisen. Er legte es neben der Türe ab. Kevin, Steve, Jayden, Mary und Kathy folgten ihm.

Steve trug eine Kameratasche und übergab sie Matthew. Mary bekam eine Gänsehaut, als sie sich umsah und rieb sich die Arme.

Im Erdgeschoss war es dunkel. Ein modriger Geruch lag in der Luft. Die wenigen Möbelstücke waren mit verstaubten weißen Tüchern abgedeckt. Die Tapeten waren ausgefranst und blätterten ab. Der mächtige Kronleuchter in der Mitte der Eingangshalle schien jeden Augenblick herunter zu fallen. Er wippte leicht hin und her, obwohl es windstill war, doch niemand realisierte es.

Aus dem großen, runden Teppich unter dem Kronleuchter wirbelten kleinere Staubwolken heraus, wenn man darüber lief. Die Fenster hatten beidseitig zusammengebundene braune Vorhänge und waren im Erdgeschoss alle mit Brettern zugenagelt worden. Nur wenige Lichtstrahlen fielen hindurch.

Der Holzboden knarrte mit jedem Schritt.

»Wahnsinn. Das ist also die berühmte Messner Villa. Da hast du dir aber ein wirklich cooles Setting ausgesucht«, lobte Kevin.

»Danke«, antwortete Matthew, »ich musste auch eine Weile recherchieren, bis ich ein wirklich passendes Gebäude gefunden hatte.«

»Ich finde es hier unheimlich«, sagte Mary, »und kalt ist mir auch.«

»Das soll es ja auch«, lächelte Kevin. »Wir wollen doch einen Horrorfilm drehen, schon vergessen?«

»Kennt ihr schon die Geschichte der Villa?«, fragte Steve.

Die Gruppe verneinte.

»Es dürfte jetzt ungefähr zwanzig Jahre her sein, da lebte hier ein Aktionär mit seiner Frau und seinen zwei Kindern. Doch eines Tages verschwand die Familie spurlos. Die Polizei fand keinerlei Hinweise auf ein Verbrechen, doch ging sie davon aus, dass der Aktionär, nachdem er an der Börse sein ganzes Vermögen verspekuliert hatte, Amok gelaufen war und seine Frau, die Kinder und schlussendlich auch sich selbst umgebracht hatte.«

»Das ist ja schrecklich«, sagte Kathy.

»Was für ein Blödsinn«, widersprach Jayden. »Wo sind denn dann die Leichen? Er hätte die seiner Familie verstecken können, aber nicht seine eigene. Das ist wie in diesen Geschichten, die auf einer wahren Begebenheit beruhen sollen, wo es aber am Ende heißt, dass alle gestorben seien. Doch wenn alle gestorben sind, woher weiß man dann von der Story?«

Steve ignorierte ihn.

»Man munkelt, er habe die Leichen irgendwo im Keller einbetoniert, bevor er sich dann selbst im großen Holzofen verbrannte, bei lebendigem Leibe.«

»Und dieser Ofen steht noch immer da unten?«, fragte Kathy hingerissen.

»Nein, ich glaube nicht. Aber viele Menschen, die dieses Haus passierten, berichteten davon, ein qualvolles Stöhnen aus den Fenstern des Kellergewölbes gehört zu haben. Einmal wurde deshalb sogar die Polizei alarmiert, doch sie fanden niemanden. Das komplette Gebäude war menschenleer.«

»Willst du damit etwa behaupten, dass es hier spukt?«, fragte Jayden.

»Dieses Haus stand nicht die letzten zwei Dekaden über leer. Viele Familien sind nach dieser Tragödie hier eingezogen, doch hat es hier keine länger als ein paar Tage ausgehalten. Sie erzählten alle von außergewöhnlichen Phänomenen, die ihnen widerfahren seien. So sind beispielsweise massive Schränke ohne jeglichen Einfluss mitten in der Nacht umgefallen. Es wurde eiskalt, obwohl die Heizung auf Hochtouren lief oder man hörte gar Schritte auf den Fluren, obwohl niemand anderes im Haus war. Es gibt viele unerklärliche Phänomene die sich hier abgespielt haben.«

Plötzlich wurde Kathy von einem merkwürdigen Geräusch abgelenkt, welches aus einem Nebengang kam. Sie ging der Sache auf den Grund, während Steve und Jayden weiter diskutierten.

»Ach was. Das sind doch alles nur Märchen. Es gibt keine Geister.«

»Das würde ich nicht zu laut sagen, du könntest sie verärgern«, warnte Steve.

Am Ende des Ganges befand sich eine Tür, sie stand halb offen. Je näher Kathy kam, desto lauter wurde das Geräusch. Es entpuppte sich als Kinderlachen. Sie war verwirrt. Was machten Kinder an einem solchen Ort? Und wie sind sie hier herein gekommen?

»Du glaubst doch nicht ernsthaft diesen Stuss?«

»Es gibt keine Beweise, dass es Geister nicht gibt.«

»Das heißt aber noch lange nicht, dass es welche gibt.«

»Ladies, habt ihr es bald? Ihr klingt ja wie ein altes Ehepaar«, erklärte Matthew.

Kathy stand nun direkt vor der Türe. Das Kinderlachen war nun ganz nahe. Es hörte sich so an, als würden zwei kleine Kinder mit einem Ball direkt hinter der Tür spielen. Sie griff vorsichtig nach dem Türknauf. Als sie ihn berührte, verstummte das Lachen schlagartig.

Kathy zuckte zusammen. Sie horchte. Doch sie hörte nichts mehr. Sie schluckte, dann drückte sie langsam die Tür auf. Sie knirschte. Immer mehr wurde ihr vom Raum offenbart. Es handelte sich um eine kleine Küche. Doch sie war leer.

Kathy betrat sie und schaute sich um. Sie war alles andere als modern. Die modrigen Schränke schienen noch aus den Siebzigern zu sein. Eine Schabe krabbelte aus dem Spülbecken. Schwarz-weiße Kacheln zierten den Boden und durch das zugenagelte Fenster wuchs Efeu.

Ein alter Vogelkäfig hing über dem Esstisch. Als sie sich ihm näherte, hörte sie eine Bewegung. Sie kam aus dem alten Speiseaufzug.

Kathy schaute skeptisch zu ihm und ging auf ihn zu. Gewillt ihn zu öffnen, griff sie nach der Klappe, als sie plötzlich etwas berührte. Gänsehaut überzog ihren ganzen Körper. Sie drehte sich ruckartig um und starrte in die Augen von ...

»Was machst du hier?«, fragte Mary. »Matthew möchte mit dem Dreh anfangen. Kommst du?«

Kathy fiel ein Stein vom Herzen.

»Alles okay bei dir? Du siehst so blass aus, als hättest du einen Geist gesehen.«

»Ach nichts. Mir geht es gut.«

Sie schaute erneut zum Speiseaufzug, er war ihr unheimlich.

»Na was ist denn? Komm jetzt.«

Kathy ließ von ihrer Idee ab und die beiden gingen zurück in die Eingangshalle. Matthew stand auf dem ersten Zwischenplateau der Treppe und hielt seine Kamera fest in den Händen.

»Da seid ihr ja endlich«, meckerte er. »Wie ich den anderen gerade schon gesagt habe, verlange ich keine Perfektion. Man darf auch ruhig schon mal lachen, wenn etwas schief gelaufen ist, doch sollte es dann auch gut sein. Ich erwarte, dass ihr euch Mühe gebt. Wir haben einen engen Zeitplan einzuhalten und daher keine Zeit für großartige Albernheiten. Okay?«

Kathy und Mary nickten.

»Jawohl, Herr Oberfeldwebel«, antwortete Kevin sarkastisch mit einem militärischen Gruß.

»Dann haben wir uns ja verstanden«, ließ sich Matthew nicht beirren. »Also gut, kommt mit. Der erste Drehort befindet sich hier oben.«

Matthew ging weiter hoch in den ersten Stock. Die anderen folgten ihm. Hätte er nicht mit den Lichteinstellungen seiner Kamera herumgespielt, wäre ihm vielleicht das kleine Mädchen aufgefallen, dass ihn durch das Geländer vom zweiten Stock aus anstarrte.

Roger rannte aufgebracht ins Büro seines Chefs und störte dabei eine Unterhaltung zwischen ihm und Timothy.

»Wo ist er?«, rief Roger empört.

»Haben Sie schon einmal etwas von Anklopfen gehört? Gott, Ihre Manieren sind wirklich eine Katastrophe. Was machen Sie überhaupt hier? Ich hatte Sie doch beurlaubt. Gehen Sie nach Hause.«

»Das hatte ich ihm auch schon gesagt«, unterstützte Timothy.

»Ach, halt die Klappe!«

»Achten Sie auf Ihre Wortwahl«, mahnte Richard.

»Wo ist der Kristall vom letzten Tatort? Ich kann

ihn nicht finden und auch in den Berichten wird kein Wörtchen darüber verloren.«

»Ich weiß nichts von einem Kristall«, antwortete Richard.

»Du warst doch dabei«, sagte Roger zu Timothy, »Du hattest mich doch noch davon abgehalten ihn anzufassen.«

»Stimmt das?«, fragte Richard.

»Nein. Ich weiß nicht, wovon er redet«, antwortete der. »Ich glaube, du bist etwas überarbeitet. Ich habe nie einen blauen Kristall gesehen, weder hier noch am Tatort.«

»Und ich habe nie blau gesagt«, konterte Roger misstrauisch. »Was wird hier gespielt? Was hast du mit ihm gemacht?!«, brüllte er übereifrig.

»Hey! Das geht jetzt aber zu weit. Schalten Sie mal wieder einen Gang zurück«, warnte Richard. »Wollen Sie etwa allen Ernstes behaupten, Herr Taner hätte Beweismaterial verschwinden lassen?«

»Ich weiß doch, was ich gesehen habe. Er war direkt vor meiner Nase.«

»Und ich weiß, was ich sehe. Sie scheinen mir wirklich mächtig überarbeitet zu sein. Ich gebe Ihnen besser noch eine weitere Woche frei, damit Sie wieder runterkommen können von Ihrem Trip. Langsam ist es nicht mehr komisch. Gehen Sie jetzt nach Hause, Detektiv.«

»Aber ...«

»Das war keine Bitte, Detektiv, das war ein Befehl«, grummelte Richard.

»Ich habe ihn doch gesehen. Ich bin doch nicht verrückt«, beteuerte Roger und starrte verzweifelt vor sich hin. Er fing an, an seiner eigenen Zurechnungsfähigkeit zu zweifeln. Hatte ihn der Tod seines Freundes etwa doch heftiger getroffen als er glaubte und er sich das alles nur eingebildet?

»Nein, das bist du ganz sicher nicht«, sagte Timothy einfühlsam, legte seine Hand auf seine Schulter und geleitete ihn aus dem Büro. »Du bist einfach nur überarbeitet. Eine Auszeit wird dir gut tun, da bin ich mir sicher.«

Roger verließ verwirrt das Gebäude. Timothy schaute ihm nach. Hinter ihm tauchte Richard auf.

»Langsam wird er unbequem.«

Timothy nickte zustimmend.

Roger setzte sich in sein Auto und starrte minutenlang auf sein Lenkrad. Plötzlich schreckte er auf. Der Anrufbeantworter, dachte er sich. Er wird beweisen, dass ich nicht halluziniert habe. Er startete den Motor und raste los.

KAPITEL 10

SKURRIL

Matthew stand hinter seiner Kamera, die er auf einem Stativ fixiert hatte.

»Schnitt, im Kasten!«, rief er herrisch.

Vor der Kamera standen Jayden und Kevin. Jayden hielt ein blutverschmiertes Messer in der Hand. Kevin hatte überall Blut an seiner Kehle. Hinter ihnen befand sich ein Schrank mit einer Schiebetüre. Hinter Matthew standen die anderen.

»Das habt ihr richtig gut gemacht, vor allem Jayden, sehr authentisch!«, lobte Matthew euphorisch. »Wenn das so weiter läuft, haben wir noch heute Abend alle Szenen im Kasten!«

»Ja, das war Spitze«, bestätigte Mary. »Ich habe für einen Moment wirklich gedacht, du wolltest ihm die Kehle durchschneiden.«

»Tja«, äußerte Jayden verlegen, »Übung macht den Meister. Ich hatte die Szene bereits«, er geriet kurz ins Stocken, »zuhause ein paarmal geübt.«

»Na, dann ist es kein Wunder.«

»Hey! Und was ist mit mir?«, fragte Kevin eifersüchtig.

»Du warst natürlich perfekt«, antwortete Mary und gab ihm einen Kuss.

»Das wollte ich dir auch geraten haben«, sagte er beleidigt.

»Okay, Leute. Als Nächstes wollte ich im ehemaligen Bad drehen. Also auf geht´s.«

Matthew packte seine Kamera zusammen und verließ den Raum, die anderen folgten ihm. Er fing an, wild in seiner Tasche zu kramen. Verdammt, dachte er sich.

»Hey, Kevin. Könntest du nochmal zurückgehen und meinen Ersatzakku holen? Ich muss ihn da irgendwo liegen gelassen haben. Und ich meine, du bist ja eh schon tot. So verlieren wir keine Zeit, als wenn ich ihn holen ginge.«

»Na gut, ausnahmsweise.«

Kevin rannte zurück in den vorigen Raum. Er schaute sich um und sah den Akku vor dem Schrank liegen. Er ging zu ihm und hob ihn auf, da schlug die Tür hinter ihm zu. Kevin erschrak.

»Jesus!« , schrie Kevin. »Sehr, sehr, witzig, Leute.«

Kevin ging zur Tür und versuchte sie wieder zu öffnen, doch der Knauf ließ sich nicht drehen.

»Jetzt hört aber auf mit dem Scheiß. Lasst mich hier raus«, forderte er genervt. »Hallo? Hallo? Meintest du nicht, wir sollen einmal lachen und gut ist? Und jetzt sieh, was du machst. Nicht mal deine eigenen Regeln kannst du einhalten.«

Auf einmal hörte Kevin ein seltsames Geräusch hinter sich. Er drehte sich um. Die linke Schrankschiebetüre stand offen. Was zur Hölle, dachte sich Kevin, als er auf einmal das Gesicht einer Frau erkannte, die ihn aus dem Schrank heraus anstarrte.

Ihr Körper war vollkommen deformiert, ihr Kopf um einhundertachtzig Grad gedreht, ihre Haut leichenblass und ihre Augen gelb, ihre Pupillen sahen aus wie die einer Katze.

Als Kevin sie bemerkte, schlug sie die Schiebetüre gewaltsam von innen zu. Er geriet in Panik und drehte sich wieder zum Ausgang. Verzweifelt rüttelte er an der Türe.

»Lasst mich hier raus! Lasst mich sofort hier heraus!«

Ruckartig ging die Tür auf, wodurch Kevin hinfiel. Matthew betrat den Raum.

»Großer Gott, Kevin! Was zur Hölle ist los mit dir? Warum schreist du hier so herum? Du hast mir meine ganze Aufnahme versaut. Du weißt doch, wie eng unser Zeitplan gestrickt ist«, fluchte er in Rage.

»Aber da vorne im Schrank, da, da ist ...«, stotterte Kevin.

»Was soll denn da sein?«

Grummelnd ging Matthew zum Schrank und öffnete ihn.

»Da ist ja mein Ersatzakku. Warum hast du ihn hier rein gelegt? Alles muss man selbst machen«, er schaute herablassend auf Kevin, welcher immer noch auf dem Boden saß, schnaubte und verließ den Raum.

Aber wie, wunderte sich Kevin und schaute auf seine Hände, dann zum Schrank. Nun stand er auf und klopfte sich den Staub von der Hose. Ich sollte weniger Horrorfilme gucken, dachte er sich.

Auf einmal fühlte er einen kalten Windzug hinter sich, der ihm die Nackenhaare zum Stehen brachte. Er griff sich in den Nacken, ihm war klar, dass sie zurück war. Angsterfüllt flüchtete er zur Tür, doch diese knallte vor seiner Nase zu. Sein Schrei verstummte schnell.

In einer Zelle auf dem Revier, saß der Massenmörder Gregor auf einem Bett und starrte vor sich hin. Er zuckte nicht mal mit den Augen, als sei er tot. Vollkommen unerwartet ging plötzlich die Zellentüre auf. Gregor schaute zur ihr. Vor der Zelle stand eine zwielichtige Person. Gregor kannte sie.

»Das wurde aber auch langsam Zeit, ich dachte schon, ihr wolltet mich hier verrotten lassen.«

Er stand auf und ging zu ihr. Die Person drückte ihm einen Zettel in die Hand.

»Was ist das?«, fragte er, dann fing er an zu grinsen. »Ach, ich verstehe schon. Ich werde mich gleich um ihn kümmern. Darauf habe ich schon lange gewartet. Noch einmal entkommt er mir nicht«, schmunzelnd passierte er die Person, welche sich nicht vom Fleck rührte.

KAPITEL 11

AUF DER SPUR

Bis auf Steve und Kevin befanden sich alle im alten Badezimmer der Messner Villa. Matthew justierte an seiner Kamera, während Mary mit ihrem Rücken zu einer alten freistehenden Badewanne stand. Schräg vor ihr befand sich Jayden ein blutverschmiertes Messer in seiner Hand haltend.

»Okay, noch ein bisschen näher zusammen«, befahl Matthew.

Mary und Jayden rückten näher.

»Stopp! Genau so. Also Mary, du lässt dich gleich rückwärts in die Wanne fallen und Jayden, du erstichst sie dann. Möglichst brutal.«

»Alles klar«, sagte Jayden.

»Wo ist eigentlich Steve?«, fragte Kathy.

»Der ist aufs Klo«, antwortete Mary.

»Ach so. Ich gehe mir mal kurz die Beine vertreten.«

»Ist gut. Aber sei in spätestens fünf Minuten wieder da. Dann bist du wieder an der Reihe«, forderte Matthew.

»Und Action.«

Kathy ging aus der Tür und schloss sie hinter sich. Sie ging einen L-förmigen Gang entlang. Kurz bevor sie die Ecke erreichte, hörte sie Schritte von der anderen Seite kommen. Sie blieb stehen und schaute auf die Ecke.

Die Schritte kamen immer näher, dann verstummten sie, als sie am lautesten waren. Kathy erwartete, dass jeden Augenblick jemand um die Ecke kam, doch es rührte sich nichts. Sie wartete noch einen Moment.

»Steve? Bist du das?«

Keine Reaktion.

»Kevin?«

Erneut gab es keine Reaktion. Kathy wurde nervös. Langsam bewegte sie sich weiter auf die Ecke zu, dann lehnte sie sich nach vorne. Kurz bevor sie um die Ecke schauen konnte, schreckte sie zurück, als sie plötzlich die Schritte wieder hörte. Doch diesmal entfernten sie sich zügig von ihr.

Kathy nahm all ihren Mut zusammen und ging mit einem großen Schritt um die Ecke. Der vorletzte Vorhang glitt langsam zurück, in seine natürliche Haltung und war leicht ausgebeult. Irgendjemand hatte sich dahinter versteckt. Kathy grinste.

Sie schlenderte gemütlich den Gang herunter.

»Na, wo könnte er nur sein?«, fragte sie lautstark.

Selbstsicher riss sie den Vorhang beiseite.

»Hab dich!«, sagte sie.

Ihr Herz bleib für eine Sekunde stehen, als sie sah, dass sich nichts dahinter befand. Als sie den Vorhang zurückschob, war das Ausgebeulte fort.

Wie war das möglich, fragte sie sich. Da öffnete sich direkt links neben ihr knarrend eine alte Holztüre. Es war die wohl kleinste und unscheinbarste im ganze Haus. Wollte man hindurch gehen, musste man sich bücken. Hinter ihr verbarg sich eine schmale Treppe, welche hoch auf den Dachboden führte.

Ein kalter Luftzug kam ihr entgegen, sie fror einen Augenblick und schüttelte sich.

Sie erklärte sich das Phänomen mit einer offen stehenden Dachluke, durch die der Wind ins Haus gelangt war und die Türe geöffnet hatte.

Als sie die Türe schließen wollte, hörte sie plötzlich einen kleinen Jungen flüstern.

»Hilf mir.«

Es kam vom Dachboden. Schon wieder diese Kinder?

»Was machst du da oben? Komm runter.«

Keine Reaktion. Nun ging sie vorsichtig die schmale Treppe hinauf. Die Stufen waren staubig und weich, es roch nach Schimmel.

Beim Betreten verbogen sie sich so sehr, dass Kathy darum bangen musste einzubrechen.

»Beeile dich«, flüsterte die Stimme. »Er ist auf dem Weg zu mir. Er wird mir weh tun.«

Als sie oben auf dem Dachboden ankam, war sie fassungslos. An einem Querbalken vor ihr hing ein kleiner Junge regungslos an einem Seil. Er wurde erhängt.

Kathy kam alles so unwirklich vor, erst vor wenigen Sekunden hatte sie ihn doch noch sprechen gehört. Doch dieser Junge musste schon eine Weile tot sein. Sie wartete darauf, endlich aus diesem Alptraum aufzuwachen. Mein Gott, dachte sie sich.

Doch noch bevor sie sich Vorwürfe machen konnte, riss der Junge den Kopf hoch und schaute sie mit großen Augen an.

»Er ist da«, flüsterte er.

Kathy drehte sich ängstlich um. Hinter ihr stand ein fremder Mann. Sie schrie.

Der Zettel, den Jayden seinem Mitbewohner hinterlassen hatte, lag unverändert dort, wo er ihn platziert hatte. Sein Mitbewohner war offensichtlich noch nicht zurückgekehrt.

Doch irgendetwas stimmte nicht. Dieses Geklimper. Es war kein Schlüsselbund, der dieses Geräusch verursachte. Jemand machte sich am Schloss zu schaffen. Kurz darauf war er erfolgreich. Die Wohnungstüre öffnete sich.

Es war Gregor. Sorgsam und leise schloss er die Türe wieder hinter sich. Mit einem langen Armeemesser bewaffnet, kontrollierte er vorsichtig einen Raum nach dem anderen. Er wirkte dabei sehr angespannt.

In der Küche angekommen, war er sich sicher, dass er alleine war. Erleichterung machte sich in ihm breit. Nun fiel ihm der Zettel ins Auge, welcher mitten auf dem Tisch lag.

Er entfernte den Stift und las ihn sich durch.

»Ich komme heute Abend später nach Hause. Ich bin in der alten Messner Villa, wo ich mit einem alten Freund einen Film drehe. Das Essen von heute Mittag steht im Kühlschrank. Du kannst es dir ja warm machen. Jayden.«

Gregor grinste, zerknitterte den Zettel und warf ihn in eine Ecke. Sein nächstes Ziel war klar. Er verließ die Wohnung. Ein Augenzwinkern später, betrat er sie wieder, ging zielstrebig zum Kühlschrank und machte ihn auf. »Mmmh«, brummte er.

Er nahm einen Teller kalte Nudeln heraus, machte sie sich in der Mikrowelle warm, verschlang sie, als hätte er wochenlang gehungert, ließ seine überflüssige Luft an allen möglichen Öffnungen entweichen, rieb sich dabei zufrieden seinen dicken Bauch und machte sich schließlich auf den Weg.

KAPITEL 12

DIE BEWEISLAST

Kraftvoll schlug Steve Jayden das Messer aus der Hand und stürzte sich hasserfüllt auf ihn. Mit einem gezielten Schlag brach er Jaydens Nase, doch konterte dieser mit heftigen Schlägen ins Steves Leber. Die beiden lieferten sich einen erbitterten Abnutzungskampf, als plötzlich…

»Cut!«, rief Matthew und wühlte in seiner Kameratasche, die vor ihm auf dem Boden lag. Neben ihm stand Mary.

»Warum denn?«, fragte Jayden irritiert. »War es nicht gut genug?«

»Nein, es war spitze. Aber die Speicherkarte ist voll. Ich muss sie auswechseln.«

»Ach so.«

»Ich frage mich langsam, wo Kathy bleibt«, sagte Mary. »Ich werde sie suchen gehen.«

»Ich komme mit«, schlug Kevin vor, der wie aus dem Nichts auftauchte.

»Cut!«, rief Matthew erneut. »Was machst du denn da?«, ärgerte er sich. »Du kannst nicht mit ihr mitkommen, weil du tot bist. Halt dich gefälligst ans Drehbuch. Von mir aus kannst du die B-Kamera übernehmen, wenn es dir nichts ausmacht, Kathy.«

»Kein Problem«, antwortete Kathy, klappte die zweite Kamera zusammen und bot sie Kevin an, doch dieser lehnte ab.

»Ich möchte aber nicht filmen. Mary wurde doch auch getötet, in der Badewanne von Jayden, und sie darf trotzdem weiter mitspielen. Das ist unfair.«

»Ja, weil es nur im Film war, aber nicht im Film«, sagte Matthew verständnislos.

»Häh?«

Matthew stöhnte.

»Dir wurde zuerst von Jayden die Kehle durchgeschnitten und danach wurdest du von der ruhelosen Seele, der ermordeten Gattin des Aktionärs, getötet. Damit bist du ganz raus.«

»Ich verstehe es immer noch nicht«, erklärte Kevin, Matthew brodelte, das ging alles von seiner Drehzeit ab.

»Sieh mal, Kevin«, erläuterte Kathy, »ich wurde zwar nicht im Film getötet, dafür aber während der Dreharbeiten auf dem Dachboden. Deshalb kann ich auch nicht mehr mitmachen. Ganz raus ist man erst, sobald man von einem der Geister getötet wurde, deshalb darf Mary noch mitspielen.«

Doch wie sehr sich Kathy auch bemühte, Kevin verstand es einfach nicht.

»Ich finde deinen Film richtig cool«, lobte Jayden begeistert. »Einen Film, in dem es darum geht, dass eine Gruppe Jugendlicher einen Film dreht, wobei man aber zuerst nur den Film der Gruppe sieht und annimmt, es sei der Film. Später merkt man dann, dass es nur ein Film im Film war, den die Gruppe drehte und der eigentliche Film um diese besagte Gruppe geht, die einen Film dreht und dabei nach und nach herausfindet, was damals wirklich mit der verschollenen Aktionärsfamilie geschah. Schlussendlich wird einer nach dem anderen von den Geistern heimgesucht und getötet. Das hat es so wirklich noch nie gegeben.«

»Ich sagte ja, dass mein Film innovativ ist«, bestätigte Matthew stolz, doch dann packte ihn wieder sein Ehrgeiz. »Gut, zurück auf eure Positionen. Das meiste von gerade können wir verwenden, denke ich. Also«, er pausierte kurz und dachte nach, «Kathy. Filme nun Mary, die sich von den Dreharbeiten entfernt, um dich zu suchen. Mary. Du triffst dann auf das Geistermädchen. Es wird draußen im Gang am Heizkörper stehen, damit du weißt, wo du erschrocken hingucken musst. Sie wird dich auf den Dachboden zu Kathys Leiche führen. Dann folgt wieder ein Schnitt und ich werde dir neue Anweisungen geben. Ach ja, und vergiss nicht, auf den Ball zu achten, der dir entgegengerollt wird. Okay soweit?«

»Ich denke«, antwortete Mary zögerlich.

»Gut, dann mal los.«

Mary verließ den Raum. Sie hatte ein ungutes Gefühl, weil Kathy nun schon eine halbe Stunde weg war. Sie hatte auch schon auf ihrem Handy probiert, sie zu erreichen, doch niemand hob ab. Plötzlich hörte sie ein Kinderlachen ...

Zuhause angekommen, lief Roger schnurstracks zum Anrufbeantworter und drückte wie verrückt darauf herum. Er wollte die alten Nachrichten von Frank abhören.

»Roger?«, kam es aus dem Wohnzimmer. Kurz darauf betrat seine Freundin den Flur. »Was machst du da? Wo warst du? Ich dachte, jetzt, da du Urlaub hast, würden wir beide wieder etwas mehr Zeit miteinander verbringen.«

Roger rührte sich nicht und starrte auf den kleinen Monitor des Anrufbeantworter.

»Hallo? Ich rede mit dir. Hörst du mir überhaupt zu?«, fragte seine Freundin entsetzt. »So kann das mit uns einfach nicht weiter gehen. Ich bin unglücklich damit, wie es im Moment zwischen uns läuft.«

Schließlich hatte er sie gefunden.

»Nachricht eins«, hallte es aus dem Anrufbeantworter. Roger übersprang sie, auch Nachricht zwei wurde von ihm weggedrückt. Seine Freundin wurde nun sauer.

»Würdest du mir gefälligst auch mal antworten?«

»Tssst!«, schimpfte Roger.

»Nachricht drei.«

»Verdammt, Roger! Komm so schnell wie es geht ins Polizeirevier, in die Autopsie. Ich habe herausgefunden, wer hinter all den Morden steckt! Er hat mir einen blauen Kristall gezeigt, du wirst Augen machen!«, Lärm ertönte. »Was war das? Du, ich ruf dich gleich nochmal an. Da scheint jemand zu sein.«

»Keine weiteren Nachrichten.«

»Ich hab es doch gewusst!«, rief Roger voller Euphorie. »Ich bin doch nicht verrückt.«

»Was?«, fragte seine Freundin irritiert. »Warum solltest du?«

Roger ging nicht auf sie ein und baute den A.B. ab.

»Was machst du da? Um Himmels Willen rede doch mit mir!«

134

Er packte sich den Anrufbeantworter unter den Arm und rannte aus dem Haus.

»Roger! Du verdammter Idiot!«, rief sie ihm mit Tränen in den Augen hinterher.

KAPITEL 13

AUF DER FLUCHT

Die Sonne hing mittlerweile auf Halbmast. Der Himmel färbte sich orange-rot. Nervös ging Kathy auf und ab, während Matthew eifrig an der nächsten Kameraeinstellung werkelte. Bis auf Jayden und Mary waren alle anwesend.

»Hat irgendwer Mary gesehen?«, fragte Kathy.

»Jayden habe ich auch eine Weile nicht mehr gesehen«, fügte Steve hinzu. Kurz darauf stieß Jayden wieder zur Gruppe. »Wenn man vom Teufel spricht.«

»Wo warst du so lange?«, fragte Kathy energisch.

»Ähm, pinkeln?«, antwortete Jayden verlegen.

»Du hast aber verdammt lange dafür gebraucht«, stellte Kevin misstrauisch fest.

»Ich habe mich danach hier noch etwas umgesehen. Was soll dieses Kreuzverhör?«, fragte er irritiert.

»Ach nichts«, sagte Steve, »Kathy macht sich nur Sorgen um Mary. Wir haben sie schon eine Weile nicht gesehen.«

»So ist das also. Na ja, ich habe sie jedenfalls auch nicht gesehen.«

Kathy wendete sich an Matthew.

»Da ist doch was faul. Sie ist jetzt schon eine dreiviertel Stunde fort. Selbst wenn sie auf Toilette war, hätte sie schon längst wieder zurück sein müssen. Ich finde, wir sollten sie suchen gehen.«

»Nerv mich nicht!«, sprach Matthew gereizt. »Du hast doch gehört, was Jayden gesagt hat. Er hatte sich das Gebäude angesehen, dann macht sie das sicher auch. Nur noch zwei Kameraeinstellungen und wir sind endlich fertig. Danach können wir sie immer noch suchen gehen.«

»Aber ...«

»Nichts aber. Das hier ist nichts weiter als ein altes, leerstehendes Haus. Außer uns ist hier niemand. Oder glaubst du etwa tatsächlich an diesen Geisterquatsch?«, spottete er und widmete sich wieder seiner Kamera.

Grummelnd ging Kathy zum Fenster und schaute sich den Sonnenuntergang an. Sie wusste selbst, dass sie des öfteren überreagierte und sich unberechtigte Sorgen machte.

Doch seit dem Vorfall damals mit dem Baby, diesem einen Moment der Sorglosigkeit, welcher ihr restliches Leben prägen sollte, war ihre Angst zu groß, es könnte noch einmal etwas Ähnliches passieren. Vorsicht ist besser als Nachsicht, dachte sie sich.

Als Kathys Blick in den umliegenden Wald schweifte, riss sie ihre Augen auf. Wie wild gestikulierte sie mit den Händen. Sie versuchte etwas zu sagen, doch wurde ihre Zunge schwer wie Blei, so gab sie nur unverständliche Laute von sich.

»Was ist denn jetzt schon wieder los?, fragte Matthew genervt. »Sag jetzt nicht, du hättest einen Geist gesehen«, widerwillig ging er zu ihr und schaute hinunter. »Ach du heilige Scheiße!«

Nun kamen auch Steve und Jayden zum Fenster.

»Aber das ist doch unmöglich!«, sagte Steve erschrocken.

»Gregor«, merkte Jayden trocken an.

»Was? Lasst mich auch mal sehen!«, rief Kevin und lief aufgeregt zum Fenster, stolperte über die Kante einer herausstehenden Diele und verlor dabei sein Handy. Schwungvoll flog es gegen die Fensterscheibe, die unter dem Druck zerbrach. Gregor schaute ruckartig auf. Die Vier schreckten vom Fenster zurück.

»Kevin, du Tollpatsch!«, rief Kathy entsetzt.

»Ob er uns gesehen hat?«, fragte Matthew.

»Möglich«, antwortete Jayden.

»Wie ist er nur aus dem Gefängnis entkommen?«, fragte Steve.

»Ja«, bestätigte Matthew, »und warum kommt er dann ausgerechnet hierher?«

»Ist doch klar, warum«, schlussfolgerte Kevin, »wegen ihm!«, und zeigte auf Jayden.

»So ein Blödsinn«, widersprach Matthew.

»Blödsinn, ja? Und warum kommt er dann ausgerechnet hierher? Jayden ist der einzige, der ihn kennt.«

»Zufall.«

»Kein Zufall. Hast du jemals Jaydens Mitbewohner kennengelernt?«

»Nein, aber wir ...«

»Na also«, unterbrach ihn Kevin, »was glaubst du für wen die Nachricht, die er geschrieben hat, gedacht war? Überhaupt, seit wann teilt man seinem Mitbewohner mit, was man vorhat? Bei der Freundin oder den Eltern könnte ich es ja noch verstehen, aber beim Mitbewohner? Auf diese Weise informierte er

Gregor darüber, wo wir uns aufhalten, damit sie uns dann gemeinsam umlegen können! Aber nicht mit mir. Wir sollten ihn ausschalten, bevor sich ihm eine Gelegenheit dazu bietet«, Kevin riss die Diele aus dem Boden, über die er zuvor gestolpert war und hielt sie wie einen Baseballschläger.

»Du übertreibst maßlos. Leg das Ding weg!«, drohte Matthew.

»Was hätte es für einen Sinn gemacht, Gregor eine Nachricht zu hinterlassen? Er war im Gefängnis«, sagte Jayden.

»Eben, er war. Du hast ihn befreit«, behauptete Kevin.

»Und wann hätte ich das machen sollen? Ich war die ganze Zeit über hier, bei euch. Und komm mir jetzt nicht mit einem ‚Als du pinkeln warst‘, denn dazu ist die Stadt viel zu weit von hier entfernt. Das hätte ich ohne Auto niemals schaffen können und die Busse fahren nur alle dreißig Minuten von hier ab.«

»Dann hast du ihn eben gestern schon befreit.«

»Und so ein Ausbruch fällt auch gar nicht auf, oder wie?«

»Jayden hat Recht«, erklärte Matthew. »Wäre er gestern schon ausgebrochen, wären heute Morgen die Zeitungen und Nachrichten damit voll gewesen. Ich vertraue dir.«

»Danke«, Jayden lächelte.

»Ach. Macht doch, was ihr wollt. Ich werde Mary suchen gehen. Und wehe dir, du hast ihr etwas angetan!«

Kevin verließ den Raum. Kurz darauf hörte man ein kontinuierliches Klopfen.

»Was ist das?«, fragte Kathy.

»Klingt, als würde jemand einen Nagel in die Wand hauen«, merkte Steve an.

»Er wird doch nicht etwa die Haustür verbarrikadieren?«

»Ich hoffe nicht«, sagte Matthew, »denn es ist der einzige Weg hier raus. Alle Fenster im Erdgeschoss sind zugemacht worden, um Vandalismus vorzubeugen und es ist zu hoch, aus den Fenstern des ersten Stocks zu springen. Wir würden uns mit Sicherheit etwas brechen.«

»Na super. Wir sitzen also in der Falle. Was machen wir jetzt?«

»Ich weiß es doch auch nicht.«

»Wo zum Geier steckt Jayden schon wieder?«, fragte Steve.

»Oh Gott. Dann hatte Kevin womöglich Recht«, fürchtete Kathy.

»Quatsch. Jayden ist ...«, Matthew verstummte.

»Jayden ist was?«

Steve und Kathy drehten sich um. Im Türrahmen stand Gregor, er hielt sein Armeemesser in einer Hand, mit der anderen wischte er sich über seine Stirn. Er war leicht außer Atem und schwitzte stark.

»Lauft!«, schrie Matthew.

Panisch flüchteten sie in den angrenzenden Raum, der wiederum zurück in den Flur führte. Doch im Eifer des Gefechts verloren sie sich. Während Kathy und Steve nach links hoch auf den Dachboden rannten, eilte Matthew geradeaus die Treppe hinunter, zurück in die Lobby.

Tatsächlich, die Haustür war zugenagelt worden. Mühsam versuchte er die Bretter zu lösen, doch vergebens. Er schaute nach seinem Brecheisen, welches er zuvor neben der Tür abgestellt hatte, doch es war fort.

Dann hörte er jemanden die Treppe herunterlaufen. Matthew eilte zur nächstgelegenen Tür und versteckte sich dahinter. Er fand sich in völliger Dunkelheit wieder. Die Schritte kamen immer näher. Er machte sich bereits auf das Schlimmste gefasst. Doch dann verstummten sie wieder.

Alles was ihn jetzt noch von Gregor trennte, war eine drei Zentimeter dicke Holztüre. Er hörte auf zu atmen und lauschte, doch er konnte nichts hören.

Er wartete noch eine Weile. Nichts. Zögerlich drückte er die Tür einen Spalt auf und linste hindurch. Viel konnte er nicht sehen, da es auch in der Eingangshalle nicht wesentlich heller war. Zumindest sah er die Umrisse der einzelnen Gegenstände deutlich. Plötzlich erspähte er Gregor. Er stand direkt vor ihm und starrte ihn mit kalten Augen an. Matthew schreckte von der Türe zurück, die daraufhin wieder zufiel. Er musste dort weg!

Er tastete die Wände entlang und verlor schlagartig den Boden unter den Füßen. Er fiel eine Betontreppe herunter. Stöhnend raffte er sich unten wieder auf. Ihm taten alle Knochen weh.

Dann lief ihm plötzlich etwas ins rechte Auge. Er rieb es sich heraus und roch daran. Es war Blut. Er hatte sich durch den Sturz eine große Platzwunde am Kopf zugezogen. Doch es half alles nichts. Er musste weiter. Gregor hatte ihn gesehen.

Er wühlte in seinen Hosentaschen, fand sein Feuerzeug, und machte es an. Einen Moment lang war er blind, seine Augen hatten sich bereits an die Dunkelheit gewöhnt gehabt. Nun wurde ihm klar, wo er sich befand, im Kellergewölbe.

Langsam humpelte er den Gang entlang. Der steinerne Boden war feucht und kalt. Mit einer Hand stütze er sich immer wieder an den Wänden ab, welche nicht verputzt waren. Sand bröselte bei jeder Berührung aus den Fugen und rieselte über seine Fingerspitzen.

Auf einmal blieb er stehen. Vor ihm befanden sich mehrere Tropfen Blut, es war nicht seines. Er folgte ihnen. Es wurden kontinuierlich mehr. In manchen konnte er Schuhabdrücke erkennen.

Schließlich führten sie ihn zu einer riesigen Blutlache. Von der Blutlache aus führte eine Schleifspur in einen der kleinen Kellerräume.

Was war hier nur geschehen, fragte er sich entsetzt und wessen Blut war das? Vorsichtig beugte er sich nach vorne und streckte seine Hand mit dem Feuerzeug aus. Er versuchte den Raum auszuleuchten, als ihm plötzlich ein kalter Luftzug entgegenkam und sein Feuerzeug ausblies.

»Mist!«

Hektisch versuchte er es wieder anzumachen, doch es blitzte immer nur kurz auf. Ausgerechnet jetzt, dachte er sich. Brutal knallte die Kellertüre auf. Matthew suchte verzweifelt nach einem Versteck. Doch er konnte ohne Licht nichts sehen.

Langsam tastete er sich voran. Dann stieß er mit seinem Oberschenkel gegen etwas. Er ertastete es, es musste ein Tisch oder Ähnliches sein. Er bückte sich und kroch darunter.

Jemand kam den Gang entlang. Langsam, aber unaufhaltsam näherten sich seine Schritte. Er fing an zu pfeifen.

Matthew verspürte eine Angst, die er so schon lange nicht mehr empfunden hatte. Er wollte am liebsten schreien. Da stoppte das Pfeifen. Kurz darauf fing die Person an zu rennen.

Matthew kauerte sich zusammen und hielt seine Arme schützend vor den Kopf. Er schloss seine Augen, obwohl er ohnehin nichts sehen konnte. Sein Körper war angespannt. Er war davon überzeugt, dass nun alles vorbei sei. Doch die Schritte verstummten erneut.

Die Ungewissheit setzte ihm am meisten zu. Auf einmal hörte er die Schritte wieder, doch sie entfernten sich. Einige Augenblicke später hörte er, wie die Kellertüre wieder geöffnet und geschlossen wurde.

War der Spuk vorbei? Matthew traute dem Braten nicht. Vielleicht war es nur ein Trick. Minutenlang hockte er mit gespitzten Ohren, regungslos. Angstschweiß lief ihm in den Nacken. Er konnte nichts hören. Nichts sehen.

Nach einer gefühlten Ewigkeit griff er erneut nach seinem Feuerzeug und versuchte es anzumachen. Es blitzte mehrmals, der vierte Versuch brachte endlich den ersehnten Erfolg mit sich. Er kroch aus seinem Versteck und sah sich um.

Eine alte Werkbank, ein paar Kisten, verrosteter Draht, nichts Ungewöhnliches. Er machte ein paar Schritte zurück, als er auf etwas Weiches trat. Er drehte sich um und erblickte Marys Leichnam.

Ihre Schädeldecke war halb geöffnet. Ihre Kleidung getränkt in Blut. Vor Schreck schrie er kurz auf, ließ dabei sein Feuerzeug fallen.

Das kann nicht wahr sein. Das kann nur ein Traum sein, dachte er sich. Orientierungslos suchte er nach seinem Feuerzeug, doch stattdessen ertastete er Marys Hand. Sie fühlte sich ganz kalt und steif an. Er realisierte langsam, dass es kein Traum war.

»Großer Gott, Mary. Das ist alles meine Schuld. Wäre ich nicht so versteift auf meinen Film gewesen, wärst du vielleicht noch am Leben!« Er verlor die Fassung. Tränen liefen seine Wangen herunter.

»Es tut mir so Leid. Es tut mir so Leid. Bitte verzeih mir ...«

Nach einer Weile wischte er sich seine Tränen aus dem Gesicht und atmete einmal tief durch.

»Ich werde das wieder gut machen, das verspreche ich dir, Mary. Ich werde die anderen retten. Es darf nicht noch jemand sterben wegen mir!« Er tastete wieder den Boden nach seinem Feuerzeug ab. »Wo ist es nur hin?«, fluchte er, als er plötzlich etwas umwarf. Es war sein Brecheisen. Das Klimpern hallte im ganzen Kellergewölbe.

Matthew erschrak. Hoffentlich hatte es Gregor nicht gehört. Er horchte kurz, nichts. Er tastete nach dem Eisen und nahm es an sich. Es war ein wenig glibberig. Er konnte sich denken, was diese Substanz war und war froh, dass er es nicht sehen konnte.

Matthew tastete den oberen Bereich der Wände entlang, bis er auf Holz traf. Das musste ein Kellerfenster sein, vermutete er. Er setzte das Brecheisen an und entfernte das erste Brett. Ein schwaches Licht hellte den Raum auf. Er hatte Recht gehabt. Es war ein Fenster.

Zügig entfernte er noch das zweite Brett und versuchte es zu öffnen, doch der alte Verschluss war verrostet und klemmte. Kurzerhand schlug er mit dem Brecheisen die Scheibe ein und entfernte sie soweit möglich.

Das Fenster war ziemlich schmal. Er war sich nicht sicher, ob er hindurchpassen würde, doch ihm blieb nichts anders übrig.

Als er halb durch war und seinen linken Arm nachziehen wollte, blieb er mit ihm stecken. Er geriet in Panik und zog wie verrückt, doch es klappte nicht. Sein Herz raste vor Angst, als würde es gleich explodieren. Seine Atmung wurde unkontrolliert. Er bekam keine Luft mehr. Er glaubte, etwas gehört zu haben, was ihn nur noch verrückter machte.

Nach einigen Sekunden beruhigte er sich wieder. Er dachte an die anderen. Er musste sie retten. Er ließ sich noch einmal zurück in den Keller rutschen, dadurch löste sich sein Arm.

Eilig streckte er nun zuerst beide Arme hindurch, bevor er mit seinem Korpus nachzog. Es gelang. Er raffte sich auf und rannte los. Keine Sekunde zu spät.

Er bemerkte das Messer nicht, das seine Achillessehnen nur um Millimeter verfehlte.

Erneut stürmte Roger in das Büro seines Chefs, wodurch fast die Scheibe seiner Türe heraus flog. Vor Schreck fiel Richard fast vom Stuhl. Rücksichtslos suchte Roger nach einer Anschlussmöglichkeit für seinen Anrufbeantworter und verrückte dafür das Mobiliar.

»Um Gottes Willen. Sie schon wieder! Womit habe ich das nur verdient? Was machen Sie da?«

»Ich werde Ihnen jetzt beweisen, dass ich nicht verrückt bin und Timothy gelogen hat. Frank hatte mir kurz vor seinem Tod mehrere Nachrichten auf meinen Anrufbeantworter gesprochen. In einer davon erwähnte er einen blauen Kristall, den man ihm gezeigt hätte. Und warum sollte ihn Frank erwähnt haben, wenn er nicht existiert? Oder wollen Sie uns etwa beide für verrückt erklären?«

Richard war überrascht und sprachlos. Roger beendete seine Aufbauarbeiten, und sprang direkt auf Nachricht drei.

»Da, hören Sie genau zu.«

»Nachricht drei.«

»Verdammt, Roger! Komm so schnell wie es geht ins Polizeirevier, in die Autopsie. Ich habe herausgefunden, wer hinter all den Morden steckt! Er hat mir einen ...«

In diesem Moment betrat Timothy unerwartet den Raum, fiel über ein Kabel, welches Roger zuvor quer durch den Raum gespannt hatte und verschüttete seinen Eistee über den Anrufbeantworter, der daraufhin sofort den Geist aufgab. Roger starrte fassungslos auf den aufsteigenden Rauch des A.B.s.

»Oh ... mein ... Gott ...«

»Hoppla. Sorry, tut mir Leid. Aber was liegt hier auch ein Kabel mitten im Weg herum?«

»Das hast du doch mit Absicht gemacht, du verdammtes Schwein!«

»Nein ich ...« Wie ein Raubtier stürzte sich Roger auf Timothy und schlug auf ihn ein. Richard sprang aus seinem Sessel und riss Roger von Timothy weg.

»Sind Sie verrückt geworden? Was soll das denn? Auseinander! Jetzt reicht es mir aber mit Ihnen, ein für alle Mal!«, brüllte Richard.

»Aber er hat meinen Anrufbeantworter zerstört. Das war mein einziger Beweis!«, verteidigte sich Roger.

»Daran sind Sie doch selbst schuld. Sie haben doch das Kabel quer durch den Raum gelegt. Und ob es ein Beweis war, wage ich nach Ihrer Aufführung hier stark zu bezweifeln. Ich für meinen Teil habe nichts von einem blauen Kristall gehört.«

»Das wäre doch noch gekommen!«

»Man kann viel erzählen, wenn der Tag lang ist. Ich mache mir langsam ernsthafte Sorgen um Ihren geistigen Zustand. Hiermit suspendiere ich Sie mit sofortiger Wirkung vom Dienst. Tauchen Sie noch einmal hier auf, und wenn es nur zum Scheißen ist, fliegen Sie ganz raus! Davon abgesehen können Sie können froh sein, wenn Detektiv Taner von einer Anzeige absieht.«

»Aber ...«

»Habe ich mich klar ausgedrückt?«

»Ich wollte doch nur ...« Er wusste, jeder Widerstand war zwecklos geworden, er hatte es vergeigt. »Ja, Sir.«

»Und jetzt raus hier, aus meinen Augen! Ich gebe Ihnen noch eine halbe Stunde, um Ihre persönlichen Sachen zu packen und dann möchte ich Sie hier bis auf weiteres nicht mehr sehen.«

Roger nahm seinen A.B. und verließ gekränkt das Büro. Timothy zog sich währenddessen an einer

Tischkante wieder hoch, rückte seine Krawatte zurecht, leckte mit seiner Zunge über seine leicht blutende Lippe und schaute ihm hämisch nach.

KAPITEL 14

VOM JAEGER ZUM GEJAGTEN

Steve und Kathy hockten hinter einem Stapel Kartons auf dem Dachboden. Kathy war ganz außer Atem.

»Ob wir ihn abgehängt haben?«, fragte Steve.

»Ich glaube schon. Ich hoffe, den anderen geht es gut. Das ging alles so schnell«, sagte Kathy.

Plötzlich hörte man, wie jemand die Dachbodentüre öffnete. Über knarrende Stufen bahnte er sich den Weg nach oben.

»In Deckung.«

Vorsichtig lugte Kathy zwischen zwei Kartons durch, da fiel ihr ein Stein vom Herzen.

»Kevin, wir sind hier drüben!«, rief sie und winkte ihm zu.

»Gott, hast du mich erschreckt!«, sagte Kevin. »Aber wer sind ‚wir‘?«

Nun offenbarte auch Steve sein Versteck.

»Ich bin so erleichtert, dass es dir gut geht. Hast du Mary gefunden?«, fragte sie.

»Nein, leider nicht.«

»Einen der anderen?«

»Ihr seid die ersten.«

Derweil ging Steve zu einem der Dachbodenfenster und versuchte es zu öffnen, doch es klemmte.

»Was wird das, wenn es fertig ist?«, fragte er.

»Ich versuche es zu öffnen, doch es scheint festgerostet zu sein«

»Und was, wenn es auf ist? Willst du dann vom Dach springen?«, fragte Kevin spöttisch.

»Natürlich nicht«, antwortete Steve genervt, »aber vielleicht liegt hier irgendwo ein Seil herum, dann könnten wir uns abseilen, also hilf mir lieber. Oder hast du eine bessere Idee?«

Plötzlich öffnete sich erneut die Dachbodentüre.

»Versteckt euch«, flüsterte Kathy.

Diesmal handelte es sich um Gregor. Er schaute sich ruhig um. Dann fing er an, systematisch hinter und sogar in jede Kiste zu schauen.

Wie ein Biest, schmiss er die Kartons durch die Gegend und kam kontinuierlich näher. Es war nur noch eine Frage der Zeit, bis er die Drei entdecken würde.

Kathy musste sich ihren Mund zuhalten, sonst hätte sie womöglich geschrien. Steve schaute sich nach Gegenständen um, welche als Waffe dienen konnten. Da bemerkte er, dass Kevin seinen Kopf etwas zu hoch streckte. Er lief Gefahr, entdeckt zu werden.

Steve rüttelte an Kevins Ärmel.

»Runter«, flüsterte er.

Kevin duckte sich schließlich tiefer. Vollkommen unerwartet hörte man Gregor nicht mehr in den Kisten wühlen. Steve schaute durch eine Ritze und überprüfte, was los war.

Gregor starrte genau in die Richtung, wo Kevin sich versteckt hielt. Heilige Scheiße, dachte sich Steve, er hat ihn gesehen.

Daraufhin lächelte Gregor, drehte sich um und verließ den Dachboden. Steve war fassungslos. Warum war er nur gegangen, fragte er sich. Er hatte Kevin gesehen, da war er sich hundertprozentig sicher.

Sie warteten noch einen Augenblick, ehe sie wieder zu sprechen wagten, denn Gregor konnte noch in der Nähe sein. Doch es rührte sich nichts.

»Puh«, schnaubte Kathy erleichtert, »das war verdammt knapp.«

»Ja, das war echt nervenaufreibend«, sagte Kevin.

Kathy schlich vorsichtig die Treppen nach unten, öffnete die Türe einen kleinen Spalt und schaute sich prüfend um.

»Ich verstehe das nicht.«

»Was?«, fragte Kevin verwundert.

»Ich könnte schwören, dass er dich bemerkt hatte.«

»Quatsch«, antwortete Kevin lächelnd, »wenn er mich gesehen hätte, dann wären wir jetzt alle tot.«

»Mag sein.« Steve schaute misstrauisch.

»Die Luft scheint rein zu sein«, flüsterte Kathy, »wir sollten hier verschwinden, bevor er womöglich wieder kommt. Außerdem müssen wir noch die anderen finden.«

Kathy und Kevin gingen vorsichtig durch den Flur des ersten Stocks, als ihr auffiel, dass Steve verschwunden war.

»Wo ist Steve?«, fragte sie entsetzt.

»Keine Ahnung«, antwortete Kevin überfordert.

»Hey, kommt mal her. Ich habe eine Idee«, äußerte Steve, der am Ende des Ganges seinen Kopf aus einem Zimmer heraus streckte und direkt wieder darin verschwand. Kathy und Kevin gingen zu ihm zurück.

In der Mitte des Raumes befand sich ein großer Tisch. Über ihm hing ein massiver Kronleuchter. Dieser war mit einem Seil an der Wand schräg gegenüber der Fenster an einem Haken befestigt.

»Du bist doch verrückt!«, rief Kathy entsetzt. »Das ist ein reines Selbstmordkommando. Ich werde da nicht mitmachen.«

»Komm schon«, drängte Steve. »Ohne euch ist es nicht machbar. Wie ich schon sagte: Ich werde raus in den Flur gehen und so viel Lärm machen wie möglich, um Gregor auf mich aufmerksam zu machen. Du versteckst dich währenddessen im Nebenraum und schließt die Türe dieses Raumes ab, sobald wir hier hereingelaufen kommen. Und du«, sagte Steve zu Kevin, «wartest hier und bindest das Seil des Kronleuchters ab. Auf mein Kommando lässt du es los und er wird von ihm erschlagen werden. Falls nicht, geben wir beide ihm den Rest.«

»Und was ist, wenn der Kronleuchter Gregor verfehlt? Darüber schon mal nachgedacht?«, fragte Kathy spöttisch.

»Selbstverständlich«, antwortete Steve selbstsicher. »Deshalb sollst du ja die Tür von außen abschließen. Auch wenn unser Angriff fehlschlagen sollte, haben wir ihn zumindest eingesperrt. Du kannst die anderen suchen und dann die Polizei holen. Wir gewinnen also in jedem Fall.«

»Nein, das kann ich nicht«, beteuerte Kathy aufgebracht. Sie war den Tränen nahe.

Steve ging zu ihr und legte seine Hände auf Kathys Schulter.

»Eine Kleinigkeit musst du mir noch versprechen. Was auch immer passieren sollte, du darfst diese Türe nicht wieder aufschließen. Er könnte uns als Geiseln nehmen und uns dazu zwingen, dich darum zu bitten, sie wieder zu öffnen. Warte auf das Eintreffen der Polizei, sie werden sich um alles weitere kümmern.«

»Aber ...«

»Man kann nicht immer nur davonlaufen. Irgendwann muss man sich seinen Problemen stellen.«

Steves ungewohnte Selbstsicherheit verunsicherte Kathy. Diese Seite von ihm war ihr absolut fremd und sie kannte ihn schon seit ihrer Kindheit.

»Sag doch auch mal was dazu!«, brüllte sie Kevin an.

»Nun ja«, zögerte Kevin.

»Du spielst doch nicht etwa mit dem Gedanken, dort mitzumachen?«

»Es könnte funktionieren. Der Plan ist gut und vor allem haben wir den Überraschungseffekt auf unserer Seite. Auch wenn wir ihn verfehlen sollten, sind wir immer noch zu zweit, wir können ihn packen«, Kevin überlegte kurz, dann fasste er einen Entschluss. »Ich bin dabei.«

»Klasse«, freute sich Steve und schaute zu Kathy. »Nun?«

Kathy blickte auf den Boden, ihr war überhaupt nicht wohl bei der Sache. Ihr Magen blubberte, als hätte sie einen Whirlpool verschluckt. Sie war sich bewusst, dass alles von ihrer Entscheidung abhing.

Sie wusste, wenn sie zustimmte, brachte sie die beiden in Lebensgefahr, doch wenn sie es nicht tat, würden sie vielleicht alle den nächsten Sonnenaufgang nicht mehr erleben.

»Na gut. Aber wenn euch etwas passiert, bringe ich euch mit meinen eigenen Händen um«, schimpfte sie.

»Abgemacht«, lächelte Steve. »Kevin, hilf mir mal den Tisch zu bewegen. Am besten stellen wir ihn in der Nähe der Türe, um einen künstlichen Laufweg zu erschaffen. So muss er zwangsweise den Kronleuchter passieren, wenn er zu mir möchte.«

Die beiden räumten den Tisch neben die Tür. Steve zog den Schlüssel ab, ging zu Kathy und übergab ihn ihr.

»Okay. Jeder weiß, was er zu tun hat. Alle auf Position.«

Kevin ging zum Haken, an dem der Kronleuchter festgebunden war und band ihn ab. Die beiden anderen gingen in den Flur. Steve öffnete Kathy die Tür des Nebenraumes, sie schritt halb hindurch und drehte sich noch einmal zu ihm.

»Steve, falls ...«, sie wusste nicht, wie sie es ihm sagen sollte, was sie vermutete, deshalb sagte sie es ihm in ihrer Verzweiflung geradeheraus: »Du musst mir nichts beweisen.«

»Keine Sorge«, versicherte Steve. «Das tue ich für mich.«

Kathy schaute ihm noch einmal in die Augen. Sie wollte noch etwas sagen, doch sie wusste selbst nicht so recht was. Dann ging sie in den Nebenraum und Steve schloss die Tür hinter ihr. Er atmete noch einmal tief durch. Dann wollen wir mal, dachte er und ging den Korridor hinunter. Im Schutze der vier Wände brach Kathy in Tränen aus.

»Gregor, du kleiner Fettsack! Wo versteckst du dich? Komm raus und kämpfe wie ein Mann!«, brüllte Steve, danach horchte er, doch er konnte nichts hören. Er ging ein paar Schritte weiter und rief erneut.

»Du hast wohl Angst vor mir, was? Armseliger Schwächling! Sobald ich dich gefunden habe, werde ich dir deine hässliche Visage polieren!«

Er horchte erneut. Doch Fehlanzeige. Vorsichtig öffnete er die Tür des letzten Raumes. Die Sonne war mittlerweile untergegangen, so dass es auch in den oberen Etagen finster geworden war. Zum Glück war Vollmond, so konnte Steve wenigstens noch einige Umrisse erkennen. Dann rief er aufs Neue.

»Ach, du bist so ein mieser Feigling, so feige, dass dich selbst deine Mutter verstoßen hat!«

Wieder nichts. Da wurde er plötzlich von etwas geblendet. Er drehte sich zum Gang hin. Da war er endlich, Gregor. Sein Atem war schwerfällig, seine Augen matt und seelenlos. Er sah ziemlich wütend aus. Sein Messer reflektierte das Mondlicht.

Es war so weit. Jetzt musste er ihn nur noch in die Falle locken, doch zu seinem Pech kam Gregor von der falschen Seite. Das Zimmer mit dem Kronleuchter, befand sich hinter Gregor und es gab keinen alternativen Weg dorthin zurück. Somit musste Steve irgendwie an ihm vorbei gelangen.

»Da bist du ja endlich«, sagte Steve selbstsicher, »mir wurde schon langweilig. Komm her, wenn du dich traust!«

Schwerfällig stürmte der große Gregor auf Steve zu, Steve rannte ihm tapfer entgegen. Kurz vor der Kollision ließ sich Steve auf den Boden fallen und rutschte an ihm vorbei. Geschwind richtete er sich wieder auf und drehte sich Gregor zu.

»Ist das etwa schon alles, was du zu bieten hast? Ist ja erbärmlich«, spottete Steve. »Da musst du schon einen Zahn zulegen, wenn du es mit mir aufnehmen willst.«

Gregor drehte sich langsam um.

»Komm schon, Fetti!«

Gregor griff erneut an. Diesmal rannte Steve weg, doch immer nur so weit, dass Gregor mithalten konnte. Das Ganze verlief reibungslos bis zu dem Moment, als sich Steve einmal zu viel umdrehte, eine Kommode übersah, stolperte und sich ein Bein brach.

Er stieß einen fürchterlichen Schrei aus und hielt sein Bein fest. Kurz darauf kam Gregor um die Ecke gehechelt. Er war vollkommen außer Atem. Als er sah, dass sich Steve verletzt hatte, schmunzelte er. Gemütlich bewegte er sich auf ihn zu.

Steve war nur noch wenige Meter von der Falle entfernt. Er konnte sich nicht erlauben zu scheitern. Schmerzerfüllt zog er sich an einer der Vorhänge hoch und humpelte in den Raum. Ahnungslos folgte ihm Gregor. Er war nun direkt hinter ihm und griff nach Steve, als plötzlich die Tür hinter ihm zuknallte.

Verwirrt ließ er von Steve ab und ging zurück zur Tür. Er versuchte sie zu öffnen, doch sie rührte sich nicht. Steve nutzte die Gelegenheit, humpelte währenddessen bis zu den Fenstern und drehte sich um.

»Und jetzt?«, fragte Gregor gelassen. »Was wirst du tun?«

Steve warf ihm einen gespielten verzweifelten Blick zu. Gregor bemerkte es nicht und ging auf ihn zu.

»Jetzt!«, rief Steve.

Gregor erschrak. Doch nichts geschah. Er schaute sich um, und bemerkte den Kronleuchter über sich. Er verfolgte die Konstruktion der Falle mit seinen Augen.

»Ich sagte jetzt!«, wiederholte Steve und schaute zu Kevin, doch er war nicht da. Was zum, dachte sich Steve. Gregor wendete sich wieder Steve zu.

»Netter Versuch«, wertschätzte er triumphierend, »nur müsste man sich dazu auch auf Leute verlassen können.«

Steve wurde ganz bleich im Gesicht.

Kathy stand draußen vor der Tür. Nervös ging sie auf und ab. Plötzlich hörte sie Steve schreien. Dann Stille.

»Steve? Steve! Antworte mir bitte! Was ist da drinnen los? Steve! Kevin! So antwortet doch!«

Kathy versuchte zu lauschen, es war totenstill. Urplötzlich schlug jemand mit voller Wucht gegen die Tür, so heftig, dass die Scharniere etwas nachgaben. Kathy schreckte zurück. Erneut wuchtete es gegen die Türe, die Scharniere gaben langsam nach. Jeder Schlag ließ sie erneut zusammenzucken.

Das ist doch alles nur ein böser Traum. Das kann nicht real sein, dachte sich Kathy. Plötzlich brach ein Stück aus der Türe. Jemand steckte seinen Arm hindurch und griff nach dem Schlüssel, welchen Kathy im Schloss stecken gelassen hatte.

Panisch rannte sie davon und irrte durch das Haus, bis sie sich schließlich erschöpft mit ihrem Rücken an einer Wand niederließ. »Steve ...«

Roger legte ein Bild, auf dem er und seine Freundin abgebildet waren, in einen kleinen Karton und klebte ihn zu, als er außerhalb seines Büros laute Stimmen hörte. Er ging der Sache nach.

»Hören Sie mir überhaupt zu?«, schrie Matthew aufgebracht, der sich mit Timothy unterhielt.

»Was ist denn los?«, fragte Roger. »Kann ich Ihnen behilflich sein?«

Bevor Matthew auf Rogers Frage antworten konnte, funkte ihm Timothy dazwischen.

»Das ist nicht dein Problem. Du wurdest suspendiert, schon vergessen? Pack deinen Müll zusammen und verschwinde von hier«, mahnte er verärgert und kümmerte sich wieder um Matthew. Roger schlenderte beleidigt zurück in sein Büro und tat so, als müsste er sich die Schuhe zubinden. »Jetzt noch mal ganz langsam. Was ist geschehen?«

»Sag mal, bin ich hier im Irrenhaus? Das sagte ich doch schon!«, brüllte Matthew entsetzt. »Ich habe mit meinen Freunden einen Film in der alten Messner Villa gedreht und ...«

»Moment mal«, unterbrach Timothy. »In der Messner Villa, die an der Bold Street? Wie sind Sie da hinein gekommen? Hatten Sie eine Drehgenehmigung?«

»Bitte, was?«

»Sie wissen schon, dass Sie sich strafbar gemacht haben, falls Sie dort eingebrochen sind.«

»Darum geht es hier doch gar nicht! Meine Freunde sind in Lebensgefahr, jede Sekunde zählt! Wir müssen unverzüglich zu ihnen! Oder wollen Sie mir etwa nicht helfen?«

»Aber natürlich möchte ich Ihnen helfen. Wissen Sie, Sie sehen so aus, als könnten Sie einen Bananensaft vertragen. Der bringt Sie wieder runter und dann reden wir nochmal in Ruhe über Ihr Problem.«

Fassungslosigkeit verschlug Matthew die Sprache. Roger konnte sich das ganze nicht mehr länger mit anhören.

»Jetzt hör gefälligst mit deinen dämlichen Spielchen auf und lass ihn ausreden. Kapierst du nicht, dass Menschenleben auf dem Spiel stehen? Ignorantes Arschloch!«

»So, das reicht. Ich geh zum Chef. Das war dein letzter Tag, das schwöre ich dir.«

Eingeschnappt rannte Timothy in Richards Büro.

»Was zur Hölle ist denn hier los? Will mir denn keiner helfen? Was ist das hier für eine Polizei?«

»Ich werde Ihnen helfen«, versicherte Roger. »Kommen Sie mit, Sie können mir unterwegs alle Einzelheiten erklären.«

»Danke! Wir müssen sie retten!«

Roger und Matthew rannten aus dem Revier. Kurz darauf kam Timothy mit Richard zurück.

»Wo sind sie hin?«, fragte Timothy entsetzt.

»Ich nehme an, dass sie mit Rogers Auto weg sind. Er sollte ihm alles unterwegs erklären«, verriet ein Polizist.

»Dieser verdammte Mistkerl!«, fluchte Timothy. »Wenigstens wissen wir wo er hin ist. Zur alten Messner Villa.«

»Ist doch wunderbar«, sagte Richard und grinste. »Etwas Besseres konnte uns gar nicht passieren.«

Timothy war verwirrt und dachte kurz darüber nach.

»Stimmt.«

KAPITEL 15

DAS ZUSAMMENSPIEL

Kathy weinte. Auf einmal hörte sie ein seltsames Stöhnen. Sie schaute auf und erspähte Gregor. Er schien schwer verletzt zu sein. Er presste eine Hand auf seinen Bauch. Blut quoll zwischen seinen Fingern durch. Hektisch stand sie auf.

»Nein, bitte warte!«, rief ihr Gregor keuchend zu. Er hatte Mühe zu sprechen.

»Ich bin nicht der, für den mich alle halten. Ich bin kein Mörder, das schwöre ich!«

Kathy wollte fliehen, doch ihre Neugierde hielt sie davon ab. Gregor kam ein Stück näher.

»Bleib da stehen!«, forderte sie.

»Schon gut. Ich werden hier stehen bleiben.«

»Was hast du mit Steve gemacht?«

»Steve?«

»Der dich in die Falle lockte.«

»Ach der«, er pausierte kurz und schaute auf den Boden. »Es tut mir Leid dir das sagen zu müssen, aber, er ist tot.«

Kathys Knie wurden ganz weich. Sie hatte zwar schon mit dem Schlimmsten gerechnet, doch war es etwas anderes, wenn keine Hoffnung mehr bestand.

»Du sadistisches Schwein!«, brüllte sie wütend.

»Langsam. Ich habe damit nichts zu tun. Das hat sich alles ganz anders abgespielt als du dir vorstellen magst«, stöhnte er.

»Lügner!«

»Ich bin kein Mörder, wirklich nicht. Ich bin hergekommen, um euch zu retten.«

»Uns zu retten? Lächerlich!«

»Aber es ist die Wahrheit. Wie lange kennst du Jayden schon?«

»Jayden?«, fragte Kathy erstaunt. »Was soll die Frage? Ich habe noch nie viel mit ihm zu tun gehabt, aber er ist ein langjähriger Freund meines Bruders. Und mein Bruder vertraut ihm, also vertraue ich ihm auch.«

»Denkst du nicht, dass sich dein Bruder vielleicht in ihm getäuscht haben könnte?«

Kathy wusste nicht so recht, was sie davon halten sollte. Was bezweckte er damit? Wollte er nur ihr Vertrauen gewinnen, um sie trotz Nachteils umbringen zu können oder erzählte er ihr tatsächlich die Wahrheit?

»Glaub mir. Jayden ist nicht die Person, die er vorgibt zu sein. Er ist für all das hier verantwortlich, er hat deine Freunde auf dem Gewissen, er ist der Mörder von Jamestown!«

Kathy wollte nicht glauben, was sie da hörte. Doch bevor sie etwas sagen konnte, fuhr er fort.

»Wie du sicher schon weißt, bin ich Jaydens Bruder. Eines Tages fand ich alles heraus und wollte ihn stoppen. Ich ging gleich zur Polizei, hatte jedoch keine handfesten Beweise, so glaubte mir niemand. Als er davon Wind bekam, lockte er mich in eine Falle und versuchte mir die Morde unterzujubeln. Natürlich konnte meine Unschuld schnell bewiesen werden und sie ließen mich wieder frei. Ich fuhr dann zu Jaydens Wohnung und fand einen Zettel auf dem Küchentisch. Dadurch wusste ich, wo ihr seid. Ich machte mich unverzüglich auf den Weg, mir war sofort klar, dass ihr in Gefahr schwebt.«

Nun hatte er ihre Aufmerksamkeit.

»Was ist eben in dem Zimmer passiert? Wie ist Steve ...«, ihr fiel es schwer diese Frage zu beenden. Es kam ihr immer noch alles so unwirklich vor.

»Als du uns dort eingesperrt hattest, hatte Steve natürlich keine Ahnung davon, dass ich ihm nur helfen wollte. Wir waren nicht alleine. Jayden war auch dort. Steve vertraute ihm und Jayden brachte ihn um. Er stach ihm voll in den Rücken, so hat er es gern, hinterhältig. Dann griff er auch mich an. Er verletzte mich schwer. Ich nehme an, er glaubte, ich sei tot. Er schlug die Tür ein und verschwand. Ich raffte mich auf und versuchte dich zu finden, bevor er es tat.«

»Aber was war mit Kevin? Er muss auch dort gewesen sein.«

»Ich weiß nicht, wen du meinst. Nur wir drei waren dort, sonst niemand. Vermutlich hatte er ihn schon vorher ermordet.«

Kathy hielt inne. Es war nicht unplausibel.

»Es gibt leider noch mehr schlechte Nachrichten. Ich habe im Keller eine Leiche gefunden. Ich nehme an, dass es eine Freundin von dir war?«

Kathy schreckte auf.

»Mary ...«

»Kann sein. Ich kenne ihren Namen nicht. Sie trug ein rosa Oberteil.«

Erst Steve und nun auch noch Mary. Kathy wollte es nicht wahrhaben. Noch vor wenigen Stunden hatten sie alle noch fröhlich miteinander einen Film gedreht und jetzt sollten sie alle tot sein? Dann erinnerte sie sich, dass Mary schon längere Zeit verschwunden gewesen war, bevor Gregor die Villa betrat, sie musste also schon vorher ermordet worden sein und der einzige der zu diesem Zeitpunkt nicht anwesend gewesen war, war Jayden.

»Dann ist es also wirklich wahr. Jayden ist ...«

»Was bin ich?«, fragte Jayden der auf einmal dort stand, wo eben noch Gregor gestanden hatte. Kathy wurde nervös. Jayden ging langsam auf sie zu.

»Geht es dir gut? Mit wem hast du gerade eben gesprochen?«

Draußen schlug langsam das Wetter um. Ein heftiger Wind ließ die Äste gegen die Fenster peitschen. Ein Blitz hellte den Gang einen Moment auf, kurz darauf folgte ein Donnerschlag. Es fing an zu regnen.

»Wo warst du die ganze Zeit?«, fragte Kathy misstrauisch.

»Na, ich habe euch gesucht.«

»Das stimmt nicht. Du bist einfach abgehauen.«

»Was wird das hier jetzt, Kathy?«, fragte Jayden skeptisch. »Willst du damit etwa sagen, dass ich lüge?«

Er war schon fast bei ihr. Kathy ging ein paar Schritte zurück.

»Komm nicht näher!«, schrie sie hysterisch auf.

Für einen Augenblick war er irritiert und blieb stehen.

»Mary ist tot.«

»Oh, das tut mir leid«, sagte er so emotionslos, als ob er es schon lange gewusst hätte.

»Ach wirklich? Sie war aber schon tot, bevor Gregor hier auftauchte. Er kann sie also nicht getötet haben.«

»Was willst du damit sagen?«, fragte Jayden und bewegte sich wieder auf Kathy zu.

»Du warst als einziger nicht anwesend, als sie verschwand.«

Jayden schüttelte den Kopf, »Nein, das stimmt so nicht. Komm jetzt, wir müssen hier verschwinden, bevor Gregor auftaucht.«

»Ich sagte, nicht näher kommen!« Sie ging weitere Schritte zurück, doch war sie mittlerweile am Ende des Flurs angekommen und stieß mit ihrem Rücken gegen die Wand. Panisch setzte sie zur Flucht nach vorne an, doch Jayden griff ihren Arm und hielt ihn gewaltsam fest.

»Loslassen! Du tust mir weh! Hilfe! Hilfe!«, schrie sie und schlug wie wild um sich, aber Jayden erhaschte nun auch noch ihren zweiten Arm und hatte sie vollkommen unter Kontrolle.

»Du kannst das nicht verstehen. Es ist nur zu deinem Besten.«

Kathy glaubte ihm kein Wort. Auf einmal stürzte sich Gregor auf Jayden und drückte ihn an die Wand. Kathy fiel dabei zu Boden und kroch rückwärts vom Kampfgeschehen weg. Ihr Herz pochte so stark, dass es schon weh tat.

Jayden schaffte es, sich von Gregors Griff zu befreien und stieß ihn von sich weg. Da zückte Gregor sein Messer und stürzte sich gleich wieder auf ihn. Erbittert rangen sie um das Messer.

Roger konnte, trotz Fernlicht und Scheibenwischer durch den starken Regen kaum die unbeleuch-

tete Straße erkennen. Es war eine zweispurige Landstraße, die schon bessere Zeiten erlebt hatte. Sie hatte tiefe Schlaglöcher und Fahrbahnrisse und führte
durch den Wald. Rechts von ihr ging es steil bergab,
nichtsdestotrotz suchte man Leitplanken vergebens.
Die Fahrt war sehr holprig.

»Nun erzählen Sie mal genau, was passiert ist«, sagte
Roger, der sich voll auf die Straße fokussieren musste.

»Ich habe mit meinen Freunden einen Film in
der alten Messner Villa gedreht. Wir waren schon
fast fertig, als meine Schwester auf einmal aus dem
Fenster starrte und wie verrückt mit ihren Händen
fuchtelte. Wir gingen nachsehen und konnten es
kaum glauben. Der Massenmörder Gregor lief direkt
auf die Villa zu.«

»Gregor, der Gregor?«, fragte Roger erschrocken
und wäre dabei fast von der Fahrbahn geraten.

»Obacht!«, rief Matthew nervös, dann fuhr er fort:
»Ja. Er muss irgendwie aus dem Gefängnis entkommen sein.«

»Das ist doch unmöglich, das hätte doch sofort
auffallen müssen«, stellte Roger misstrauisch fest.

»Ja, wir waren auch fassungslos. Ich verstehe einfach nicht, warum er hinter ihm her ist. Er ist zwar
sein Bruder, aber sie haben sich schon seit Jahren
nicht gesehen.«

»Moment mal. Gregor hat einen Bruder?«, fragte
Roger hellhörig.

»Ja, meinen Freund Jayden«, antwortete Matthew.
Vor Schreck machte Roger eine Vollbremsung. Ein
nachfolgender Lkw konnte gerade noch ausweichen
und bretterte hupend an ihnen vorbei.

»Arschloch!«, brüllte es aus der Fahrerkabine, das durch einen Mittelfinger noch unterstützt wurde.

»Großer Gott, was machen Sie denn?«, rief Matthew entsetzt, der sich mit beiden Händen verkrampft am Dachgriff festklammerte und sich fragte, ob dieser Polizist überhaupt einen Führerschein hatte.

»Jayden? Habe ich da richtig gehört? Der Bruder von Gregor heißt Jayden?«

»Ja. Was ist daran so besonders?«, fragte Matthew verwirrt. »Fahren Sie weiter.«

»Natürlich«, Roger setzte die Fahrt fort. »Ich bin schon seit einer gefühlten Ewigkeit hinter einem gewissen Jayden her.«

»Da müssen Sie ihn aber mit jemand anderem verwechseln. Jayden ist doch kein Krimineller«, beteuerte Matthew überzeugt.

»Das Handschuhfach. Öffnen Sie es. Darin finden Sie ein Phantombild. Ich möchte, dass Sie es sich ansehen und mir sagen, ob es sich dabei um Ihren Freund handelt.«

Matthew öffnete das Handschuhfach. Darin befanden sich eine Packung Kaugummi, eine Landkarte, ein gefaltetes Blatt und eine Handfeuerwaffe.

Beim Anblick der Packung Kaugummi wurde ihm ganz mulmig zu Mute. Er hasste diese Sorte. Er nahm das Blatt und schloss den Stauraum wieder zügig. Als er es auffaltete, fielen ihm fast die Augen aus dem Kopf.

»Und, ist er es?«, fragte Roger neugierig.

»Jayden ... Was hat er getan?«, fragte er schockiert.

»Ich wusste es doch«, strahlte Roger. »Das kann ich Ihnen nicht sagen. Aber ich weiß, dass er die Schlüsselperson in der Mordserie von Jamestown ist.

Er weiß über alles Bescheid. Ich möchte endlich verstehen, was hier los ist. Warum mein Partner sterben musste. Er kann es mir sagen.«

»Wie meinen Sie das?«

»Die Mordserie von Jamestown ist keine gewöhnliche. Es steckt ein System dahinter. Die Opfer kannten sich. Sie waren alle Mitglied eines Clubs. Jayden weiß, warum sie sterben mussten.«

»Aber das ist unmöglich, er sagte mir, dass er schon seit Jahren keinen Kontakt mehr zu seinem Bruder hatte. Wie soll er dann etwas darüber wissen?«

»Sind Sie so naiv? Er hat Sie angelogen.«

Matthew war sprachlos. Jayden war seit dem Tod seines Vaters immer für ihn da gewesen. Er war der Einzige, der ihn wirklich verstand. Der Einzige, dem Matthew vertraute. Und ausgerechnet er soll ihn nun hintergangen haben? Roger ging ans Mikrofon.

»Was haben Sie vor?«

»Ich werde die Spezialeinheit zur Unterstützung rufen.«

»Die Spezialeinheit? Muss so etwas nicht vorher autorisiert werden?«

»Ich will nur auf Nummer sicher gehen. Die Konsequenzen sind mir egal. Noch einmal entkommt er mir nicht.«

Matthew schaute noch einmal auf das Phantombild. Jayden, warum?

KAPITEL 16

SPURLOS VERSCHWUNDEN

Gregor hatte die Oberhand und drückte das Messer langsam in Jaydens Brust. Mit letzter Kraft schlug Jayden Gregor in seine Wunde, welcher daraufhin schmerzerfüllt zurückwich, riss ihm das Messer aus der Hand und stach unzählige Male brutalst und gewissenlos auf ihn ein.

Danach griff er sich an seine Brust und stöhnte. Er war völlig außer Atem. Kathy rannte weg.

»Kathy, warte! Ich kann dir alles erklären!«

Er nahm die Verfolgung auf. Sie flüchtete sich in ein ehemaliges Umkleidezimmer und versteckte sich dort in einem Wandschrank. Eine Türe des Schranks ließ sie bewusst offen, um keinen Verdacht zu erregen.

Kurze Zeit später stürmte Jayden in das Zimmer. Er schaute sich eine Weile um. Dann lief er weiter. Doch Kathy spürte keine Erleichterung und kauerte sich in die dunkelste Ecke des Schranks. Sie hatte noch nie jemanden sterben sehen.

Die letzten einhundert Meter führten über eine unbefestigte Straße. Die Fahrrinnen hatten sich mit Wasser gefüllt. Der Schlamm spritzte, die Reifen rutschten.

Endlich waren sie angekommen. Roger nahm seine Waffe aus dem Handschuhfach und eilte zum Eingang, Matthew folgte dicht hinter ihm.

»Hey! Sie bleiben hier«, befahl Roger, als er ihn bemerkte und winkte ihn zurück zum Wagen.

Er drehte am Türknauf, doch sie rührte sich nicht.

»Wie?«

»Durch ein Kellerfenster. Er hat sie von innen verbarrikadiert«, antwortete Matthew, der ihn vom Wagen aus beobachtete.

Roger rannte zurück zum Auto und holte einen Vorschlaghammer aus dem Kofferraum.

»Ich möchte mitkommen! Meine Schwester ist noch irgendwo da drinnen!«, rief Matthew entschlossen.

»Nein, Sie bleiben hier.«

»Aber ...«

»Ich sagte nein!«

»Okay.«

Das kam Roger zu plötzlich. Er versuchte in Matthews Augen zu erkennen, ob er log.

»Vergiss es, Junge!« Irgendwie erinnerte ihn Matthew ein wenig an sich selbst. Deshalb wusste er genau, was Matthew dachte und vorhatte.

Er griff seinen Oberarm, führte ihn zur Beifahrertür und öffnete sie.

»Hey, was soll das?«

»Rein da«, befahl er.

Matthew setzte sich widerwillig. Da nahm Roger seinen Arm und legte ihm Handschellen an. Die andere Seite befestigte er am Dachgriff.

»Das können Sie doch nicht machen! Ich bin kein Krimineller! Sie dürfen mich nicht festhalten!«

Roger ignorierte ihn, schlug die Tür zu und rannte zurück zum Eingang. Ein paar kraftvolle Schläge mit dem Hammer reichten aus, um die Bretter auf der Innenseite zu lösen. Er legte den Hammer beiseite.

Dann zog er seine Waffe und eine Taschenlampe und betrat das Anwesen. Wie in der Polizeiausbildung gelernt, bewegte er sich vorsichtig durch die Gänge und kontrollierte systematisch einen Raum nach dem anderen.

Mit der rechten Hand hielt er seine Pistole, mit der linken, die er dicht unter der rechten hatte, seine Taschenlampe.

Allerhand Staubpartikel wurden durch den Lichtkegel sichtbar. Das Gewitter wurde heftiger. Immer wieder erhellten Blitze das Anwesen, begleitet von mächtigen Donnerschlägen.

Plötzlich hörte er ein fürchterliches Röcheln. Er leuchtete den Flur hinunter. Es war Gregor. Er wankte umher und blinzelte in den Lichtstrahl der Taschenlampe. Nur mühevoll hielt er sich auf den Beinen. Er musste sich an den Wänden abstützen. Seine Kleidung war blutverschmiert.

Roger war angespannt. Gregor faselte unverständliches Zeug. Erinnerungen plagten Roger. Die vielen Menschen, die sterben mussten, allen voran Frank, sein bester Freund.

Und da sah er ihn nun, dieses monströse Ungetüm. Was würde er kriegen? Lebenslange Haft? Das hat er nicht verdient, dachte er sich.

»Du wirst keinem Menschen mehr Schaden zufügen!« Gnadenlos drückte er ab.

Matthew hörte draußen den Schuss.

»Kathy! Kathy!«

Panisch rüttelte er am Griff. Als er sich schließlich daran hängte, brach er ab. Er rannte so schnell er konnte in die Villa.

»Kathy! Halte durch, ich komme! Kathy!«

Kathy konnte Matthews Stimme hören. Matthew? Bist du es wirklich, fragte sie sich. Er öffnete eine Tür nach der anderen und rief überall nach ihr. Schließlich beugte er sich in den ehemaligen Umkleideraum, in dem sich Kathy versteckt hielt, und rief erneut.

»Kathy!«

Erleichtert stand sie auf und wollte gerade ihr Versteck verlassen, als plötzlich ein Schatten vor ihr vorbeihuschte auf Matthew zu. Matthew sah die Silhouette, die sich auf ihn zubewegte.

»Kathy? Bist du das?«

Kathy wollte Matthew warnen, doch ihre Angst ließ sie zu Stein erstarren.

»Ach, du bist es«, sagte Matthew erleichtert. »Ein Glück, dir ist nichts geschehen. Hast du Kathy irgendwo gesehen? Geht es ihr gut?«

Die Person antwortete nicht.

»Was ist los mit dir? Du verhältst dich merkwürdig.«

Schließlich konnte sich Kathy überwinden, sie kam aus ihrem Versteck.

»Matthew! Lauf!«

»Kathy?«, fragte Matthew überrascht und glücklich. »Warum? Ist mit dir alles in Ordnung? Ich bin so froh.«

Doch Kathys gutgemeinte Warnung bewirkte das genaue Gegenteil. Unvorsichtig drehte Matthew der

Person seinen Rücken zu, welche die Gelegenheit nutzte und ihm von hinten die Kehle durchschnitt.

Das Blut spritze bis auf Kathys Schuhe. Matthew sackte zu Boden und war sofort tot. Nun versuchte sie sich an ihr, aber Kathy konnte sie passieren und rannte weg.

Unkoordiniert lief sie durch das Gebäude, bis sie schließlich keine Puste mehr hatte. Sie drehte sich um. Die Luft schien rein zu sein. Sie atmete durch. Doch als sie wieder nach vorne sah, erblickte sie eine Gestalt vor sich. Sie erschrak, kurz darauf war sie erleichtert.

»Kevin!«, sie umarmte ihn. Kevin schien nicht er selbst zu sein, er starrte nur vor sich hin. »Wo warst du nur? Was ist geschehen?«

»Ich ...«, antwortete Kevin zögerlich.

»Was?«

Plötzlich spuckte er Blut und fiel zu Boden. Hinter ihm stand Jayden und zog sein Messer aus ihm heraus.

»Puh«, schnaubte Jayden fröhlich, »Gerade noch rechtzeitig.«

Kathy rannte erneut weg.

»Verdammt noch mal, Kathy! Du verstehst das nicht. Ich habe dir das Leben gerettet. Ich bin kein Mörder«, Jayden musste lachen.

Kathy rannte das Treppenhaus hinunter ins Erdgeschoss. Sie sah, dass die Haustüre aufstand und rannte auf sie zu, als sie zur Seite gerissen wurde.

Sie schlug hysterisch um sich.

»Beruhigen Sie sich. Mein Name ist Burton von der Kriminalpolizei. Sie sind in Sicherheit.«

Langsam beruhigte sich Kathy wieder und Roger ließ sie los.

»Keine Sorge. Ich habe den Mörder eben erschossen. Es besteht keine Gefahr mehr.«

»Sie haben was?«, fragte Kathy verwirrt. »Aber er war doch vor einer Sekunde noch hinter mir.«

»Das ist ausgeschlossen. Er liegt gleich da drüben im Korridor«, er zeigte auf Gregors Leiche.

»Oh mein Gott. Was haben Sie getan?«, fragte sie entsetzt.

»Was meinen Sie?«, fragte er irritiert.

»Gregor war unschuldig. Er hat versucht, uns zu retten. Jayden ist der wahre Mörder.«

»Das glaube ich nicht.«

»Es ist aber die Wahrheit! Er hat meinen Bruder und einen Freund getötet, direkt vor meinen Augen!«

Roger musste sich einen Moment lang sammeln. Wenn das wahr sein sollte, was sie behauptete, dann hätte ihn Jayden die ganze Zeit an der Nase herumgeführt und ihn bewusst manipuliert, um so den Verdacht von sich abzulenken. Und er war darauf hereingefallen, hatte sich die ganze Zeit zum Narren halten lassen. Er wurde wütend.

Dann schreckte er auf. Ihm wurde klar, dass er einen Unschuldigen erschossen hatte. Er konnte es nicht fassen. Wie konnte er sich nur so von seinen Emotionen beeinflussen lassen. Das war doch sonst nicht seine Art. Rationales Denken und Handeln war immer seine Stärke gewesen. Da ließ er sich einmal von seinem Emotionen leiten und schon musste ...

»Und Sie sagen, er ist noch da oben?«, fragte er ruhig.

»Ja.«

»Gibt es noch einen anderen Weg nach unten außer die Treppe?«

»Soweit ich weiß, nicht.«

»Gibt es noch weitere Überlebende?«

»Nein«, trauerte sie.

»In Ordnung. Gehen Sie nach draußen zu meinem Wagen. Die Verstärkung müsste jeden Augenblick eintreffen. Ich schnappe mir diesen Typen.«

»Passen Sie auf sich auf! Er ist absolut kaltblütig«

»Keine Sorge. Ich weiß immer genau, was ich tue.«

»Genau so, wie Sie gewusst haben was Sie tun mussten, als sie Gregor erschossen?«, merkte Kathy sarkastisch an.

»Geh jetzt.«

Roger schaute bestürzt. Dann ging er vorsichtig die Treppe hinauf, seine Waffe im Anschlag. Achtsam kontrollierte er jede Ecke, als plötzlich eine Gestalt vor ihm vorbeihuschte.

»Stehen bleiben, Polizei!«

Doch sie rannte weg, Roger schoss und nahm die Verfolgung auf.

Kathy taumelte derweil aus dem Gebäude. Sie war psychisch wie physisch vollkommen am Ende. Der Sturm war mittlerweile vorüber, der Mond wich unaufhaltsam der Sonne. Erste Sonnenstrahlen erhellten die Umgebung.

Laute Sirenen erklangen in der Ferne. Zwei schwere Mannschaftswagen einer Polizeispezialeinheit trafen mit wild rotierendem Blaulicht ein.

Ein Squadleader und fünf weitere Squadmitglieder stiegen aus den Fahrzeugen. Sie verteilten sich, blitzartig und routiniert. Einer lief zu Kathy und geleitete sie zu einem der Fahrzeuge.

»Ist alles in Ordnung mit Ihnen? Sie brauchen sich keine Sorgen mehr zu machen. Sie sind jetzt in Sicherheit und stehen unter meinem persönlichen Schutz. Mein Name ist Brian.«

»Okay, Leute, zuhören«, sagte der Squadleader mit einer rauen Stimme, dann schaute er das erste Squadmitglied gezielt an. »Sie gehen auf die Rückseite des Hauses und sichern einen möglichen Hinterausgang ab!« Dann wanderte sein Blick zu Brian. »Sie bleiben hier beim Opfer. Der Rest kommt mit mir.«

»Jawohl«, stimmten alle gehorsam zu.

Währenddessen jagte Roger Jayden weiter durchs alte Gemäuer. Jayden flüchtete sich in den letzten Raum am Ende des Korridors, es war ein ehemaliges Esszimmer, kurz darauf zerbrach eine Fensterscheibe.

Nur wenige Sekunden später stürmte Roger in den Raum, rannte zielstrebig zum Fenster, in dem sich ein riesiges Loch befand und lehnte sich hinaus.

Unten lagen Dutzende Scherben, doch keine Spur von Jayden. Wie kann das sein, fragte er sich. Bei einem Sprung aus dieser Höhe hätte er sich verletzen müssen.

Am Boden eilte das erste Squadmitglied um die Ecke, bemerkte Roger und richtete sein Gewehr auf ihn.

»Keine Bewegung! Waffe fallen lassen!«, brüllte er.

»Ich bin auf Ihrer Seite. Mein Name ist Detektiv Burton von der Kriminalpolizei. Ich hatte Sie gerufen.«

Mit Bedacht griff Roger langsam zu seiner Westentasche und zog vorsichtig seinen Polizeiausweis heraus. Er wurde mit scharfen Augen dabei beobachtet. Eine zu schnelle Handbewegung von Roger und er wäre erschossen worden.

»Sehen Sie«, sagte Roger und zeigte ihm seinen Ausweis. »Ich habe den Gesuchten bis hierher verfolgt. Er ist aus dem Fenster gesprungen. Sie müssen sofort die Verfolgung fortsetzen, er kann noch nicht weit sein.«

Genau so war es auch. Jayden stand direkt hinter ihm. Mit einer Hand hielt er seine Schulter fest, mit der anderen sein Messer. Roger hatte ihn getroffen, doch es schien nichts Ernstes zu sein, nur ein Streifschuss.

Roger hatte sich erneut von seinem Übereifer in die Irre führen lassen. Jayden war gar nicht aus dem Fenster gesprungen. Er zerbrach das Fenster mit Hilfe eines umherliegenden Stuhles, stellte diesen eilig wieder zurück und hatte sich anschließend zügig in einem alten Speiseaufzug versteckt.

Damit war Rogers Schicksal besiegelt, doch hatte er heute seinen Glückstag. Mit viel Lärm stürmte die Spezialeinheit das Treppenhaus hoch und sicherte einen Raum nach dem anderen, mit einem lauten »Clear!«.

Jayden hatte keine andere Wahl und musste sich wieder verstecken. Nur wenige Augenblicke später stürmten das zweite Squadmitglied und der Squadleader in den Raum.

»Waffe runter!«, brülle das zweite Squadmitglied.

Roger drehte sich vorsichtig um.

»Schon gut, er ist einer von uns«, entkräftete der Squadleader die Situation, welcher Roger erkannte.

»Lange nicht mehr gesehen, oder? Was ist hier passiert, Roger?«

»Schön dich zu sehen«, sie gaben sich vertraut die Hand, »Ich habe eben erfahren, dass Gregor einen Bruder hat. Sein Name ist Jayden. Ich verfolgte ihn bis hierher, doch er konnte entkommen.«

»Das würde erklären, wie er aus dem Gefängnis entfliehen konnte. Ein anderes Team suchte bereits nach ihm. Dann haben die beiden also gemeinsame Sache gemacht. Wenigstens haben wir einen von ihnen. Wir haben unten Gregors Leiche gefunden. Gute Arbeit«, lobte der Squadleader und klopfte Roger auf die Schulter.

»Nein. Ich denke, es ist etwas komplizierter«, widersprach Roger.

»Was meinst du?«

»Ich habe… Gregor, er war ...«, Roger wusste nicht, wie er es sagen sollte.

Da betrat das dritte Squadmitglied das Esszimmer.

»Sir, wir haben eine weitere Leiche gefunden.«

Das dritte Squadmitglied verließ den Raum wieder. Der Squadleader und Roger folgten ihm. Als das zweite Squadmitglied ebenfalls den Raum verlassen wollte, bemerkte er eine Blutspur auf dem Boden. Sie führte zum Speiseaufzug. Misstrauisch machte er sein Maschinengewehr scharf und ging der Sache nach.

Als die Drei ins ehemalige Umkleidezimmer kamen, wartete dort bereits das vierte Squadmitglied. Bei der gefundenen Leiche handelte es sich um Matthew.

»Oh nein«, sagte Roger.

»Kennst du ihn?«, fragte der Squadleader.

»Er informierte uns. Ich sagte ihm, er solle beim Wagen bleiben.«

Als Roger aus der Villa kam, legte Brian Kathy gerade fürsorglich eine Decke um.

»Hier, damit Sie nicht frieren.«

»Danke«, Kathy lächelte.

»Ich muss kurz weg, bin sofort wieder da, versprochen.«

»Okay«, sie schaute ihm nach. Es war ein denkbar falscher Zeitpunkt sich zu verlieben, doch Brian war so liebevoll. Sie mochte ihn, er war süß.

»Wie geht es Ihnen?«, fragte Roger.

Kathys Stimmung schlug sofort um. »Wie soll es mir schon gehen?«, fragte sie pampig.

»Sie haben Recht. Eine dumme Frage«, gab Roger zu und pausierte kurz. Er wollte ganz sicher sein, vielleicht hatte ihm zuvor nur sein Verstand einen Streich gespielt.

»Und«, fragte er vorsichtig, «Sie sind sich sicher, dass Gregor unschuldig war?«

»Kein Zweifel. Jayden hat sie alle ermordet. Er hätte auch mich fast erwischt, doch Gregor schmiss sich tapfer dazwischen und rettete so mein Leben«, sie wurde sauer, »und Sie haben ihn umgebracht!«

Roger rieb sich mit der Hand über den Mund.

»Ich kann das einfach nicht glauben. Hätte ich auch nur das Geringste geahnt. Mir tut das so Leid. Ich wollte doch nur ...«

Hastig band er sich die Stahlkappenschuhe zu und schleifte das zweite Squadmitglied zum Speiseaufzug. Jayden hatte Mühe, ihn dort hineinzulegen und so entschied er sich, ihn einfach hinter die Türe zu schleifen. Dann setzte er sich den Helm auf und verließ eilig das Anwesen.

Kathy mochte Roger nicht wegen seiner Vorgehensweise, doch tief im Innern wusste sie, dass es ein Unfall war. Sie war sich sicher, dass er niemals einen Unschuldigen erschossen hätte. So lenkte sie am Ende doch noch ein und fand ein paar tröstende Worte für ihn.

Mit einem Affenzahn rasten zwei Polizeiwagen auf die Villa zu. Sie hielten gleich neben dem Wagen, in dem Kathy saß. Zwei Polizisten und Timothy stiegen aus und umstellten Roger.

»Ich denke, ich muss dir nicht sagen, was los ist, oder?«, fragte Timothy.

»Bringen wir es hinter uns.«

Widerstandslos ließ er sich verhaften und wurde in einen der Polizeiwagen verfrachtet. Timothy schaute noch einmal kurz auf Kathy und ging dann zurück zu seinem Wagen.

Kathy dachte, Roger wäre wegen des Mordes an Gregor verhaftet worden, deshalb überraschte sie die Szene, die sich vor ihr abspielte, nicht.

Da bemerkte sie, dass sie von einem der Squadmitglieder beobachtet wurde. Wer war dieser Kerl nur? Sie bekam ein ungutes Gefühl.

»Erdbeersaft?«, fragte Brian.

Kathy würdigte ihn nur eines kurzen Blickes.

»Stimmt irgendetwas nicht? Was ist denn da vorne?«

»Dieser Kerl da. Er hat mich eben beobachtet. Irgend etwas stimmt mit ihm nicht.«

Brian lächelte. »Wer würde eine solche Schönheit nicht beobachten?« Kathy schaute verwirrt zu ihm und errötete. »Keine Sorge, ich beschütze Sie, falls er Ihnen zu nahe kommt.«

Kathy lächelte.

Jayden stieg unbehelligt in einen der Einsatzwagen und suchte ungehindert das Weite.

KAPITEL 17

VERFOLGT

Zwei Jahre später. Wir schreiben das Jahr 2014.

Vögel zwitscherten ein Lied, die Sonne ließ das Gras in einem saftigen Grün erstrahlen. Unzählige bunte Blumen wippten sanft im Wind. Ein paar Kinder spielten Fußball und lachten, Hunde markierten ihr Revier, ein kleiner Eisstand hatte Hochbetrieb.

Der gepflegte Park war gefüllt mit Menschen. Mitten auf der Wiese war eine Decke ausgerollt. Auf ihr befand sich ein großer Korb, gefüllt mit allerlei Leckereien und einer Flasche Wein. Neben ihm standen zwei Gläser, die im Sonnenlicht glänzten.

Ein junges Paar alberte herum und jagte sich. Als er sie gefangen hatte, nahm er sie zärtlich in seine Arme und sie küssten sich. Dann gingen sie zurück zur Decke und setzten sich hin.

Nicht ahnend, dass ihr junges Glück überschattet wurde von einer zwielichtigen Person. Nur einen Steinwurf entfernt saß sie auf einer Parkbank und beobachtete sie. Sie trug eine Kapuze weit über das Gesicht gezogen, eine ausgefranste Jeans sowie einen ungepflegten Vollbart.

In der rechten Hand hielt sie eine Flasche Bier, zwischen ihren Füßen lagen noch drei leere. Die Menschen machten einen großen Bogen um sie. Nicht nur wegen des Aussehens, sondern vor allem wegen des Geruchs. Von der Bierfahne abgesehen, hatte die Person offensichtlich überaus erfolgreich mehrere Wochen Wasser und Seife gemieden.

»Ich habe eine Überraschung für dich«, sagte der Mann.

»Wie süß. Aber du sollst mir doch nicht immer etwas schenken. Erst letzte Woche diese wunderschöne Halskette!« Sie hatte sie um, nahm sie und schaute sie entzückt an.

»Ach was, du bist mit Gold nicht aufzuwiegen!« Sie küssten sich erneut.

Plötzlich sprang er auf.

»Ich bin gleich wieder da.«

»Aber wo willst du denn hin?«, fragte sie überrumpelt.

»Es befindet sich noch im Auto.«

»Ach so, okay«, sie lächelte.

Sie schaute ihm nach. Dann bemerkte sie den Mann auf der Bank, er schaute sie an. Sie dachte sich nichts dabei und schaute weg, doch als sie erneut nach ihm sah, wurde ihr klar, dass er sie anstarrte. Ihr wurde ganz unbehaglich.

Obwohl ihr Freund erst wenige Sekunden fort war, erschien es ihr wie Stunden. Sie kramte im Picknickkorb und zog einen Schal heraus, mit dem sie den Ausschnitt ihrer Bluse verdeckte.

Nach einer gefühlten Ewigkeit kam ihr Freund endlich wieder. Er trug einen kleinen Karton unterm

Arm. Als sie ihn kommen sah, eilte sie ihm entgegen und fiel in seine Arme.

»Hey. So lange war ich doch nun auch nicht weg«, sagte er überrascht.

Seine Freundin schmiegte sich fest an ihn. Ihm wurde klar, das hier irgendetwas nicht stimmte.

»Ist alles okay mit dir? Ist irgendetwas vorgefallen?«

»Da drüben ist so ein Kerl, der starrt mich die ganze Zeit an«, flüsterte sie.

Ihr Freund schaute sich besorgt um.

»Wo denn?«

»Auf der Bank.«

»Da ist niemand.«

Sie drehte sich um. Die Bank war leer. Nur noch eine halbvolle Bierflasche stand auf ihr.

»Du siehst wohl schon Gespenster«, alberte er.

»Sehr witzig.«

»Dann komme ich ja genau richtig mit meinem Geschenk. Komm, setz dich.«

Sie ließen sich wieder auf der Decke nieder. Dann öffnete er vorsichtig eine Seite des Kartons und griff langsam mit einer Hand hinein.

»Du bist furchtbar! Nun mach es nicht so spannend«, befahl sie ungeduldig.

Er grinste.

»Schließ deine Augen«, forderte er. Sie verdrehte ihre Augen und schloss sie mürrisch. Er legte ihr etwas in die Hände.

»Okay, du darfst sie wieder öffnen.«

Hastig öffnete sie wieder ihre Augen, was sie sah, verschlug ihr die Sprache.

»Na, wie gefällt sie dir?«

»Eine Frisbee?«, fragte sie schließlich.

»Ja, toll nicht? Dann hat er was zum Spielen.«

»Zum Spielen?«, fragte sie verwirrt.

»Ja, dein neuer Beschützer.«

Nun schob er den Karton zu ihr. Als sie ihn öffnete, fingen ihre Augen an zu leuchten.

»Awwh, wie süß! Dankeschön!«, vorsichtig hob sie einen kleinen Hundewelpen heraus. Es handelte sich um einen Golden Retriever. Wild wedelte er mit seinem Schwanz hin und her und leckte ihr Gesicht ab.

»Er scheint dich sehr zu mögen«, lächelte ihr Freund.

»Ja«, strahlte sie, »wie heißt er denn?«

»Er hat noch keinen Namen. Denke dir einen aus.«

»Okay. Wie wäre es mit Rufus?«

»Rufus ist toll, so soll er heißen.«

»Das ist echt super von dir, Schatz. Ich liebe dich.«

»Ich liebe dich auch«, sie küssten sich innig. Dann standen sie auf und spielten mit Rufus.

»Komm, Rufus!«, rief sie. «Komm zu mir! Ja, komm.«

Schwanz wedelnd hüpfte Rufus durch das für ihn etwas zu hohe Gras, seinem neuen Frauchen hinterher, Rogers Ex-Freundin.

Die mächtige alte Wanduhr, hatte eine beruhigende Wirkung auf Kathy. Jedes mal, wenn sie herkam. Ihr lautes Ticken machte sie schläfrig. Neben der Uhr herum standen zwei Schränke, vollgestopft mit Büchern über Psychologie.

Vor den hohen Fenstern ein schwerer Schreibtisch, auf dem ein alter Computer stand. Neben ihm eine große Zimmerpflanze. In der Mitte des Raumes stand ein Glastisch, unter dem ein großer, rot-schwarz karierter Teppich lag. Er sah sehr teurer aus. Vermutlich handgewebt, zu günstigen Konditionen.

Dahinter befand sich eine Couch, auf der Kathy mit geschlossenen Augen lag. Neben ihr saß ein Mann auf einem Hocker. Er war schon ein älteres Semester und trug stolz einen langen weißen Schnauzer, an dem er gerne drehte, wenn er seinen Patienten zuhörte.

»Und wie sieht es in letzter Zeit mit Ihrem Schlaf aus?«, fragte Doktor Schmidt mit seiner beruhigenden Stimme. »Haben Sie immer noch diese schrecklichen Alpträume?«

»Nein. Schon seit... seit... Ich kann mich ehrlich gesagt nicht daran erinnern, wann ich zum letzten Mal einen hatte.«

»Was ist mit Ihrer Angst im Dunkeln?«

»Als ich vorgestern mein Fahrrad aus dem Keller holte, brannte plötzlich die Birne durch. Zuerst wurde ich ziemlich nervös und angespannt, ich konnte nicht mal meine Hand vor Augen sehen. Doch dann atmete ich mehrmals tief durch und tastete mich langsam zum Ausgang.«

»Gut«, merkte Doktor Schmidt an und machte sich Notizen. Dann stand er auf, ging zu seinem Schreibtisch und holte dort ein Foto heraus. Er ging zu Kathy zurück und zeigte es ihr.

»Ich werde Ihnen jetzt ein Foto zeigen und möchte, dass Sie mir sagen was Sie dabei empfinden.«

Kathy öffnete ihre Augen und sah es sich an. Im ersten Moment erschrak sie, doch dann übermannte sie der Zorn.

»Wut und Hass. Ich hoffe, dass Sie dieses Schwein bald finden werden, auf dass er langsam und qualvoll hinter Gittern verrottet.«

Es war ein altes Foto von Jayden. Doktor Schmidt nickte zufrieden. »Sehr gut« Dann ging er wieder zurück zu seinem Schreibtisch und setzte sich hin.

»Das war es für heute«, er tippte etwas in seinen Computer, Kathy setzte sich aufrecht. »Nun Kathy, ich habe eine gute und eine schlechte Nachricht für Sie.«

Kathy spitzte ihre Ohren.

»Die gute Nachricht ist, dass ich keine Anomalien in Ihrer Psyche mehr feststellen kann. Sie fühlen sich nicht mehr beobachtet, bekommen keine Panikattacken mehr und selbst die Alpträume sind verschwunden. Kurzum, Sie sind vollkommen gesund.«

»Und was ist die schlechte Nachricht?«, fragte Kathy irritiert.

Doktor Schmidt stand auf und ging zu ihr. Er schaute sie ernst an.

»Dass ich Sie wohl nie wieder sehen werde. Dies war Ihre letzte Sitzung, ich gratuliere«, er reichte ihr mit einem freundlichen Lächeln die Hand.

Freudestrahlend sprang Kathy auf und fiel Herrn Schmidt um den Hals.

»Vielen, vielen Dank! Für alles, was Sie für mich getan haben!«

Doktor Schmidt lachte. »Kein Problem. Ich habe nur meinen Job getan. Ich wünsche Ihnen alles Gute, Kathy.«

»Danke. Ich Ihnen auch.«

Als Kathy draußen die Straße entlangging, blieb sie für einen Moment stehen und schaute sich ruhig um. Das Vogelzwitschern, der Verkehr, die Menschenmassen, die Sonne, auf einmal nahm Kathy alles viel intensiver wahr als vorher.

Sie schloss ihre Augen und atmete einmal tief durch. Selbst die Luft schien nun einen Geruch zu haben. Vielleicht war es aber auch nur der Hundehaufen, in den sie getreten war.

Sie öffnete sie wieder und lächelte. Auf diesen Tag hatte sie so lange gewartet. Nun konnte sie endlich ein neues Leben beginnen.

KAPITEL 18

EIN NEUER LEBENSABSCHNITT

Mit den Händen in der Tasche bog die zwielichtige Person strammen Schrittes in eine schattige Häuserschlucht ein. Die enge Straße und die hohen Ziegelsteinhäuser wirkten bedrohlich. Wasserdampf rauchte aus allerlei Rohren, die aus den Wänden ragten. Graffiti, wohin das Auge reichte.

Die meisten Häuser schienen verlassen. Dutzende Fenster waren im Erdgeschoss mit Brettern verbarrikadiert, die Türen aufgebrochen.

Eine Gruppe Halbstarker stand um ein Auto herum und hörte lautstark Musik. Sie kifften und schauten der Person krawallbereit hinterher.

Wütend trat sie eine Mülltonne um und ging ins letzte Haus auf der rechten Seite. Die Haustüre stand offen, das Schloss war beschädigt. Im Flur lag ein Obdachloser, neben ihm eine gebrauchte Spritze. Er sah aus wie tot, doch dann stammelte er plötzlich etwas vor sich hin.

Die Person machte einen großen routinierten Schritt über ihn hinweg und setzte ihren Weg in die oberen Etagen fort. Das Geländer war an manchen Stellen durchgebrochen. Der Teppich des Treppenhauses war stellenweise feucht und löchrig. Ein Geruch von Urin und Schimmel lag in der Luft.

Schließlich zog die Person einen Schlüsselbund aus ihrer Hosentasche und betrat eine der Wohnungen. Sie ging zu einer Kommode, nahm ein gerahmtes Bild, setzte sich in einen Sessel und betrachtete es.

Plötzlich warf sie es gegen die Wand. Das Glas des Rahmens splitterte in alle Richtungen. Frustriert rieb sie sich durchs Gesicht und zog anschließend die Kapuze ab. Es war Roger.

Auf dem Foto, welches er an die Wand geschmissen hatte, waren er und seine Ex-Freundin abgebildet.

In seiner Wohnung herrschte das Chaos. Pizzakartons, Bierflaschen und gebrauchte Klamotten lagen in allen Ecken herum. Die Tapete hatte Risse und hing stellenweise herunter.

An der Decke gab es einen großen Feuchtigkeitsfleck, unter dem ein Eimer aufgestellt worden war. Ein Loch in einem Fenster war provisorisch mit Polystyrol geflickt.

Er stand auf und ging zu einer Wand. Sie war vollgepinnt mit Ausschnitten aus Zeitungsartikeln.

Suspendierter Polizist Roger B. für den Tod eines Unschuldigen verantwortlich. Roger B. wegen Missachtung der Vorschriften und Mord gefeuert. Anklage gegen Roger B. wird fallen gelassen. Die Mordserie von Jamestown geht weiter. Jayden Torelli spurlos verschwunden, die Polizei tappt im Dunkeln.

Zwischen den Zeitungsartikeln hingen Dutzende Fotos von Jayden und ehemaligen Tatorten. Auf dem Tisch vor ihm lag eine große Karte, auf der chaotisch

mit einem roten Filzstift Kreise und Kreuze einge-
zeichnet worden waren.

Er nahm ein Foto von der Wand, auf dem Jayden
zu sehen war.

»Lange wirst du dich nicht mehr vor mir verstecken können«, sagte er wütend. »Ich bin dir dicht auf
den Fersen, bald habe ich dich!«, und zerdrückte das
Foto mit seiner Hand.

Als Kathy die Wohnung betrat, bemerkte sie einen
leichten Rauch aus der Küche strömen. Sie ging der
Sache auf den Grund. So wie sie die Küche betrat,
fand sie die Ursache.

Auf dem Herd köchelten mehrere Töpfe, auf dem
Küchentisch lagen haufenweise Gemüseabfälle.
Mittendrin stand Brian.

»Was ist denn hier los?«, fragte sie überrascht.

Nach der Tragödie in der Messner Villa, bei dem Kathy ihren Bruder und ihre Freunde verloren hatte, litt sie
unter starken Depressionen. Sie bekam Wahnvorstel-
lungen und musste psychologisch behandelt werden.

Brian, einer der Mitglieder der Spezialeinheit
der Polizei in Jamestown, der sich damals um sie
gekümmert hatte, mochte Kathy sehr und stand ihr
auch noch nach diesem Ereignis bei.

Aufopferungsvoll begleitete er sie durch diese
schwere Zeit. Sie verliebten sich ineinander und waren seither ein glückliches Paar, lebten jedoch noch
immer getrennt.

Brian schreckte auf und verbarg etwas hinter sich.

»Ach nichts«, antwortete er unglaubwürdig. »Ich
dachte nur, ich koche meiner Geliebten eine Kleinigkeit.«

»Wie süß«, Kathy ging zu ihm und gab ihm einen Kuss.

»Aber was machst du denn eigentlich schon so früh hier?«

Kathy verzog ihr Gesicht. »Freust du dich denn nicht mich zu sehen?«, schmollte sie.

Er schwieg.

»Was hast du da?« Sie versuchte, über seine Schulter zu schauen, doch er drehte sich immer von ihr weg.

»Nichts«, antwortete er nervös. »Warum gehst du nicht schon einmal ins Esszimmer. Es wird nicht mehr lange dauern. Ich muss es nur noch anrichten.«

»Was verheimlichst du mir da?«

»Geh einfach ins Esszimmer, okay?«, befahl er.

»Na gut«, willigte sie misstrauisch ein.

Als sie sich umdrehte und gehen wollte, ergriff er ihre Hand.

»Hey!«, rief er und zog sie zu sich zurück. Dann küsste er sie zärtlich, »Willkommen daheim.«

Kathy lächelte. Sie verließ die Küche, ging durchs Esszimmer und legte ihre Handtasche auf die Kommode neben der Haustüre. Sie machte kehrt und setzte sich an den Esstisch.

»Weißt du, was der Doktor heute zu mir gesagt hat?«, rief sie ihrem Freund zu.

»Nein«, hallte es aus der Küche. »Was hat er denn gesagt?«

Kathy setzte ein zufriedenes Lächeln auf. »Er sagte, dass es heute meine letzte Sitzung gewesen ist. Ich sei wieder vollkommen gesund!« Gespannt wartete sie auf seine Reaktion, doch sie hörte nichts.

Plötzlich hörte sie ein Klimpern aus der Küche.

»Alles in Ordnung?«, fragte sie besorgt.

Brian kam langsam mit einem Handtuch aus der Küche heraus.

»Das ist ja fantastisch!« schrie er. »Komm her!«, und öffnete seine Arme.

Kathy sprang auf, sie umarmten und küssten sich erneut.

»Und es soll nicht die einzige Überraschung für heute gewesen sein«, lächelte er.

»Was meinst du? Was hast du da eben vor mir versteckt?«

»Gedulde dich noch ein wenig. Setz dich wieder hin. Ich serviere jetzt das Essen.«

Kathy grummelte und setzte sich widerwillig auf ihren Stuhl. Brian verschwand wieder in die Küche und kam kurz darauf mit zwei angerichteten Tellern zurück.

»So, der hier ist für dich und der hier für mich«, und platzierte die Teller auf den Tisch.

»Wie wichtig«, merkte Kathy sarkastisch an.

»Verdammt, die Kerzen!«, er rannte zurück in die Küche und kam mit zwei Kerzen wieder. Er stellte sie auf den Tisch und zündete sie an. Dann ging er zu den Fenstern und ließ die Rollläden herunter.

»Findest du nicht, dass du ein wenig übertreibst?«, fragte sie amüsiert.

»Ein bisschen Atmosphäre sollte schon sein.«

»Du bist verrückt! Eine Currywurst mit Fritten vom Imbiss um die Ecke hätte es auch getan. Du brauchst mich doch nicht zu bekochen.«

»Nun iss schon«, verlangte er energisch.

»Schon gut, ich mein ja nur«, entschuldigte sie sich.

Sie fingen an zu essen.

»Hey, das ist echt lecker«, stellte Kathy fest. »Verwöhne mich nur nicht zu sehr, sonst kannst du mich in Zukunft jeden Abend bekochen.«

»Nun iss schon weiter! Nicht nur das Gemüse, auch das Fleisch, probier doch das Fleisch!«, drängelte er ungeduldig.

»Was ist denn los mit dir? Warum puschst du mich so?«

»Na los, iss dein Schnitzel auf, sonst kriegst du keinen Nachtisch!«

»Also manchmal verhältst du dich echt merkwürdig. Das ist einer dieser Tage.«

Sie aß weiter. Auf einmal biss sie auf etwas Hartes.

»Was ist das denn? Sind da noch Knochen im Fleisch?«

»Schau doch nach!«

Kathy spuckte es auf ihre Hand. Sie traute ihren Augen nicht.

»Ist das etwa?«, fragte sie überrascht.

Brian sprang auf, kniete vor ihr nieder und nahm es ihr aus der Hand.

»Kathy«, sprach er nervös, »wir sind jetzt schon seit über eineinhalb Jahren ein glückliches Paar. Gemeinsam sind wir durch dick und dünn gegangen. Nun frage ich dich hier und jetzt: Willst du mich heiraten?«

»Ach, du heilige Scheiße!«, sagte Kathy und errötete. Brian schaute erwartungsvoll. Es kam ihm vor, als würde er schon seit Stunden auf eine Antwort warten.

»Ja, ja, ich will dich heiraten«, antwortete Kathy glücklich.

Sie umarmten und küssten sich, dann steckte ihr Brian den Verlobungsring an den Finger.

Beide schauten zufrieden auf den Ring.

»Ich glaube, da hängen noch ein paar Schnitzelreste dran«, merkte Kathy trocken an.

»Warte, ich hole ein Küchenpapier«, und sprang angespannt auf.

»Ach, lass nur«, pfiff sie ihn zurück. »Er ist perfekt, so wie er ist. Du bist so süß«, und wieder küssten sie sich.

KAPITEL 19

VEREITELT

Timothy verabschiedete sich von einem Polizei-
kollegen vor dem Revier.

»Dann noch einen schönen Feierabend«, sagte er.

»Jo, gleichfalls. Bis morgen«, antwortete der Kollege und verschwand.

Timothy ging zu seinem Auto und stieg ein. Die
Sonne war bereits untergegangen. Er merkte nicht,
dass er beobachtet wurde.

Nach mehreren Versuchen sprang der Wagen endlich an. Er legte den Rückwärtsgang ein, setzte aus
der Parknische und fuhr los. Kurz darauf startete ein
zweiter Wagen und folgte ihm.

Timothy wohnte in einem kleinen Nachbarort von
Jamestown und fuhr über eine Landstraße. Es fing an
zu regnen. Er schaltete die Scheibenwischer ein und
machte das Radio an.

»[...] weiterhin zu. George Kabaschko und Tim
Boltimore haben zusammen ein Konzept entwickelt, mit dem sie die Konflikte der letzten Jahre
schlichten wollen. Genauere Details ihres Plans gaben sie noch nicht bekannt. Wir müssen uns also
noch bis zur kommenden Weltkonferenz gedulden,
die dieses Jahr in unserem beschaulichen Städtchen

tagen wird. Wir können nur darauf hoffen, dass sie ein wirklich gutes Konzept vorlegen werden, da die meisten Politiker bereits von einem möglichen neuen Weltkrieg ausgehen und viele es befürworten. Die Welt hält weiter den Atem an. Wir halten Sie natürlich auf dem Laufenden. Es sprach Lukas Langu von Radio Jamestown. Und nun ein weiterer Chart Song.«

Timothy lächelte. Plötzlich wurde er von dem Fernlicht des nachfolgenden Wagens geblendet. Kurz darauf fing er auch noch an zu hupen. Was ist denn das für ein Idiot, dachte Timothy und hatte Mühe, die nicht ausgeleuchtete Landstraße zu erkennen.

»Fahr doch vorbei, du Arschloch!«, brüllte er schließlich, doch der Wagen blieb hinter ihm. Das Auto fuhr gefährlich dicht auf, bis es ihn schließlich rammte. Der unerwartete Stoß ließ Timothy beinahe die Kontrolle über sein Fahrzeug verlieren.

Er hatte Mühe, es in der Spur zu halten.

»Was zur ... spinnt der denn total?!«, schrie er nervös.

Gnadenlos rammte ihn das hintere Auto immer und immer wieder, bis es schließlich auf gleiche Höhe aufschloss. Timothy versuchte zu erkennen, um wen es sich handelte. Angst verzerrte sein Gesicht. Er kannte ihn.

»Du?«

Der Drängler ließ sich wieder zurückfallen und rammte ihn erneut. Diesmal hinten links. Timothy verlor nun endgültig die Kontrolle über sein Fahrzeug. Sein Wagen drehte sich, schleuderte von der Fahrbahn, überschlug sich mehrmals und knallte gegen einen dicken Baum.

Timothy hing kopfüber in seinem Auto. Er stöhnte vor Schmerzen und hatte Prellungen am ganzen Körper. Er brauchte einen Moment sich zu sammeln, dann löste er seinen Gurt und knallte mit seinem Kopf auf das Dach. Mühsam öffnete er die Fahrertüre und kroch aus dem Wagen in den Regen. Der Boden war schlammig.

Ein paar Meter entfernt hielt das Auto des Dränglers, dessen Scheinwerfer ihn abermals blendeten. Er stieg aus und ging schnellen Schrittes auf ihn zu. Timothy raffte sich mit letzter Kraft auf und griff nach seiner Dienstwaffe. Kurz bevor er sie scharf machen konnte, trat ihm der Drängler mit voller Wucht ins Gesicht.

Timothy schleuderte brutal zurück, seine Waffe ins umliegende Dickicht. Er rieb sich das Regenwasser aus den Augen und lehnte sich schmerzerfüllt an seinen Wagen.

»Was willst du von mir?«, fragte er panisch.

Der Drängler war kein anderer als Jayden Torelli.

»Das weißt du ganz genau«, antwortete Jayden fordernd.

»Nein«, beteuerte Timothy unschuldig, »ich habe keine Ahnung.«

Jayden packte ihn am Kragen. »Wo ist er?!«, drohte er.

»Wo ist wer?«, fragte Timothy nichtsahnend. »Bitte, lass mich gehen.«

»Es reicht.«

Erbarmungslos schlug und trat Jayden auf den wehrlosen Timothy ein, bis sich dieser nicht mehr bewegte. Dann durchsuchte er seine Taschen und wurde fündig.

Er steckte ein, was er gesucht hatte und ging zurück zu seinem Auto. Timothy kam langsam wieder zu sich.

Seine Sicht war verschwommen. Mit einem Messer bewaffnet ging Jayden zurück zu Timothy. Sein Messer blinkte im Scheinwerferlicht.

»Was, was hast du jetzt vor?«, fragte er bibbernd.

»Tja, ich habe keine Verwendung mehr für dich.«

»Nein, bitte, das kannst du nicht tun!«, flehte er.

»Hör auf zu jammern und ertrage es wie ein Mann«, Jayden hob sein Messer und stach auf ihn ein, da stürzte sich Roger im rechten Moment auf Jayden. Das Messer flog dabei unter Jaydens Auto. Die beiden rappelten sich wieder auf.

»Roger?«, fragte Timothy erstaunt, der ihn wegen seines Bartes und der schlechten Kleidung kaum mehr wiedererkannte, »bist du es?«

»Auf diesen Tag habe ich schon so lange gewartet. Diesmal wirst du mir nicht entkommen und wenn es das letzte ist, was ich tue.«

»Tu das nicht«, warnte Jayden.

»Halt dein Maul!«, schrie Roger wütend. »Durch dich habe ich alles verloren, meinen Job, meine Freundin, meinen besten Freund! Einfach alles! Ich werde nie, nie wieder auf deine hinterhältigen Lügen hereinfallen!«

»So hör mir doch zu!«

»Schweig!«, rief Roger und stürzte sich erneut auf Jayden. Die beiden lieferten sich einen erbitterten Kampf. Doch schließlich gewannt Jayden die Oberhand. Er saß auf Roger, hob einen großen Stein vom Boden auf und hielt ihn drohend über seinen Kopf. Durchnässt von Regen und Blut.

»Du kämpfst für die falsche Seite, mein Freund«, erklärte Jayden.

»Ich bin nicht dein Freund!«, schrie Roger empört, »Na los, bring es zu Ende!«

Jayden zögerte, dann warf er den Stein fort.

»Nein, ich bin kein Mörder.«

Plötzlich fielen ein halbes Dutzend Schüsse, von denen die meisten an Jayden vorbei gingen und stattdessen seinen Wagen trafen. Reifen, Scheibe und Kühler. Der Wagen fing an zu dampfen.

Es war Timothy, der wie ein Berserker auf ihn schoss. Er hatte sich in der Zwischenzeit ins Dickicht geschleift und seine Waffe wiedergefunden.

Jayden kam zugute, dass er ihn vorher so stark zugerichtet hatte. Timothys Präzision war nur noch mangelhaft.

Dennoch streifte er Jayden am linken Arm, dem Schlüsselbein und dem Oberschenkel. Es klackte, sein Magazin war leer. Jayden nutzte die Gelegenheit und flüchtete humpelnd in den Wald.

Roger stand auf und eilte hinterher.

»Los, hol ihn dir!«, rief ihm Timothy schwer atmend nach.

Jayden wusste, dass er in diesem Zustand keine Chance hatte zu entkommen und so versteckte er seine Beute in einem hohlen Baumstumpf. Kurz darauf holte ihn Roger ein und schlug ihn nieder. Dann suchte er sich einen schweren Ast. Jayden konnte nicht mehr. Seine Verletzungen waren zu stark. Erschöpft lag er am Boden.

»Du begehst hier einen großen Fehler. Ich bin kein Killer. Ich habe noch nie jemanden ermordet.«

Roger lachte spöttisch. »Und was hättest du mit Timothy gemacht, wenn ich nicht dazwischen gegangen wäre?«

Jayden schwieg.

»Na also!« Roger hob den Ast.

»Ich hatte damals noch versucht, deinen Kollegen zu warnen, als ich von Parker erfuhr, dass er ihn in alles eingeweiht hatte. Doch als ich ankam, war es bereits zu spät.«

»Blödsinn!«, rief Roger, »warum bist du dann weggelaufen, als ich dich sah?«

»Weil ich wusste, dass du mir nicht glauben würdest. Außerdem habe ich so dein Leben gerettet.«

»Mein Leben gerettet?«, lachte er. »Das wird ja immer besser.«

»Ich sage die Wahrheit!«

»Einen Scheißdreck tust du!« Er hob den Ast erneut.

»Wenn ich lüge und nicht auf deiner Seite stehe, warum hätte ich dir dann die Mitgliederliste gegeben?«

»Um mich irre zu leiten. Du wolltest mich von dir ablenken und auf eine falsche Spur führen. So konntest du Gregor in eine Falle locken. Du hattest alles genaustens geplant. Er war unschuldig und ich habe ihn auf dem Gewissen. Wegen dir!«

Jayden lachte. »Unschuldig? Wer behauptet denn so einen Stuss? Weißt du überhaupt, mit was du es da zu tun gehabt hast? Dass du überlebt hast, ist wahrlich ein Wunder.«

»Kathy Hawkins. Die als einzige das Massaker überlebte. Sie sagte mir, dass du direkt vor ihren Augen einen nach dem anderen getötet hättest.«

»Ach die«, sprach Jayden herablassend. »Sie hat auch behauptet, ich hätte ihren Bruder ermordet. Lächerlich. Er war mein bester Freund. Ich hätte ihm niemals etwas angetan. Wir kannten uns schon aus Kindheitstagen. Sie wollte mir einfach nicht zuhören. Aber ich kann es ihr auch nicht verübeln. Es war einfach zuviel für sie.«

»Genug jetzt!«, brüllte Roger.

»Warte!«, rief Jayden, »sag mir vorher noch wie.«

»Was meinst du?«

»Wie soll ich Gregor das Ganze untergejubelt haben? Du hattest ihn doch selber im Haus von Parker festgenommen, kurz nachdem er ihn ermordete. Denkst du etwa, ich ermorde meinen eigenen Onkel, rufe dann meinen Bruder an und sage ihm, er solle direkt neben der Leiche stehen bleiben, bis die Polizei eintrifft?«, fragte er spöttisch. »Findest du das nicht absurd? Glaubst du nicht, wenn Gregor unschuldig gewesen wäre, dass er dann sofort die Polizei gerufen hätte oder weggelaufen wäre?«

»Jayden Parker war dein Onkel?«, fragte Roger überrascht.

»Ja. Mein Vater hatte mich nach seinem Bruder Jayden benannt. Wir hatten nur deshalb verschiedene Nachnamen, weil mein Onkel den Nachnamen seiner verstorbenen Frau annahm.«

»Aber ich hatte Gregor nicht auf frischer Tat ertappt«, erklärte Roger, »Er stand einfach nur so da. Vielleicht war er in einem Schockzustand, als er die Leiche fand. Jedenfalls haben wir keine Tatwaffe gefunden. Und er konnte sie ja schlecht so gut versteckt haben, dass wir sie nicht finden konnten, weil er dazu den Tatort hätte verlassen müssen. Das lässt also nur einen Schluss zu, dass Parker bereits tot war, bevor Gregor eintraf. Dass Gregor nicht der Mörder war«, argumentierte Roger.

»Bist du dir ganz sicher, dass bei deinem Eintreffen die Tatwaffe nicht vor Ort war?«

Jaydens Frage verwirrte Roger.

»Wie wurde das Opfer getötet?«, setzte Jayden fort.

»So wie alle Opfer in der Mordserie von Jamestown. Auf eine unerklärliche Art und Weise. Die Opfer wiesen Verbrennungen am Körper auf, einige hatte auch Stichverletzungen, doch das war eher die Ausnahme. Die Todesursache war aber immer Ersticken. Wir haben jedoch nie Strangulationsspuren oder irgendwelche Rückstände von Chemikalien im Blut entdecken können.« Roger kratzte sich am Kopf. »Keine Ahnung. Aber du müsstest es am besten wissen. Du hast sie alle umgebracht. Wie auch immer du es angestellt hast. Aber das werden wir noch herausfinden, während du in deiner Zelle verrottest.«

»Ich wiederhole meine Frage nochmal. Bist du dir ganz sicher, dass die Tatwaffe nicht vor Ort war als du eingetroffen warst? Dort lag nicht zufällig etwas Blaues herum, ein Kristall vielleicht?«

Roger erschrak. Dutzende Erinnerungen schossen ihm durch den Kopf ... »Verdammt, Roger! Komm so schnell wie es geht ins Polizeirevier, in die Autopsie. Ich habe herausgefunden, wer hinter all den Morden steckt! Er hat mir einen blauen Kristall gezeigt, du wirst Augen machen!... Wo ist der Kristall vom letzten Tatort? Ich kann ihn nicht finden und auch in den Berichten wird kein Wörtchen darüber verloren ... Ich glaube, Sie sind etwas überarbeitet. Ich habe nie einen blauen Kristall gesehen, weder hier noch am Tatort... Ich habe ihn doch gesehen. Ich bin doch nicht verrückt...« Roger kam wieder aus seinen Gedanken, er war ganz durcheinander.

»Es kommt mir so vor, als hättest du dich wieder an etwas erinnert. Also weißt du, wovon ich spreche. Sie haben ihn verschwinden lassen, habe ich Recht?« Roger schwieg. »Das habe ich mir denken können. Wäre auch leichtsinnig von ihnen gewesen, es nicht zu tun.«

»Wovon redest du? Wer hat was verschwinden lassen?«

»Von etwas, dass du nicht verstehen willst. Du hättest damals auf mich hören sollen und in einer anderen Stadt ein neues Leben begonnen. Dann wäre all dies nicht passiert. Ich hatte dich gewarnt.«

»Ich habe genug von deinen Lügen! Es reicht! Du wirst mich nicht weiter in die Irre leiten!«

»Eines noch!«, bat ihn Jayden. »Sag mir, wenn alles, was ich gesagt habe, gelogen ist, warum habe ich dich dann eben nicht mit dem Stein erschlagen? Es hatte für mich keine Vorteile, dich leben zu lassen. Du bist nicht einmal mehr ein Polizist.«

Roger zögerte. Er nahm den Ast langsam runter, doch dann schlug er trotzdem zu. Jayden war sofort bewusstlos.

Kathy ging vor einem italienischen Restaurant auf und ab. Wo bleibt er denn, fragte sie sich und schaute ungeduldig auf ihre Armbanduhr. Es war 15.08 Uhr. Wir hatten doch 15 Uhr vereinbart.

Ein älterer Mann blieb neben ihr stehen.

»Hallo, Kathy, wie geht es Ihnen?«

Kathy schaute überrascht hoch. Es war Doktor Schmidt.

»Sie sind es. Hallo! Schön Sie zu sehen. Mir geht es super, sehen Sie mal!« Stolz präsentierte Kathy Doktor Schmidt ihren Verlobungsring.

»Alle Achtung«, staunte er. »Sieh sich das einer an. Herzlichen Glückwunsch!«

»Dankeschön«, strahlte sie.

»Wann genau werdet ihr denn heiraten?«

»Das steht noch nicht fest. Aber vermutlich nächsten Frühling.«

»Schön. Ich freue mich für euch beide. Dann möchte ich aber auch gerne eingeladen werden.«

»Selbstverständlich! Um ehrlich zu sein«, sagte Kathy und wurde ganz verlegen, »wollte ich Sie fragen, ob Sie nicht mein Trauzeuge werden möchten.«

Doktor Schmidt schaute überrascht. »Sollte das nicht lieber jemand aus Ihrer Familie übernehmen, Ihre Mutter zum Beispiel?«

»Meine Mutter ist letztes Jahr an Krebs gestorben, mein Vater ist schon lange tot und mein Bruder wurde ...«

»Schon gut Kathy, verzeihen Sie mir, das wollte ich nicht.«

»Naja, es ist auch nicht leicht, neue Freundschaften zu schließen, wenn man geistig behandelt wird«, merkte Kathy traurig an.

»Wissen Sie Kathy, ich würde das liebend gerne machen.«

»Wirklich?«, strahlte sie.

210

»Wirklich«, lachte er.

»Vielen Dank«, rief Kathy und umarmte ihn.

»Ihr Freund, ich meine, Ihr Verlobter, hat mit Ihnen wirklich einen Hauptgewinn gemacht. Ich kann es kaum erwarten, Sie in Ihrem Hochzeitskleid zu sehen, Sie werden sicher bezaubernd aussehen.«

»Ja! Ich freue mich auch schon darauf eines anzuprobieren!«, antwortete Kathy euphorisch. »Ich träume schon eine gefühlte Ewigkeit davon, einmal ganz traditionell in Weiß zu heiraten. Mit Kutsche und allem drum und dran. Es darf ruhig kitschig sein.«

Plötzlich wurde Doktor Schmidt von Brian gegriffen, gegen das Fenster des Restaurants gedrückt und von ihm gewürgt.

»Brian! Um Gottes Willen, was machst du da? Lass ihn los!«, forderte Kathy erschrocken.

»Wer verdammt noch mal ist das? Dein heimlicher Lover oder was?«, fragte Brian sauer.

»Was?«, fragte sie entsetzt, »Nein! Er ist mein ehemaliger Psychologe. Nun lass ihn endlich los!«

»Tja! Das hätte ich mir ja gleich denken können, dass du mich mit ihm betrügst.«

»Sag mal spinnst du jetzt total?«, fragte sie empört. »Ich würde dich niemals betrügen! Wir sind uns hier nur zufällig über den Weg gelaufen. Wärst du nicht zu spät gekommen, hätten wir uns gar nicht gesehen.«

»Ach, jetzt ist es auch noch meine Schuld, dass du mit anderen Männern rummachst!«

»Jetzt reicht es aber!«, schrie Kathy wütend. »Wir haben uns nur über unsere Hochzeit unterhalten und ob er nicht mein Trauzeuge werden wolle. Das ist alles. Jetzt lass ihn sofort los, er bekommt keine Luft mehr! Was ist denn nur in dich gefahren?«

Misstrauisch ließ Brian von ihm ab. Doktor Schmidt hustete und schnappte hektisch nach Sauerstoff.

»Alles in Ordnung mit Ihnen? Das tut mir wirklich so wahnsinnig Leid, so habe ich ihn noch nie erlebt«, beteuerte sie.

»Das ist eine Unverschämtheit!«, keuchte Doktor Schmidt empört. »Entschuldige Kathy, aber unter diesen Umständen habe ich kein Interesse, Ihr Trauzeuge zu werden. Und Sie sollten sich wirklich noch einmal gut überlegen, ob er der Richtige für Sie ist. Guten Tag.«

Kathy schaute betrübt, Doktor Schmidt entfernte sich.

»Ach, verpiss dich doch! Alter Sack! Ich hätte es eh verhindert!«

»Schluss jetzt!«, brüllte Kathy wütend und gab Brian eine Backpfeife. Sie drehte sich um und ging. Brian rannte ihr wehmütig hinterher.

»Kathy, warte! Nun warte doch! Kathy, bitte! Es tut mir Leid!«, er hielt sie an der Schulter fest. Sie blieb stehen und schlug seine Hand weg.

»Fass mich nicht an!«

»Kathy! Es tut mir doch Leid. Wirklich. Ich weiß auch nicht, was eben in mich gefahren ist. Ich sah dich mit diesem Kerl und… ach, ich weiß auch nicht. Ich liebe dich so sehr und habe so große Angst dich zu verlieren! Bitte verzeih mir. Ich flehe dich an.«

Brian schaute traurig und voller Reue. Kathy bekam Mitleid mit ihm.

»Versprichst du mir, dass das nie wieder vorkommt?«

»Ja, ja! Ich verspreche es! Hoch und heilig!

»Ich würde dich niemals betrügen, du Dumm-kopf!«»Ich weiß, ich war einfach nicht mehr ich selbst. Ich verspreche dir, so etwas wird nie, nie wieder vorkommen!«

Kathy lächelte.

»Frieden?«

»Frieden.«

Sie küssten sich.

KAPITEL 20

FALSCHES SPIEL

Fünf Wochen später.

Aus dem Bad ertönte ein fröhliches Pfeifen. Es war Roger, der sich gerade rasierte. Er hatte kurz zuvor geduscht und trug nur ein Handtuch um seine Hüften. Seine Wohnung sah immer noch schäbig aus, doch war sie nun zumindest besser aufgeräumt.

Die Zeitungsartikel und Fotos lagen in einem blauen Müllsack. Die Flaschen und Kartons wurden säuberlich gestapelt und die gebrauchte Wäsche schleuderte in der Waschmaschine hin und her.

Es hatte sich einiges getan. Roger war nicht mehr der mysteriöse ungepflegte Typ ohne Zukunft, er war nun wieder der Held der Stadt. Die erfolgreiche Festnahme von Jayden war ein gefundenes Fressen für die Presse.

Seine früheren Taten schienen auf einmal vergessen. Roger war der Held, der aus der Versenkung zurückkehrte und die Mordserie von Jamestown ein für alle Mal beendete.

Ein Sicherheitsdienst hatte ihm bereits einen gut bezahlten Job angeboten. Es war also nur noch eine Frage der Zeit, bis er endlich diesem Viertel den Rücken zukehren konnte. Und dann war da noch diese süße Reporterin ...

Das Telefon klingelte. Roger ging zu ihm und nahm ab.

»Burton?«

»Ja, da ist ja mein bester Mann!«, hallte es aus dem Telefonhörer.

»Wie bitte? Wer spricht denn da?«, fragte Roger irritiert.

»Ich bin es, Oberkommissar Lenden, ihr ehemaliger Chef.«

Oh, dachte sich Roger, »Hallo«.

»Detektiv Taner hat mir alles über Sie erzählt, wie Sie ihm das Leben gerettet und Torelli zur Strecke gebracht haben. Das war wirklich eine Glanztat von Ihnen. Ich bin schwer beeindruckt.«

»Danke«, sagte er zögerlich. »Aber deswegen rufen sie doch gewiss nicht an, oder?«

Richard lachte. »Der gute alte Burton, so scharfsinnig wie eh und je. Nein, deshalb rufe ich nicht an, nicht direkt. Ich rufe an, weil ich der Meinung bin, dass Sie eine zweite Chance verdient haben.«

»Okay«, Roger hörte aufmerksam zu.

»Natürlich hatten wir damals des öfteren die eine oder andere Meinungsverschiedenheit und dann haben Sie sich auch noch über jegliche Regeln hinweg gesetzt und dabei einen Unschuldigen erschossen.« Roger schaute deprimiert. »Aber ich bin jetzt der Meinung, dass es ein Unfall gewesen sein muss. Zum damaligen Zeitpunkt war noch völlig unbekannt, dass Gregor Torelli unschuldig war. Ich nehme an, Sie fühlten sich bedroht und hatten eine Kurzschlussreaktion.« Roger schwieg. »Habe ich Recht?« Er sagte immer noch kein Wort. »Sind Sie noch dran?«

»Ja, so war es«, antwortete er schließlich.

»Na also«, er machte eine kurze Pause. »Ich möchte Ihnen gerne Ihren alten Job anbieten.«

»Meinen Sie das ernst?«, fragte Roger fassungslos.

»Denken Sie, ich verschwende meine kostbare Zeit mit Telefonstreichen?«, fragte Richard gereizt.

»Nein, sicher nicht. Dazu sind Sie nicht der Typ«, schmunzelte Roger.

»Was soll das denn wieder heißen?«, fragte er wütend.

»Ach nichts.«

»Nun, was sagen Sie?«, drängelte Richard.

»Also, ich fühle mich wirklich geehrt, aber mir wurde bereits ein Job als Sicherheitschef angeboten, zu sehr guten Konditionen ...«

»Ich verstehe schon«, unterbrach er ihn blitzartig. »Ich verdopple Ihr altes Gehalt.«

Roger ließ vor Schreck seinen Hörer auf den Boden fallen. Hektisch zog er ihn, an der Schnur, wieder zu sich hinauf.

»Hallo? Was ist da los, ich habe einen Knall gehört.«

»Es ist alles in Ordnung. Das Doppelte?«

»Sie sind nicht fehlerfrei, aber wer ist das schon? Gute Männer kann ich immer gebrauchen.«

»Ich will jetzt nicht irgendwie gierig klingen, aber unter diesen Umständen ...«

»Wir müssen ja alle sehen, dass wir über die Runden kommen«, unterstützte ihn Richard.

»Okay, okay! Ich bin dabei.«

»Hervorragend. Ich freue mich schon darauf, Sie wieder in unserem Team willkommen zu heißen«, sagte er so emotionslos, als hätte er gerade nur ein

Geschäft abgeschlossen, aber so war er halt in der Regel wütend oder emotional tot.

»Danke. Und ich freue mich schon darauf, wieder für Sie arbeiten zu dürfen«, schleimte Roger. Tatsächlich konnte er seinen neuen alten Chef immer noch nicht ausstehen. Doch er war immer mit Herz und Seele Polizist gewesen und wollte nichts anderes sein.

»Dann kommen Sie bitte heute Abend so gegen 21 Uhr in die Patternstreet.«

»Die Patternstreet?«, fragte er verwundert. »Sie liegt im Industriegebiet oder? In der Nähe des Flusses?«

»Genau.«

»Aber was soll ich dort?«

»Ich habe heute Abend noch ganz in der Nähe zu tun und dachte mir, wir könnten uns im Anschluss dort treffen und auf Ihre Wiederkehr anstoßen. Es gibt dort eine kleine Bar in der Nähe.«

»Ach so ... klar doch. Abgemacht. Ich würde mich freuen. Dann bis heute Abend?«

Aus dem Telefon kam nur noch ein Rauschen. Richard hatte bereits aufgelegt. Komischer alter Vogel, dachte er sich. Er legte den Hörer auf und ging ins Wohnzimmer. Auf dem Sessel schlief eine Katze. Er weckte sie.

»Hast du das gehört, Lilly?«, fragte er sie fröhlich, »ich habe meinen alten Job wieder und er wird doppelt so gut bezahlt! Der Mörder meines besten Freundes verrottet hinter Gittern und mein Ruf ist weitestgehend wieder hergestellt!« Er hielt kurz inne. »Es geht endlich wieder aufwärts! Hörst du, es geht endlich wieder aufwärts!« Er griff seine Katze und tänzelte mit ihr herum. Sie wollte nur eines, weiter schlafen.

Am Abend fuhr Roger durch das Industriegebiet, welches an einen kleinen Hafen angrenzte. Er hielt Ausschau nach seinem Chef. Der Vollmond strahlte und tauchte die Umgebung in ein bläuliches Licht. Ein leichter Nebel lag in der Luft.

Als er um die nächste Ecke bog, erspähte er einen Wagen etwa einhundert Meter vor ihm. Es war der Wagen seines Chefs. Er lehnte an der Fahrertüre und rauchte eine Zigarre. Kubanische, versteht sich. Er trug einen teuren Ledermantel, Handschuhe und einen Hut. Er hatte etwas von einem Dreißigerjahre-Mafioso.

Roger stellte seinen Wagen dahinter ab und ging zu ihm.

»Guten Abend, Sir,«

»Ah, Detektiv Burton. Lange nicht gesehen. Lassen Sie uns keine Zeit verlieren und gleich losgehen.«

»Und wo hin?«

»Folgen Sie mir einfach. Es ist gleich am Hafen.«
Sie gingen los.

»Und, wie geht es Ihrer Freundin?

»Sie hat mich vor zwei Jahren verlassen.«

»Oh, das tut mir Leid für Sie.«

»Ist schon okay, ich bin drüber hinweg.«

Unerwartet kramte Richard in seiner Manteltasche und zog eine Pistole heraus. Roger erschrak.

»Warum tragen Sie denn eine Waffe bei sich?«

»Ich sagte Ihnen doch, dass ich vorher noch etwas erledigen musste. Eine kleine Festnahme, nichts Weltbewegendes«, er drückte Roger seine Waffe in die Hand. »Halten Sie mal kurz, ich suche meine Autoschlüssel, ich glaube, ich habe sie im Wagen stecken lassen. Das wird immer schlimmer im Alter.«

Roger grinste. Es klimperte und er wurde in einer seiner Manteltaschen fündig. Er zog ihn heraus.

»Ah, da ist er ja doch.«

»Ist wohl doch noch nicht so schlimm, wie Sie glaubten« Roger gab ihm seine Pistole zurück. Richard schaute sich kurz um.

»Danke, dass war ja einfacher als ich dachte.«

»Was meinen Sie?«

»Ihre Fingerabdrücke zu bekommen.«

Oberkommissar Lenden richtige seine Waffe auf Roger.

»Was soll denn das?«, fragte er irritiert.

»Sie waren mir schon lange ein Dorn im Auge. Doch Ihre krankhafte Suche nach Jayden war uns von Nutzen. Jetzt, wo Sie ihn aus dem Weg geräumt haben, kann ich Sie endlich beseitigen!« Roger sammelte seine Gedanken, er versuchte zu begreifen. »Sehen Sie es von der positiven Seite. Die Presse wird Sie als Held feiern. Nachdem Roger B. die Stadt sicherer machte, beging er Selbstmord.«

»Dann hatte Jayden Recht. Es gibt tatsächlich einen blauen Kristall und Sie haben ihn verschwinden lassen.«

»Nein, dass habe ich nicht. Aber er«, Richard deutete mit seiner Pistole hinter ihn.

Roger drehte sich um. Hinter ihm trat eine Gestalt aus dem Schatten. Es war Timothy.

»Du etwa auch? Hätte ich mir gleich denken können.«

»Es tut mir wirklich Leid. Ich bin dir echt dankbar, dass du mir das Leben gerettet hast, aber du bist eine zu große Gefahr geworden.«

»Eine Gefahr? Wovon redet ihr um Himmels Willen? Was wird hier gespielt? Was hat es mit diesem Kristall auf sich?«

»Du stellst zu viele Fragen.« Richard drückte ab, doch Roger kam ihm zuvor. Rechtzeitig stieß er ihn beiseite, so, dass ihn der Schuss verfehlte und rannte die Straße hinunter Richtung Fluss. Richard feuerte mehrmals hinterher und traf ihn schließlich. Roger fiel zu Boden und regte sich nicht mehr.

Sie gingen zu ihm. Timothy trat ihm kräftig in die Rippen. Keine Reaktion.

»Lass seine Leiche verschwinden«, befahl Richard. »Am besten wirfst du ihn in den Fluss. Niemand wird dort so schnell nach ihm suchen, dafür werde ich schon sorgen. Hier«, er gab Timothy, der auch Handschuhe trug, die Mordwaffe, ging zurück zu seinem Auto und fuhr weg.

Timothy steckte die Waffe ein und schleifte Roger zum Fluss.

»Mach dies, mach das. Er sollte nicht vergessen wer hier das Kommando hat«, murmelte Timothy sauer.

KAPITEL 21

DIE BITTERE WAHRHEIT

Zwei Monate später.

Die milden Sonnenstrahlen fielen durchs Fenster und wärmten Kathys Gesicht. Sie schlief in einem Doppelbett. Die andere Seite war leer.

Brian betrat das Zimmer und küsste sie zärtlich auf die Stirn. Kathy wachte auf, atmete tief ein und streckte sich dabei genüsslich.

»Guten Morgen, mein Schatz. Hast du gut geschlafen?«, fragte Brian.

»Guten Morgen. Ja, wie ein Murmeltier.«

»Ich habe uns Frühstück gemacht, kommst du?«

»Sofort. Ich gehe mich nur kurz frisch machen.«

Brian verließ das Schlafzimmer und ging in die Küche. Er nahm einen großen, runden Teller aus dem Schrank und belegte ihn mit Wurst, Käse und Butter. Dann machte er sich auf ins Esszimmer, stellte ihn in die Mitte des Tisches und setzte sich hin.

Kurz darauf kam Kathy gähnend aus dem Bad. Sie trug einen Morgenmantel und rieb sich die Arme. Ein Fenster stand auf Kipp und eine kühle Herbstbrise sorgte für Gänsehaut.

Brian reagierte sofort und schloss es. Auf dem Tisch befand sich alles, was das Herz begehrte: Brötchen, Croissants, Marmelade, Milch, Salz, Zucker, Eier, Kaffee, diverse Säfte, Obst, Schneidebretter, Tassen, Gläser und eine Zeitung.

Kathy setzte sich. Sie war noch nicht ganz ausgeschlafen.

»Kaffee?«, fragte Brian.

»Nein, danke. Ich trinke heute lieber einen Orangensaft.«

So griff er zum Orangensaft und schenkte ihr ein.

»Danke«, sie lächelte.

Während sich Kathy die Zeitung schnappte und darin las, schmierte er sich ein Brötchen. Steht uns der nächste Weltkrieg kurz bevor? Kathy blätterte weiter. Experten fanden Ölrückstände in der Howert Talsperre, ist unser Grundwasser vergiftet? Sie blätterte weiter, plötzlich riss sie die Augen auf.

»Oh mein Gott!«, rief Kathy.

»Was ist denn?«, fragte Brian besorgt.

»In der City Boutique gibt es Morgen 50% auf alle Kleider. Ich könnte schon ein paar neue Sachen gebrauchen«, stellte sie fest.

Brian schüttelte den Kopf.

»Was?«, fragte sie angegriffen.

»Nichts.«

Sie blätterte weiter. Er biss in sein Marmeladenbrot.

»Oh mein Gott!«, schreckte sie erneut auf.

»Was ist denn nun schon wieder? Gibt es auch noch eine Rabattaktion auf Schuhe?«, merkte er spöttisch an.

»Nein, du Dummkopf. Roger, sie haben Roger gefunden.«

»Wer ist denn das jetzt schon wieder? Erneut einer deiner Typen?«, fragte Brian hitzköpfig.

»Jetzt hör mal auf mit deinen dämlichen Anschuldigungen. Du hattest mir etwas versprochen«, antwortete Kathy gereizt, Brian schwieg. »Roger ist der Polizist, der mich damals aus der Villa holte, der Gregor Torelli erschossen hat. Vor circa zwei Monaten war er spurlos verschwunden, nachdem er Jayden Torelli gestellt hatte. Da kam doch noch so ein Bericht im Fernsehen. Weißt du nicht mehr?«

»Ach der«, sagte Brian herablassend.

»Hier steht: Gestern Morgen erzitterte ein Hobbyfischer, als er seinen vermeintlich großen Fang an Land zog. Statt eines großen, saftigen, Karpfens, angelte er den stark verwesten Leichnam von Roger B. direkt am Ufer des James Rivers, in der Nähe des Industriegebietes. Die Polizei vermutet, dass es Selbstmord gewesen sei. Eine Waffe wurde derweil noch nicht gefunden. Taucher suchen noch nach ihr.«

»Tja, shit happens«, merkte Brian unbeteiligt an.

»Findest du es nicht merkwürdig?«

»Was soll daran merkwürdig sein? Er war ein Mörder. Der Druck hat ihn in den Selbstmord getrieben.«

»Mag sein«, überlegte sich Kathy. »Doch er wurde von der Presse als Held gefeiert. Mir kam es vor, als wäre seine Vergangenheit wie weggeblasen gewesen. Niemand interessierte sich mehr für sie, da begeht man doch keinen Selbstmord.«

»Kann sein, es interessiert mich aber ehrlich gesagt kein bisschen, was in seinem kranken Kopf vorging. Ich muss jetzt zur Arbeit. Bis heute Abend.«

Brian gab ihr noch einen flüchtigen lieblosen Kuss auf die Stirn und knallte die Wohnungstüre hinter sich zu. Idiot, dachte Kathy. Sie las sich noch einmal den Artikel durch, dann schaute sie nachdenklich aus dem Fenster.

Es beschäftigte sie sehr. Sie konnte sein Motiv einfach nicht nachvollziehen.

Ein lauter, kurzer Signalton ertönte. Eine schwere, stählerne Sicherheitstüre öffnete sich. Kathy trat vorsichtig hindurch. Vor ihr lag ein langer, kalter Flur mit mehreren Abzweigungen. Als der Signalton erneut ertönte, zuckte sie kurz zusammen, die Sicherheitstüre schloss sich wieder hinter ihr.

Sie konnte kaum glauben, was sie da tat. Ihre Gefühlswelt fuhr Achterbahn. So viele Erinnerungen und Ängste kamen in ihr hoch. Doch sie wollte Antworten. Nicht nur wegen Roger. Es gab nur eine Person, die ihr Antworten geben konnte.

»Den Gang runter, die vorletzte Türe links«, sagte ein Gefängniswärter, welcher geschützt hinter Panzerglas, in einem kleinen Raum saß und die Sicherheitstür kontrollierte.

Etwas unbeholfen ging Kathy den Flur entlang. Am liebsten wäre sie von ihrem Verlobten begleitet worden, doch so wie er sich heute Morgen aufgeführt hatte, war es wohl das Beste, ohne ihn zu gehen. Sie hatte ihm auch nichts davon erzählt, aus Furcht, er würde wieder verrückt werden vor Eifersucht.

Kathy liebte ihn sehr, doch seine ständige Eifersucht machte sie wahnsinnig. Früher war er nicht so. Erst nach ihrer Verlobung wurde er so besitzergreifend. Das gefiel ihr ganz und gar nicht. Doch hoffte sie, dass es sich dabei nur um eine Phase handelte, die sich bald wieder legen würde.

Ansonsten war er ein wirklich toller Mann. Er hörte zu, war charmant, zuvorkommend und immer für eine Überraschung gut.

Nur noch wenige Meter. Sie ballte angespannt ihre Hände, sie schwitzten. Je näher sie kam, desto mehr hatte sie das Gefühl, als würde ihr jemand den Hals zudrücken.

Doch ihr Wunsch nach Antworten war größer als ihre Ängste. So schritt sie voran. Schließlich stand sie direkt vor der besagten Tür. Hinter ihr befand sich Jayden, der Mörder ihres Bruders und ihrer Freunde. Der Mann, der ihr Leben zerstörte, keinen Steinwurf mehr von ihr entfernt.

Ihre Hand zitterte, als sie nach dem Türknauf griff.

Plötzlich schoss ein Handwägelchen um die Ecke und fuhr ihr in die Hacken.

»Aua«, schrie Kathy entsetzt.

»Warum stehen Sie auch so dämlich im Weg herum«, meckerte eine Putzfrau.

»Entschuldigung«, antwortete Kathy hastig, einem Dämon ins Gesicht schauend.

»Dafür kann ich mir auch nichts kaufen!« Mürrisch verschwand sie im Raum gegenüber.

Kathy schüttelte ihren Kopf. Dann atmete sie noch einmal tief durch und betrat den Besucherraum. Direkt hinter der Türe stand ein Gefängniswärter. Als er sie bemerkte, passierte er sie und schloss die Tür von außen hinter sich ab.

Vor ihr befand sich ein Tisch mit zwei Stühlen. Auf dem hinteren saß Jayden.

»Du?«, fragte er überrascht. »Setz dich doch.«

Kathy rührte sich keinen Millimeter, sie starrte ihn nur an.

»Keine Sorge, ich beiße nicht«, lächelte Jayden und legte seine Hände auf den Tisch. Er trug Handschellen.

Zögerlich ging sie zum freien Stuhl und setzte sich.

»Mit dir hätte ich im Leben nicht gerechnet. Was verschlägt dich hierher?«, fragte er. Kathy wollte antworten, doch irgendetwas hielt sie davon ab. »Lass mich raten«, spekulierte Jayden, »Roger ist tot.«

»Woher weißt du das?«, fragte sie überrascht.

»Es war abzusehen«, antwortete er gelassen.

»Wie meinst du das?«

»Sag mir zuerst, weswegen du hier bist. Soweit ich weiß, standen du und Roger euch nie sonderlich nahe. Es ist also unwahrscheinlich, dass du seinetwegen hier bist.« Kathy schwieg. »Na?«, hakte er nach.

»Ich möchte Antworten«, schoss es aus ihr heraus. »Ich möchte verstehen, warum Roger Selbstmord begangen hat und warum du alle umgebracht hast. Warum mussten sie alle sterben? Warum musste mein Bruder sterben? Er war doch dein bester Freund, oder nicht?«, fragte sie aufgebracht.

»Nun mal langsam«, bremste Jayden, »Roger hat sich nicht selbst umgebracht.«

»Wie kannst du dir da so sicher sein? Was weißt du darüber?«

»Die Wahrheit.«

»Erzähl sie mir.«

»Du bist doch gar nicht bereit für die Wahrheit«, spottete er. »Wie ich höre, glaubst du nach wie vor, ich hätte deinen Bruder ermordet. Solange dem so ist, ist jegliche weitere Konversation überflüssig.«

»Wie kannst du das nur weiterhin leugnen? Matthew, Gregor, Kevin, das geschah alles direkt vor meinen Augen. Und dass Gregor unschuldig war, ist bewiesen. Mary war bereits tot, bevor er das Anwesen betrat. Du warst der Einzige, der nicht anwesend war, als sie verschwand«, keifte Kathy.

»Einen Moment. Matthew? Du hast mich gesehen, mich«, betonte er kräftig, «wie ich ihn ermordet haben soll?«

»Nun ja, es war sehr dunkel. Ich konnte dich nicht direkt erkennen, aber ...«

Jayden unterbrach sie. »Und eines sei doch mal klargestellt. Ich war nicht anwesend, als dir aufgefallen war, dass Mary verschwunden gewesen ist. Da liegt nämlich der Hase begraben. Mary verschwand nämlich schon viel früher.«

»Worauf willst du damit hinaus?«

»Ist das nicht offensichtlich?«, Jayden pausierte, dann fuhr er fort. »Als ich mir während der Dreharbeiten die Beine vertreten ging, hörte ich plötzlich einen Schrei. Er kam aus dem Keller. Ich ging nachsehen, aber konnte nur noch ihre Leiche finden. Zu diesem Zeitpunkt war ich mir noch nicht sicher, wer sie ermordet haben könnte. Also suchte ich nach Beweismaterial. Irgendetwas, was den Täter hätte entlarven können. Doch ich fand nichts. Er hatte seine Spuren zu gut verwischt.«

»Du behauptest also, einer der anderen sei es gewesen?«

»Matthew und dich schloss ich von Anfang an aus. Ich kannte ihn schon seit Kindheitstagen und wusste, dass du seine leibliche Schwester warst. Also konnten es nur noch Steve oder Kevin gewesen sein.«

»Was hatte denn das damit zu tun, ob ich seine leibliche Schwester war?«, fragte Kathy verwirrt.

»Alles«, antwortete Jayden, Kathy verstand nur Bahnhof. »Es war kein gewöhnlicher Mord. Mary musste sterben, weil sie etwas über Kevin herausgefunden hatte, was sie nicht wissen durfte.«

»Kevin?«, erschrak sie. »Du behauptest also, Kevin hätte Mary ermordet? Sie waren doch ein Paar, sie liebten sich.«

»Sie liebte ihn. Steve hat mir alles erzählt.«

»Steve?«, Kathy stockte der Atem, »wann?«

»Als ich ihn fand, lag er bereits im Sterben. Ich konnte ihm leider nicht mehr helfen. Er erzählte mir von irgendeiner Falle, die sie Gregor stellen wollten, doch Kevin erfüllte seinen Part nicht und so scheiterte alles.«

»Du lügst doch!, schrie Kathy, »Kevin befand sich gar nicht mehr im Raum!«

»Wer sagt das?«

»Gregor hat es mir verraten.«

»Wenn du die Wahrheit wissen möchtest, dann hör mir bis zum Schluss zu. Und unterbrich mich nicht ständig mit solchen Lügen.«

Kathy schwieg. Jayden fuhr fort.

»Jedenfalls war Kevin mit im Raum. Als Gregor ihn angriff, bat Steve ihn um Hilfe, doch er lächelte ihn nur an. Steve erzählte mir, dass er Gregor trotz seines gebrochenen Beines überwältigen konnte. Er erkämpfte sich Gregors Messer und fügte ihm damit eine schwere Wunde zu. Doch dann mischte sich Kevin ins Geschehen ein und griff Steve unerwartet an. So unvorbereitet, hatte er keine Chance.«

»Ich kann das nicht glauben. Kevin war unser Freund. Warum sollte er so etwas tun? Das ergibt absolut keinen Sinn.«

»Glaub mir, es macht Sinn.«

»Hat er vielleicht ... Steve ... hat er ...«

»Ja«, antwortete Jayden, der sich denken konnte, worauf sie hinaus wollte.

»Und was?«, fragte sie neugierig.

»Er sagte, dass er nichts bereuen würde und dann sagte er noch ... aber das ergab für mich keinen Sinn.«

»Was sagte er noch?«

»Seine letzten Worte waren: Me lavante Kathy, bur ewra, oder so ähnlich. Ich weiß nicht mehr genau.«

»Me lavete Kathy, bor evra«, verbesserte ihn Kathy und fing an zu schmunzeln. Kurz darauf liefen ihr Tränen über die Wange.

»Ja, das sagte er so. Woher kennst du das? Was bedeutet es?«

Kathy rang nach Fassung.

»Es war unsere geheime Sprache, ich hatte sie schon ganz vergessen. Doch jetzt erinnere ich mich wieder an sie. Wir erfanden sie, als wir noch Kinder waren. So konnten wir immer lautstark über die Erwachsenen und andere lästern, die uns blöd kamen. Als wir älter wurden, hörten wir auf sie zu sprechen, doch ein paar Worte kann ich noch.«

»Was bedeutet es denn?«

Kathy schaute bestürzt auf den Boden, »Ist doch unwichtig. Wichtig ist nur, dass ich jetzt weiß, dass du die ganze Zeit die Wahrheit erzählt hast.«

»So? Hab ich das?«

»Ja. Es gibt nur zwei Menschen auf dieser Welt, die diese Sprache kannten, einer davon ist tot. Selbst mein Bruder kannte sie nicht. Wir hatten uns damals geschworen, sie niemand anderem beizubringen, sie sollte für immer unser Geheimnis bleiben. Daher weiß ich jetzt, dass du die Wahrheit sprichst, sie immer gesprochen hast. Ich war so dumm. Es tut mir so Leid. Es ist meine Schuld, dass du hier sitzt. Hätte ich damals nicht so vorschnell geurteilt ...« Plötzlich wurde sie kreidebleich, als ihr bewusst wurde, dass sie dadurch auch Rogers Leben zerstört hatte. Sie war somit sogar indirekt für seinen Tod verantwortlich.

»Was geschehen ist, ist geschehen. Es bringt nichts, der Vergangenheit nachzutrauern. Hinterher ist man immer schlauer«, erklärte Jayden ruhig. »In deiner Situation hätte ich genau so gehandelt.«

»Danke«, sagte Kathy zögerlich.

Eine Weile schwiegen sich beide an. Dann fuhr Kathy fort.

»Du sagtest, dass es kein gewöhnlicher Mord war. Dass Mary irgendetwas über Kevin herausgefunden hatte. Was meinst du damit?«

»Sie hatte vermutlich herausgefunden, was er wirklich war.«

»Was, nicht wer?«

»Kevin und Gregor, sie waren nicht wie wir. Es ist jetzt vier Jahre her, als ich es von meinem Onkel erfuhr ...«

KAPITEL 22

ALIENUS

Vier Jahre zuvor. Wir schreiben das Jahr 2010.

Es war ein stürmischer Herbstabend. Der Wind ließ die Blätter tanzen und die Äste der umliegenden Bäume gegen das Haus peitschen.

Jayden lag auf einem Sitzkissen in seinem Zimmer und spielte ein Videospiel. Sowie er Game Over ging, hatte er keine Lust mehr und wollte ein anderes Spiel beginnen.

Als er die Hülle des anderen Spiels aus dem Regal nahm und öffnete, stellte er fest, dass die Disk fehlte.

»Hey, Gregor!«, rief er, »hast du dir ›Spartakus 3‹ genommen?«

Keine Antwort. Er verließ sein Zimmer mit der leeren Hülle ging durch den dunklen Flur und stellte sich vor die letzte Türe. Er klopfte zwei Mal.

»Hey. Hast du dir ›Spartakus 3‹ genommen?« Erneut gab es keine Reaktion, er öffnete die Tür und schritt hindurch. »Gregor?«

Er sah sich um, doch das Zimmer war leer. Auf dem Schreibtisch brannte eine Lampe, daneben stand eine Vase mit einer vertrockneten Pflanze. Eines der Fenster stand offen. Die Gardinen wehten leicht im Wind.

Der Fernseher lief leise. Jayden ging zur Spielkonsole seines Bruders und öffnete das Laufwerk. Darin befand sich ›Spartakus 3‹. Er nahm die Disk heraus und legte sie zurück in die Hülle.

»Hab ich dich.«

In dem Moment fegte ein starker Wind durch das offene Fenster. Jayden ging zu ihm und schloss es, da sah er Gregor draußen im Garten. Gregor? Was macht er bei solch einem Wetter da draußen, fragte er sich.

Jayden verließ Gregors Zimmer wieder, lief die Treppe hinunter ins Erdgeschoss, zog sich eilig Schuhe und Jacke an und rannte in den Garten.

Es war ein großer, weitläufiger Garten, welcher an einen Hügel grenzte. Auf dem Hügel befand sich ein kleiner Parkplatz, der nur schwach von gelben Laternen beleuchtet wurde. Gregor lehnte dort gegen einen Laternenmast. Er schien auf jemanden zu warten.

Jayden war keine zehn Meter mehr von Gregor entfernt und wollte ihn gerade rufen, als ein Auto direkt neben Gregor parkte. Er wusste selbst nicht so recht warum, doch er versteckte sich instinktiv hinter einem dicken Baum und beobachtete das Geschehen.

Der Wagen hatte getönte Scheiben. Er löschte seine Scheinwerfer und ließ das Fahrerfenster elektronisch herunter. Gregor ging zu ihm. Sie unterhielten sich.

Jayden konnte kaum ein Wort verstehen. Auch den Fahrer konnte er nicht erkennen, dazu war es zu dunkel und er zu weit entfernt.

Er sah nur immerzu Rauch aus dem Wagen wehen und gelegentlich die Hand des Fahrers, der sich der Asche seiner Zigarre entledigte.

Wer war dieser Kerl nur und woher kannte ihn Gregor? Noch nicht einmal das Auto kam Jayden bekannt vor. Plötzlich gab der Fahrer Gregor einen blauen Kristall.

Gregor wirkte aufgeregt und fröhlich. Er nahm ihn dankend an und steckte ihn behutsam in seine Hosentasche. Der Fahrer ließ die Scheiben wieder hochfahren und fuhr davon.

Gregor machte sich wieder auf, zurück zum Haus. Stolz nahm er den blauen Kristall genauestens unter die Lupe und bemerkte dabei Jayden nicht, welcher ihm mit großzügigem Abstand folgte. Nachdem Gregor das Haus betreten hatte, wartete Jayden noch eine Minute, bis er ihm folgte.

Als Jayden wieder zurück in sein Zimmer in der ersten Etage gehen wollte, fiel ihm auf, dass die Zimmertüre von Gregor einen Spalt breit offen stand. Neugierig schlich er den Korridor entlang und lugte hindurch.

Er fragte sich, was es mit diesem Kristall auf sich hatte, den Gregor von dem Fremden bekam, als plötzlich ...

»Was machst du da?«, fragte Gregor misstrauisch, welcher ein Butterbrot, so dick wie drei Burger übereinander gestapelt, in der Hand hielt und schmatzend hinter Jayden im Flur stand.

Jayden zuckte kurz zusammen.

»Nichts«, antwortete er nervös. »Ich wollte nur zu dir. Dich fragen, ob du weißt, wann Paps nach Hause kommt.«

»Aha«, brummte Gregor ungläubig. »Und deshalb schleichst du dich so an?«

»Es hätte ja sein können, dass du Besuch hast«, antwortete er nervös. Da kam ihm etwas in den Sinn, so fuhr er selbstsicher fort: »Du weißt schon, die Kleine aus der Parallelklasse, diese Tina. Die steht doch total auf dich.«

»Spinner!« Gregor, ging in sein Zimmer und machte die Tür hinter sich zu.

Jayden atmete erleichtert durch. Kurz darauf hörte er einen Schlüsselbund klimpern. Er schaute über das Geländer nach unten. Es war sein Vater, der Gouverneur von James Country.

Er schloss die Haustüre, legte seinen Schlüsselbund auf die Kommode, stellte eine schwere Aktentasche ab und entledigte sich seines Schals und Mantels.

Jayden rannte aufgeregt zu ihm.

»Dad!«

»Jayden. Was bist du denn noch so spät auf? Solltest du nicht schon lange schlafen? Morgen ist wieder Schule. Und komm mir jetzt nicht mit einem: Ich bin schon erwachsen.«

Jayden schaute hoch in die erste Etage und vergewisserte sich, dass niemand dort war. Dann wandte er sich seinem Vater zu.

»Ich muss mit dir über Gregor reden«, flüsterte er.

»Was ist mit Gregor? Und warum flüsterst du so?«

»Nicht so laut. Lass uns hier drinnen weiter reden.«

Jayden ging ins Büro seines Vaters. Sein Vater folgte ihm irritiert und schloss die Tür. Doch zu spät. Gregor stand bereits oben an der Treppe und hatte alles mitgehört, als er auf dem Weg zu seiner Nachspeise war.

»Was ist denn, mein Junge?«, fragte der Gouverneur.

»Wie schon erwähnt, geht es um Gregor. Ich habe ihn eben bei etwas beobachtet.«

»Okay?«

»Ich war auf der Suche nach meinem Videospiel und dachte, Gregor könnte es haben. Ich ging in sein Zimmer, doch er war nicht da. Als ich zufällig aus dem Fenster schaute, sah ich ihn draußen herumlaufen.«

»Bei diesem Sturm?«

»Ja. Ich ging ihm nach. Er traf sich mit jemanden drüben auf dem Parkplatz.«

»Mit wem?«

»Das konnte ich nicht erkennen, es war zu dunkel. Sie haben sich über irgend etwas unterhalten und dann gab der Fahrer ihm einen blauen Kristall.«

Der Gouverneur erschrak. Er wusste, was das bedeutete.

»Ich finde das alles nur ziemlich merkwürdig und dachte, dass du es wissen solltest«, fuhr Jayden fort. »Allgemein hat er sich so verändert. Wir sprechen kaum noch miteinander.«

»Keine Sorge. Du hast genau das Richtige getan und mir Bescheid gesagt. Hör mir gut zu. Ich kann dir jetzt nicht alles erklären, doch du musst genau das tun, was ich dir sage.« Jaydens Vater zog seinen Autoschlüssel aus der Tasche und gab ihn Jayden. »Nimm die Autoschlüssel und fahr zu Onkel Parker. Er wird dir alles erklären, falls mir etwas zustoßen sollte.«

»Etwas zustoßen? Ich verstehe nicht. Was ist denn los?«, fragte er ungehalten.

»Tu einfach, was ich dir sage. Ich komme, sobald es möglich ist, nach.«

»Was ist mit Gregor?«

»Um den kümmere ich mich schon und jetzt geh!«

Widerwillig verließ Jayden die Wohnung und stieg ins Auto. Seine Gefühlswelt war vollkommen durcheinander. Er verstand einfach nicht, warum sich sein Vater so seltsam verhielt, sogar noch merkwürdiger als sein Bruder.

Wütend schlug er auf den Lenker und stieg wieder aus. Normalerweise tat er, was man ihm sagte, doch sein Vater schwebte offensichtlich in Gefahr. Er konnte ihn nicht im Stich lassen.

Als er die Wohnung betrat, war alles ruhig.

»Vater? Gregor?«

Nichts. Er rannte die Treppen hoch. Gregors Zimmertüre stand weit offen. Er näherte sich vorsichtig und schaute hinein.

»Oh mein Gott, Vater!« Jayden rannte zu ihm, er schien bewusstlos zu sein. Doch egal wie laut er rief oder wie stark er rüttelte, er gab kein Lebenszeichen von sich. Dann fühlte Jayden seinen Puls, er war tot.

Wie konnte das sein, fragte er sich. Nirgendwo war Blut oder ähnliches, hatte er etwa einen Herzinfarkt erlitten? Jayden trauerte. Da betrat Gregor das Zimmer. Er hielt den blauen Kristall in der Hand.

»Gregor! Was ist hier passiert? Was hast du getan?«

»Was getan werden musste.«

»Was? Bist du wahnsinnig geworden?«

Gregor schwieg und schloss die Zimmertüre ab. Er trat näher und richtete den Kristall auf Jayden.

»Was ist das? Was hast du damit vor?«

Plötzlich schoss ein bläulicher Strahl aus dem Kristall heraus und traf Jayden an der rechten Brust. Sein Körper wurde ganz starr. Er fühlte sich, als würde jemand seine Lunge leer saugen. Er konnte nicht mehr atmen und lief ganz blau an.

Kurz bevor er das Bewusstsein verlor, gelang es ihm noch, mit letzter Kraft die Blumenvase vom Schreibtisch zu greifen und gegen Gregors Kopf zu werfen, was ihn auf die Bretter schickte.

Der Strahl verschwand. Jayden sackte zu Boden und rang panisch nach Sauerstoff. Seine Brust glühte, seine Haut war völlig verbrannt. Mühevoll raffe er sich auf und rannte zum Fenster. Er versuchte es so öffnen, doch es klemmte.

Mittlerweile kam Gregor wieder zu Bewusstsein. In seiner Verzweiflung sprang Jayden durch das geschlossene Fenster und knallte unten auf die harten Pflastersteine.

Die Glasscherben schnitten ihm die Handballen auf. Ihm tat alles weh. Sein Kopf drehte sich. Doch er wusste, wenn er jetzt nicht aufstehen würde, wäre es sein letzter Tag auf Erden. So nahm er ein letztes Mal all seine Kraft zusammen und humpelte zum Auto.

Mit quietschenden Reifen fuhr er Gregor gerade so davon.

Vier Jahre später. Wir schreiben das Jahr 2014.

»Dann hat Gregor also deinen Vater ermordet. In den Medien hieß es ...«

»Du solltest nicht alles glauben, was in den Medien verzapft wird«, unterbrach Jayden Kathy.

»Was ist dann passiert?«

»Ich fuhr zu meinem Onkel. Er klärte mich über alles auf und half mir unterzutauchen.«

»Über was denn nun?«, hakte Kathy ungeduldig nach.

»Mein Onkel erzählte mir, dass sie vor ungefähr acht, aus heutiger Sicht zwölf Jahren kamen. Er war einer der wenigen die sie bemerkten. Da man ihm nicht helfen wollte und ihn für verrückt abstempelte, musste er selbst etwas unternehmen. Er suchte auf der ganzen Welt nach Personen, die ähnliches gesehen hatten, und wurde schnell fündig. Zusammen gründeten sie eine Geheimorganisation, die Résistance. Sie setzten sich das Ziel, sie zu bekämpfen.«

»Wen bekämpfen?«

»Die Alienus.«

»Die Alienus?«

»So hatte man sie getauft. Eines Tages stellten sie bei einem Alienus einen blauen Kristall sicher. Sie wussten damit zuerst nichts anzufangen, doch dann erkannten sie, worum es sich handelte. Mit Hilfe dieses Kristalls war es ihnen möglich, die Existenz der Alienus ein für alle Mal nachzuweisen.«

»Derselbe Kristall, den du bei deinem Bruder gesehen hattest?«

»Nein, der gleiche. Es gibt mehrere davon. Doch nur wenige Alienus sind im Besitz von einem. Nur die höheren Ränge bekommen einen. So ist es schwer, fündig zu werden.«

»Dann wurde also Gregor von dem Fremden befördert und dein Vater hatte es auf Gregors Kristall abgesehen?«

»Ja.«

»Klingt ja wie beim Militär«

»Es ist das Militär. Mein Onkel ging mit ein paar anderen damit zum Präsidenten. Doch es war bereits zu spät. Die Alienus hatten sich bereits ins nähere Umfeld eingeschlichen. Sie schafften es nicht mal in den Vorraum. Mein Onkel konnte als einziger fliehen, der Rest wurde ermordet. Leider musste er den Kristall zurücklassen, den einzigen Beweis, den sie hatten. Später hieß es in den Medien, es hätte einen Anschlag auf der Präsidenten gegeben, der erfolgreich vereitelt wurde.«

»Das klingt alles so unglaubwürdig. Das Präsidentenhaus soll infiltriert worden sein?«

»Später weihte mein Onkel seinen Bruder ein, meinen Vater. Er glaubte ihm. Er war damals bereits Gouverneur von James Country. Einige Monate später fanden sie einen kleinen Jungen. Er hatte anscheinend sein Gedächtnis verloren.«

»Gregor?«

»Richtig. Sie wussten, dass er einer von ihnen war, doch sahen sie ihn als einmalige Gelegenheit an, mehr über die Alienus in Erfahrung zu bringen. So adoptierte mein Vater ihn. Als ich meinem Vater schließlich von Gregor und dem blauen Kristall erzählte, wusste er, dass Gregor sein Gedächtnis wiedererlangt haben musste. Das war der Moment, auf den sie so lange gewartet hatten. Deshalb zögerte er keine Sekunde.«

»Wer sind denn jetzt nun die Alienus? Woher kommen sie?«

»Aus dem All«, erklärte Jayden ernst. Kathy schwieg. Sie wusste, dass er ihr bisher immer die Wahrheit erzählte, doch das war ihr dann zu abgehoben. Sie versuchte in Jaydens Gesicht ein Anzeichen von Ironie zu erblicken, doch Jayden schien es tatsächlich ernst zu meinen.

»Die Alienus sind Außerirdische«, knüpfte Jayden an. »Sie versuchen unseren Planeten zu erobern und die Résistance ist alles, was ihnen dabei noch im Weg steht. Gregor und Kevin, sie waren beide Alienus, deshalb habe ich sie bekämpft. Für dich muss es natürlich so ausgesehen haben, als wäre ich ein Mörder, dabei habe ich von Anfang an nur versucht, euch zu retten.«

»Weißt du wie verrückt das alles klingt? Ich weiß, dass du mir die Wahrheit sagst, aber trotzdem ...«

»Wir müssen sie aufhalten!«, unterbrach Jayden eindringlich. »Du musst mich hier irgendwie rausholen, bevor es zu spät ist!«

Kathy stand auf und klopfte an die Türe, »Es tut mir Leid, aber ich muss das ganze erst einmal verdauen. Das waren zu viele abgedrehte Informationen für mich.« Der Wärter schaute durchs Fenster. »Ich möchte gehen.« Er schloss die Türe auf.

»Kathy! Warte!«, Jayden stand auf und ging zu ihr. Der Wärter drängte ihn zurück.

»Ganz langsam. Zurück auf deinen Platz.«

Kathy schaute Jayden entschuldigend an, dann schritt sie aus der Tür.

»Nimm dich vor der Polizei in acht!«, rief ihr Jayden hinterher.

Kathy war vollkommen aufgelöst, seit sie die Wahrheit wusste. Ein Massenmörder war so eine Sache, aber Außerirdische? Die letzten Worte von Steve beschäftigten sie sehr, ebenso dass sie für den Tod Rogers verantwortlich gewesen war.

In ihre Gedanken versunken, achtete sie nicht auf ihre Umgebung. So rempelte Kathy, kurz nachdem sie die

Sicherheitstüre passiert hatte, einen Mann an, der sich gerade für einen Besuch anmeldete. Es war Richard.

»Verzeihung«, entschuldigte sie sich und ging weiter.

»Kein Problem«, antwortete Richard, als er plötzlich erkannte, um wen es sich handelte. Damals war er zwar nicht persönlich am Ort des Geschehens gewesen, doch er kannte Kathy noch von den Zeugenaussagen im Polizeirevier einige Tage später.

Außerdem war das Massaker in der Messner Villa damals ein riesiger Skandal gewesen, der wochenlang durch die Presse ging.

Er schaute ihr noch nach, als sie außer Sichtweite war und zählte eins und eins zusammen. Für ihn war klar, sie konnte nur Jayden besucht haben.

»Bringen Sie mich nicht zurück in meine Zelle?«, fragte Jayden irritiert.

»Nein, noch nicht«, antwortete der Wärter. »Es möchte Sie noch jemand besuchen.«

Noch jemand, fragte sich Jayden. Da trat Richard in den Besucherraum.

»Ah, Mr. Torelli, wie geht es Ihnen?«

Jayden sprang auf. »Was wollen Sie denn hier?! Verschwinden Sie!«

»Hey! Hey! Hey! Ganz ruhig. Hinsetzen«, drohte der Wärter und drückte ihn runter auf seinen Stuhl.

»Ist schon okay«, sprach Richard zum Wärter. »Sie können uns jetzt alleine lassen, ich habe alles unter Kontrolle. Ich melde mich, falls ich etwas brauche.«

Der Gefängniswärter verließ den Raum und schloss die Türe hinter sich ab.

»Lassen Sie mich in Ruhe.«

»Na, na. Begrüßt man so etwa einen alten Freund?«
Jayden schwieg. Richard nahm auf dem freien Stuhl
Platz. »Und? Wie gefällt es Ihnen hier?« Jayden ver-
zog weiterhin keine Miene. »Ich habe gerade eben
Ihre kleine Freundin gesehen.«

Da wurde Jayden hellhörig. »Lassen Sie sie in
Ruhe, sie weiß von nichts.«

»Wenn ich das mal so einfach glauben könnte. Ich
werde lieber auf Nummer sicher gehen.«

»Wenn Sie ihr auch nur ein Haar krümmen, dann
...«, drohte Jayden.

»Dann was?«, unterbrach Richard. »Was küm-
mert Sie überhaupt ihr Leben? Sie hat Ihnen doch
das alles hier eingebrockt. Außerdem ist eure Zeit eh
abgelaufen. Ihr habt diesen Planeten nicht verdient.
Ihr wisst ihn gar nicht zu schätzen. Wenn ihr auch
nur den blassesten Schimmer darüber hättet, wie wir
leben müssen, wie Ratten in der Kanalisation. Wir
werden uns besser um ihn kümmern.«

»Und wer ist schuld, dass ihr so leben müsst?«,
merkte Jayden lachend an.

»Ja, lach nur, das tut aber auch nichts mehr zur
Sache, denn wer zuletzt lacht ... Es ist vorbei. Ihr
könnt uns nicht mehr aufhalten. Oder sollte ich besser sagen, du?«

Richard lachte.

»Ich sage, wenn es vorbei ist!«

Jayden schmiss sich über den Tisch auf Richard
und schlug heftig auf ihn ein. Dann versuchte er ihn
zu erwürgen.

Angsterfüllt röchelte er um Hilfe. Doch er war
nicht laut genug. Jayden kniete sich auf seinen Ar-

men, so konnte er seine Pistole nicht aus seinem Halter ziehen. Mit letzter Kraft konnte er jedoch noch den Abzug betätigen und schoss gegen die Wand.

Der Wärter wurde aufmerksam und eilte in den Raum. Er riss Jayden von Richard herunter, welcher schon ganz grün und blau angelaufen war und winselnd am Boden lag. Seine Nase blutete.

Kurz darauf stürmten drei weitere Wärter in das Zimmer, einer davon hielt eine Spritze bereit. Gemeinsam gelang es ihnen, Jayden, der sich heftig wehrte, auf den Boden zu drücken und ihm die Spritze zu verpassen.

Als Richard sah, dass Jayden keine Gefahr mehr darstellte, raffte er sich schwer atmend auf und lachte erneut, soweit es ihm sein Atem erlaubte.

»Es ist vorbei, Jayden, es ist vorbei. Niemand kann uns mehr aufhalten.«

Er hielt sich ein Taschentuch an seine blutende Nase und verließ lachend den Raum.

Jayden wurde ganz schwindelig, er nahm alles nur noch echohaft war, bis ihm schließlich schwarz vor Augen wurde und er das Bewusstsein verlor.

KAPITEL 23

VERRAT

Kathy betrat ihre Wohnung. Sie hängte ihren Schlüssel an ein Schlüsselbrett und ging ins Wohnzimmer oder das was davon noch übrig war. Ihre halbe Wohnungseinrichtung wurde sorgfältig in Kartons verpackt, die sich teilweise bis unter die Decke stapelten.

Sie ließ sich aufs Sofa fallen und lag dort minutenlang regungslos herum. Sie versuchte, all die Informationen zu verarbeiten, die sie von Jayden erhalten hatte.

Nach einer Weile stand sie auf, nahm sich einen der nicht aufgefalteten Kartons, die gegen das Sofa lehnten, und faltete ihn auseinander. Dann ging sie damit zu einem Regal schräg gegenüber und räumte die verbliebenen Bücher in den Pappbehälter.

Ein Klingeln unterbrach ihre Arbeit. Es verwunderte Kathy, lebte sie doch bereits offiziell mit ihrem Verlobten zusammen. Das wusste jeder in ihrem Umfeld. Vorsichtig überprüfte sie zuerst durch den Türspion, um wen es sich handelte. Es war Richard, der gerade damit beschäftigt war, seine Nasenlöcher von innen zu massieren.

Die Polizei, was möchte die denn hier, wunderte sie sich. Sie erinnerte sich an Jaydens Warnung.

Misstrauisch machte sie das kleine Sicherheitskettchen vor die Tür und öffnete sie nur einen Spalt.

»Ja, bitte?«

»Kathy Hawkins?«

»Ja?«

Richard hielt ihr kurz seine Marke ins Gesicht, so kurz, dass sie nicht mal eine Chance gehabt hätte, etwas darauf zu erkennen, wenn sie es gewollt hätte.

»Lenden, Polizei. Ich hätte da ein paar Fragen an Sie. Darf ich reinkommen?«

»Fragen? Aber weswegen? Ich habe doch nichts gemacht.«

»Lassen Sie mich erst einmal rein. Dann können wir alles in Ruhe besprechen«, drängelte er.

»Ich wüsste nicht was«, blockte sie.

»Wollen Sie sich etwa der Polizei widersetzen?«, drohte er verärgert. »Ich könnte Sie auch ohne weiteres festnehmen.«

»Das glaube ich weniger«, antwortete Kathy selbstsicher. »Und jetzt entschuldigen Sie mich, ich habe noch eine Menge zu tun.«

Als Kathy die Türe gerade schließen wollte, stellte er seinen Fuß dazwischen.

»Was soll denn das?«, fragte sie empört. »Nehmen Sie ihren Fuß da weg!«

»Sie wollen es ja nicht anderes.«

Schwungvoll rammte er seine Schulter gegen die Tür, die Kette hielt nicht stand und riss aus der Verankerung. Kathy schreckte von der Tür weg.

Richard drang in die Wohnung ein und schloss die Türe hinter sich. Er bemerkte den Schlüssel am Schlüsselbrett, nahm ihn und schloss ab. Dann steckte er ihn ein. Kathy geriet in Panik, sie wusste, was los war.

»Sie sind einer von denen, habe ich Recht?« Er grinste. »Dann ist es also wirklich wahr!« Sie sammelte ihre Gedanken, während er näher kam. »Eines möchte ich noch gerne wissen. Roger Burton, hat er wirklich Selbstmord begangen?«

»Roger war eine lästige Fliege und ich mag es nicht, wenn Fliegen um meinen Jasmintee herumschwirren.«

Er versuchte Kathy zu greifen, doch sie konnte ausweichen und floh in die Küche. In der Mitte der Küche stand ein kleiner Esstisch, links daneben ein großer Schrank.

Verzweifelt riss Kathy eine Schublade nach der anderen auf und durchwühlte sie nach einer potentiellen Waffe. Doch die meisten waren bereits ausgeräumt, in den anderen nur Kochlöffel oder sonstiges Nutzloses.

Plötzlich schnappte sie Richard und drückte sie mit dem Gesicht nach unten auf den Boden. Er setzte sich mit seinem vollen Gewicht auf sie, damit er beide Hände frei bekam und zog seine Pistole aus dem Halfter. Kathy versuchte sich zu befreien, doch er war ihr einfach zu schwer.

»Keine Sorge, es wird nicht weh tun.«

Er holte einen Schalldämpfer aus seiner Manteltasche und schraubte ihn auf seine Pistole. Da bemerkte Kathy einen Salzstreuer unter dem Esstisch.

Er musste beim Ausräumen der Schränke unter den Tisch gefallen sein. Sie streckte ihre Hand danach aus, doch konnte sie ihn nur mit ihren Fingerspitzen berühren und schob ihn so noch weiter weg.

Richard zielte auf ihren Hinterkopf. Doch Kathy zappelte zu sehr.

»Nun halt schon still, oder willst du, dass ich dich nur streife und du lange leiden musst?«

Kathy dachte nicht daran aufzugeben. Gerade jetzt, wo sie ihre Depressionen besiegt hatte und endlich wieder ein normales Leben führen konnte, kam das überhaupt nicht in Frage.

Mit all ihrer Kraft und Willensstärke, schaffte sie es schließlich, ihn für einen kurzen Augenblick hoch zu stemmen. Gerade lange genug, um sich etwas zu drehen und an den Salzstreuer zu gelangen.

Schreiend fiel Richard zu Boden und rieb sich wie wild die Augen, nachdem ihm Kathy eine kräftige Ladung Salz hinein gestreut hatte. Sie nutzte die Gunst der Stunde und rannte zur Wohnungstüre.

Jammernd tastete sich Richard zum Wasserhahn und drehte ihn auf, doch das Wasser war bereits abgemeldet worden. Nicht einmal ein Tropfen war ihm gegönnt, um seinen Schmerz zu lindern.

»Das wirst du mir büßen!«, brüllte er und tastete sich in den Flur. Seine Augen tränten stark und brannten, als würde jemand ein Feuerzeug rein halten. Seine Sicht war eingeschränkt.

Kathy rüttelte panisch an der Wohnungstür, als ihr wieder einfiel, dass er noch den Schlüssel hatte. Als sie sich umdrehte, stand er bereits hinter ihr und schoss, doch sie konnte schnell genug ins gegenüberliegende Schlafzimmer flüchten.

Bis auf ein paar Kartons, die von Kleidern überquollen, stand es leer. Sie wollte die Tür gerade schließen, doch er stieß sie brutal auf. Kathy fiel rückwärts auf den Boden. Er stellte sich über sie und zielte.

»Ich wollte es kurz und schmerzlos für dich machen, aber jetzt«, lachte er, «kannst du leiden, Miststück!«

Doch das Schicksal meinte es gut mit Kathy. Direkt neben ihr lag auf einem kleinen Karton ein Teppichmesser. Mit voller Wucht rammte sie es ihm in den Oberschenkel. Schmerzerfüllt ließ er seine Waffe fallen, griff nach seinem Bein und sackte dabei zusammen.

Kathy sprang auf und griff in seine Manteltasche, nach dem Wohnungsschlüssel. Als er ihren Arm festhielt, stach sie ihm durch die Handfläche. Schreiend ließ er von ihr ab und sie entkam.

Nachdenklich saß Brian am Esszimmertisch, als er die Wohnungstüre auf- und zuknallen hörte. Es war Kathy. Weinend kam sie ihm in die Arme gelaufen.

»Großer Gott, Kathy. Was ist denn passiert?«, fragte er besorgt.

Doch sie bekam keinen Ton heraus und weinte sich an seiner Schulter aus.

»Warte kurz. Setz dich erst einmal hierhin. Ich werde dir ein paar Taschentücher holen!« Er zog einen Stuhl heran und setzte sie darauf.

»Nein, geh nicht weg!«, flehte Kathy, die sich an ihm festklammerte.

Er riss sich los. »So beruhige dich doch. Ich bin ja gleich wieder da.«

»Brian, bleib hier!«, rief sie ihm heulend nach. Er ignorierte sie und verschwand in den Nachbarraum. Die Minuten vergingen, das machte Kathy stutzig. Was trieb er denn da so lange?

»Brian?«, rief sie, keine Antwort. »Brian?«

Sie richte sich langsam auf und ging nachsehen, da erwischte sie ihn beim Telefonieren.

»[...] ja genau. Keine Ursache. Wir wollen das ja alle. Genau.« Als er sie bemerkte, erschrak er. »Ich muss dann Schluss machen. Bis später.«

»Du hast nicht Besseres zu tun als zu telefonieren, während sich deine Verlobte die Seele aus dem Leib heult?«, fragte sie entsetzt.

»Ich, ähm ...«, faselte Brian ratlos.

»Wen hast du angerufen?«

Brian ging zu ihr und wollte sie in den Arm nehmen. »Kathy sieh mal ...«, da stieß sie ihn von sich weg.

»Du hast die Polizei gerufen«, vermutete sie entsetzt.

»Ich will dir doch nur helfen«, bestätigte Brian indirekt.

»Das nennst du Hilfe?«

»Sie hatten mich eben, kurz bevor du gekommen warst, angerufen und mir erzählt, was du getan hast. Kathy, du bist mit einem Messer auf einen Polizeibeamten losgegangen und hast ihn damit mehrfach verletzt«, sprach er entsetzt.

»Das glaub ich jetzt nicht«, sagte sie enttäuscht.

»Versteh doch. Du bist ganz offensichtlich noch immer nicht geheilt. Ich denke, als du Jayden besucht hast, hat er dir irgendwelche Flausen ins Ohr gesetzt. Er ist ein geistesgestörter Massenmörder und du psychisch labil. Das ideale Futter für so einen Psychopathen. Er könnte dir erzählen, die Welt wäre eine Scheibe und du würdest es vermutlich glauben. Aber keine Sorge«, beteuerte er einfühlsam, »ich werde das gemeinsam mit dir durchstehen.«

Erneut versuchte er sie zu greifen, doch sie wehrte ihn ab.

»Fass mich nicht an!«, drohte sie ihm entsetzt. »Psychisch labil, ja?«

Plötzlich hörte man die Bremsen eines Wagen quietschen. Sie streifte die Gardinen zur Seite und schaute aus dem Fenster. Es war ein Polizeiwagen. Zwei Polizisten und Richard stiegen aus. Er trug einen Verband um seine Hand und seinen linken Oberschenkel.

Er humpelte Richtung Hauseingang. Als ob er es geahnt hätte, führte ein kurzer Blick nach oben, wodurch er Kathy erspähte. Er warf ihr ein siegessicheres Lächeln zu, während seine Kollegen das Treppenhaus hoch stürmten.

»Kathy. Keine Sorge. Ich denke, wir bekommen dich wieder hin.«

Sie lächelte ihn herablassend an: »Und ich denke, dass du dir die Hochzeit abschminken kannst!« Sie zog ihren Verlobungsring ab und warf ihn ihm vor die Füße.

»Aber Kathy!«, rief er entsetzt. »Das kannst du doch nicht tun!«

Sie scheuerte ihm eine und lief wütend aus der Wohnung. Fassungslos blieb er wie angewurzelt stehen. Für ihn brach die Welt zusammen.

Als Kathy das Treppenhaus runter schaute, hörte und sah sie die Polizisten die Stufen hoch stampfen.

»Stehen bleiben, Polizei!«, rief einer von ihnen.

Sie schaute sich verzweifelt um. Da entdeckte sie die Feuerleiter hinter dem Fenster des Flurs. Sie öffnete es und kletterte hinunter. Unten angekommen, borgte sie sich den Wagen ihres Ex und entkam aufs Neue.

KAPITEL 24

DER AUSBRUCH

Erneut wurde Jayden in den Besucherraum gebracht. Jesus, was ist denn heute los, fragte er sich.
Als er hineingeführt wurde, erfreute sich sein Herz.

»Kathy! Dir geht es gut. Hör zu, du bist ...«

»Ich weiß«, unterbrach sie ihn. »Ich habe nicht
viel Zeit, sie sind mir sicher schon dicht auf den Fersen. Ich werde dich hier raus holen.«

»Gut. Aber wie stellen wir das an? Irgendeinen
Plan?«

»Ja. Ich habe mir bereits etwas überlegt«, sie flüsterte ihm etwas ins Ohr.

»Ja, das könnte funktionieren.«

Kathy klopfte an die Tür, »Wärter? Ich möchte
wieder gehen.«

Der Wärter schaute durch das Beobachtungsfens-
ter, doch Kathy versperrte ihm die Sicht nach hinten.

»Na wird es bald?«, beschwerte sie sich. »Ich habe
nicht den ganzen Tag Zeit.«

Unbedacht öffnete der Wärter die Tür und schritt
hindurch. Da wurde er von Jayden niedergeschlagen,
der links neben der Türe stand. Dann verbarg er ihn
in einem toten Winkel.

Kathy nahm dem Wärter die Schlüssel ab und befreite Jayden von seinen Handschellen. Im Anschluss stand sie Schmiere, während sich Jayden die Kleidung des Wärters anzog.

»Okay, ich bin soweit.«

Sie verließen den Raum und schlossen die Türe ab. Ihr nächstes Ziel war die Sicherheitstüre. Kathy ließ sich zusammensacken und schrie, als ob sie starke Schmerzen hätte. Jayden nahm sie unter die Arme. Gemeinsam bewegten sie sich langsam auf die Sicherheitstüre zu.

»Macht die Tür auf!«, rief Jayden, »eine Besucherin hat starke Schmerzen im Unterleib bekommen! Wir müssen sie sofort ins Krankenhaus bringen!«

Ihr Plan ging auf. Naiv öffnete der Wärter die Sicherheitstüre und eilte besorgt zu ihnen. Auch anderes Personal wurde darauf aufmerksam und versuchte zu helfen. Alles drehte sich nur noch um Kathy, dabei achtete niemand darauf, dass einer von ihnen fremd war. Blind nahmen sie nur die Kleidung wahr.

»Was ist denn los?«, fragte ein Wärter Kathy.

»Ich weiß es auch nicht«, stöhnte sie, »ich habe auf einmal so starke Schmerzen. Ich hatte vor zwei Wochen eine Blinddarmoperation, vielleicht ist die Narbe wieder aufgegangen. Ich weiß es auch nicht, es tut so weh!«

»So ruf doch einer endlich mal einen Arzt«, beschwerte sich Jayden. Ein Wärter rannte zum Telefon in die Lobby und rief den Notruf an.

Als die Gruppe in der Lobby angekommen war, erholte sich Kathy wie von Geisterhand wieder.

»Warten Sie!«, rief Kathy dem Wärter zu, der am Telefon stand und in der Warteschleife mit fantastischer Musik unterhalten wurde, »ich glaub, es geht jetzt wieder. Die Schmerzen sind plötzlich weg.«

Ungläubig schaute der Wärter zu Kathy.

»Wirklich. Vielen Dank für Ihre Mühen, doch ich fühle mich schon wieder viel besser.«

»Ich werde Sie noch bis zu Ihrem Wagen begleiten«, schlug ihr Jayden vor.

»Nein, danke. Das ist nicht mehr nötig. Mir geht es gut«, erklärte Kathy.

Jayden schaute kopfschüttelnd zum Wärter am Telefon. Dieser nickte ihm zu.

»Trotzdem. Nur für den Fall, dass Ihre Schmerzen zurückkommen.«

»Na gut«, ließ sich Kathy schließlich erweichen.

»Ich bin gleich wieder da. Ich werde sie nur zur Sicherheit noch kurz zu ihrem Auto geleiten. Man kann ja nie wissen«, sagte Jayden.

»Ist gut«, stimmte ein Wärter zu. »Machen Sie das.«

Beruhigt gingen die Wärter und das sonstige Personal wieder auf ihre Arbeitsplätze zurück. Jayden und Kathy verließen das Gefängnis und stiegen in Brians Auto. Jayden setzte sich ans Steuer.

»Das war ja einfach«, lachte Jayden. »Du bist wirklich eine wahnsinnig gute Schauspielerin.«

»Danke«, lächelte Kathy, »aber du warst auch nicht übel.«

Jayden startete den Motor und fuhr los.

»Und was machen wir jetzt?«

»Wir müssen so schnell wie möglich zur Weltkonferenz fahren und dort George und Tim finden.«

»George und Tim?«

»George Kabaschko und Tim Bolitmore, zwei Politiker, vielleicht hast du schon mal von ihnen gehört. Es sind beides Mitglieder der Résistance. Doch vorher müssen wir noch den blauen Kristall holen.«

»Du bist im Besitz von einem?«

»Ja. Ich konnte ihn kurz, bevor mich Roger verhaftete, sicherstellen und ihn in einem Baumstumpf verstecken.«

»Ich hoffe du weißt noch, welcher Baum es war.«

Währenddessen saß Richard in seinem Büro und bekam einen Anruf. Er nahm ab.

»Lenden?« Er hörte zu. »Bitte was? Wie konnte das passieren?«, rief er fassungslos. »Inkompetenter Idiot! Sie werden bestimmt zur Weltkonferenz fahren. Warum? Weil ich es sage! Ich möchte, dass Sie die Anzahl der Sicherheitskräfte sofort verdoppeln! Nichts kommt dort ungesehen rein oder raus, habe ich mich klar ausgedrückt?« Er brodelte wie ein Vulkan, es fehlte nicht mehr viel zum alles vernichtenden Ausbruch. »Ich will es für Sie hoffen!« Aggressiv knallte er den Hörer aufs Telefon.

Jayden und Kathy fuhren an einem großen Gebäudekomplex vorbei. Es war die James Town Conference Hall, ein großes, stadionähnliches Gebäude mit einer gigantischen Glaskuppel im Zentrum.

Es war das Neuste vom Neusten, ein hoch moderner Stahl-Glas-Bau, von einem renommierten Star-Architekten entworfen. Er wurde erst vor wenigen Wochen fertig gestellt und extra nur für die Weltkonferenz gebaut.

Ob und wie das Gebäude nach dieser Konferenz genutzt werden sollte, war noch vollkommen unklar, auch, wie man die 27 Millionen Euro öffentlicher Gelder wieder herauswirtschaften sollte.

Wichtig war nur, dass man für diesen einen besonderen Tag nach außen hin gut dastand. Immerhin tagte hier die Konferenz der United Nations und die ganze Welt schaute auf das eher beschauliche Städtchen Jamestown. Tatsächlich wurde sie von einem großen öffentlichen Interesse mitverfolgt.

Ölknappheit, Handelsembargos und das Nichteinhalten von Abkommen hatten die Lage auf der Erde in den letzten Jahren zuspitzen lassen.

Vor allem die Reden von George Kabaschko und Tim Boltimore wurden sehnlichst erwartet. Sie versprachen eine radikale Verbesserung der Lage.

»Ist es das?«, fragte Kathy.

»Ja.«

Sie suchten sich eine freie Lücke auf dem umliegenden Parkplatz, was sich als große Herausforderung darstellte. Schließlich wurden sie fündig. Sie stiegen aus und gingen zum Gebäude. Am Haupteingang standen Dutzende Sicherheitsleute.

»Okay, so weit so gut. Aber wie kommen wir jetzt dort hinein? Ich glaube kaum, dass sie uns einfach so passieren lassen werden.«

»Lass das mal meine Sorge sein. Komm mit.«

Gemeinsam gingen sie zu einem Notausgang auf der Rückseite des Gebäudes. Vor ihm standen zwei Sicherheitsbeamte.

»Jayden?«, fragte einer der Sicherheitsleute überrascht. »Ich dachte, du wärst im Gefängnis.«

»Keine Zeit für Erklärungen. Waren George und Tim schon an der Reihe?«

»Nein. Sie halten ihre Reden erst in einer guten halben Stunde.«

»Gut. Dann kommen wir ja noch rechtzeitig.«

»Wer ist das?«, fragte einer von ihnen.

»Eine Freundin, sie weiß Bescheid.«

»Okay.«

Die Sicherheitsleute öffneten die Tür und ließen Jayden und Kathy passieren.

»Viel Glück.«

Die Lobby war überfüllt und sie hatten Mühe, sich durch das Pressegetümmel zu drängeln. Da wurde ein Mitglied der Polizeispezialeinheit auf Kathy aufmerksam. Er war ein enger Freund von Brian und kannte sie von diversen privaten Treffen.

Er stupste Brian an, der mit dem Rücken zu ihm stand und sich mit einem anderen Squadmitglied unterhielt. Brian hatte eigentlich heute frei, doch wurde er kurzfristig von seinem Vorgesetzten zur Verstärkung hinzugerufen.

Befehl von ganz oben, hieß es. Er verstand die ganze Aufregung nicht. Sie waren nun mehr als nur überbesetzt und langweilten sich.

»Hey Brian, sieh mal. Ist das nicht deine Verlobte?«

Diese Schlampe, dachte sich Brian, als er auch Jayden erspähte. »Geb sofort Alarm!«, befahl er dem Squadmitglied, mit welchem er sich gerade noch unterhalten hatte. »Los hinterher!«, sagte er zu seinem Freund.

Erst als sie sich in einen abgesperrten Bereich in einem leeren Korridor schlichen, bemerkte Jayden, dass sie verfolgt wurden. Er drückte Kathy den blauen Kristall in die Hand, den sie vorher im Wald geholt hatten.

»Hier nimm. Jetzt liegt es an dir. Den Gang runter, rechts durch die Doppeltüre und dann links. Ich bleibe hier und werde sie eine Weile beschäftigen. Finde George und Tim. Los!«

Kathy zögerte. »Aber ich weiß doch gar nicht ...«

»Geh!«, rief Jayden.

Kathy rannte los. Zweifel plagten sie. Was mache ich hier eigentlich, fragte sie sich selbst. Gestern führte ich noch ein normales Leben und heute breche ich in ein Gebäude ein und stürme in eine Konferenz der United Nations.

Es waren nur noch wenige Meter, die sie von der Türe trennten, die in den Konferenzsaal führte, da wurde sie von Brian, der einen alternativen Weg gelaufen war, in einen Seitengang gerissen.

Sie versuchte sich loszureißen, doch er war zu stark.

»Lass mich los, du Idiot!«

»Was ist nur in dich gefahren? Verstehst du es denn nicht? Es ist nur zu deinem Besten!«, rief Brian.

Zwei Squadmitglieder stießen hinzu. Einer legte ihr Handschellen an, der andere packte Kathy am Arm und führte sie ab. Kathy drehte sich noch einmal um und spuckte Brian ins Gesicht.

»Hola«, lachte Brians Freund, »da hat wohl jemand sein Mädchen nicht unter Kontrolle. Mir würde das nicht passieren.«

»Ach, halt die Fresse!«, antwortete Brian wütend.

Als sie zurück in den Flur kamen, in dem sie Jayden zuletzt gesehen hatte, fehlte von ihm jegliche Spur. Jayden, wo steckst du nur, fragte sie sich.

Auf einmal kam ihr Richard grinsend entgegen.

»Ab hier übernehme ich dann«, erklärte er dem Squadmitglied und packte Kathy. Kommentarlos übergab das Squadmitglied Kathy und ging.

»Nein, warten Sie!«, rief ihm Kathy hinterher, »nehmen Sie mich mit!« Er schaute sie irritiert an und setzte seinen Weg fort. »Nein! Bleiben Sie hier! Er wird mich töten!«, schrie sie hysterisch, doch es half alles nichts.

Richard führte sie in einen kleinen Raum und verschloss die Tür. Es war eine Art Abstellkammer. In der Mitte befand sich ein kleiner Tisch, umgeben von Spinden und ein paar Kisten.

»Was soll das?«, fragte Kathy ängstlich, obwohl sie sich denken konnte, was er vor hatte. Er würde sie töten, so wie er es schon einmal versucht hatte. Er musste sie beseitigen, sie wusste zu viel.

Richard antwortete nicht. Er tastete sie ab und nahm ihr den blauen Kristall weg. Dann legte er seine Pistole auf den Tisch, drehte sich mit dem Rücken zu ihr und durchwühlte eine der Kisten. Kathy konnte nicht glauben, wie leichtsinnig er war. Sie schaute misstrauisch auf die Waffe, dann auf ihn, erneut auf die Waffe.

Sie hatte große Angst. Schließlich überwand sie sich, griff nach der Waffe und drückte mehrmals ab. Doch sie ging nicht los, das Magazin war leer. Das Klicken der Waffe war Musik in Richards Ohren.

Was ist das Leben doch manchmal einfach, dachte er sich und fing an zu lachen. Er drehte sich zu Kathy. Ihre Angst wurde nun noch größer. Verzweifelt drückte sie abermals ab, natürlich vergebens.

»Es klappt doch immer wieder.«

»Was meinen Sie?«

Richard griff sie grob und nahm ihr die Waffe ab. Er trug wie gewohnt Handschuhe. Er schloss den Raum wieder auf und führte sie heraus. Kathy war irritiert, sie hatte geglaubt, er wollte sie töten. Was sollte diese Aktion?

Vor der Tür stand ein Polizist, der ebenfalls seine Hände bekleidet hatte. Richard übergab gab ihm die Waffe. Worte waren nicht notwendig. Der Plan stand schon eine Weile.

Der Polizist nickte, lud ein volles Magazin in die Waffe und machte sich damit auf den Weg zum Konferenzsaal.

KAPITEL 25

TOTGEGLAUBTE LEBEN LAENGER

Kathys Handschellen wurden von Richard entfernt, der sie daraufhin in die hinterste Zelle im Polizeirevier stieß. Sie fiel dabei zu Boden und schlug sich das Knie auf. Er verschloss die Zellentür. Außer ihr war niemand dort. Sie rappelte sich wieder auf.

»Werden Sie mich jetzt auch töten, so wie all die anderen?«

»Nein. Lebend bist du mehr wert. Immerhin bist du die Mörderin von George Kabaschko und Tim Boltimore.«

»Was?«

»In diesem Augenblick werden sie unter einem Vorwand aus dem Konferenzsaal gelockt und erschossen. Mit der Pistole, die du aufgenommen hattest. Es sind deine Fingerabdrücke drauf, nur deine, versteht sich!« Kathy wurde sich ihres Fehlers bewusst, wie konnte sie nur so naiv sein, hätte sie lieber auf ihren Instinkt gehört, ihr wurde übel. »Ich sehe es schon vor mir: Kathy Hawkins, Komplizin von Jayden Torelli, läuft auf Weltkonferenz Amok. Und wir sind fein aus der Sache raus. Herrlich«, grinste er, »ich muss sagen, ich bin euch sogar dankbar. Ohne euren Auftritt hätten wir die beiden nicht so leicht beseitigen können. Wir hatten sie schon lange auf der Abschussliste, doch erst mit eurer Hilfe können wir sie endlich loswerden«, er lachte und ging zum Ausgang. Unterm Türrahmen drehte er sich noch einmal um.

»Jetzt kann uns niemand mehr aufhalten. Game Over.« Richard schaltete das Licht aus und schloss die Tür.

Kathy setzte sich auf ihre Liege und starrte die Wand an. Was wird jetzt mit mir geschehen? Wird die Welt tatsächlich untergehen, fragte sie sich bedrückt. Trotz allem was sie gehört und erlebt hatte, war ihr dieser Gedanke immer noch unvorstellbar.

Plötzlich gingen die Neonröhren über den Gefängniszellen wieder an. Überrascht schaute Kathy zur Tür. Sie konnte es nicht fassen. Spätestens jetzt war sie sich sicher, dass sie träumen musste. Sie sprang auf und legte ihre Hände um die Gitterstäbe.

»Roger?«, fragte sie ungläubig.

Mit einem blutigen Messer in der einen und einem Schlüsselbund in der anderen Hand ging Roger zügig zu Kathys Zelle und befreite sie.

Kathy fiel ihm in die Arme. Roger war überrascht von ihrer Zuneigung.

»Du weißt gar nicht, wie sehr ich mich freue, dich zu sehen.«

»Wir sollten gehen, bevor jemand Wind von der Sache bekommt.«

»Ja.«

Sie verließen den Zellentrakt. Im angrenzenden Raum entdeckte Kathy die Leiche von Richard.

»Warte! Es klingt jetzt verrückt, aber wir müssen ...«

Roger zog den blauen Kristall aus seiner Jacke. »Ihm den blauen Kristall abnehmen?«

»Ja, woher ...«

»Keine Sorge. Ich weiß über alles Bescheid.«

Sie verließen das Polizeirevier und fuhren mit Rogers Wagen zurück zur Konferenzhalle.

Kathy hatte so viele Fragen und trotzdem herrschte lange Zeit Stille während der Fahrt. Sie wusste nicht so recht, wo sie anfangen sollte.

»Ich dachte, du seist tot. Man hatte doch deinen Leichnam am Flussufer gefunden.«

»Das war ich nicht ...«

Zwei Monate zuvor.

Timothy schleifte Roger über einen der Stege am Fluss im Industriegebiet. Am Ende des Stegs angekommen, nahm er die Waffe, mit der Roger erschossen wurde und drückte sie ihm in die Hand.

Als er ihn gerade über die Kante stoßen wollte, wachte Roger aus seiner gespielten Bewusstlosigkeit auf.

Er hatte sich zuvor überlegt, dass es nicht schaden würde, wenn er die Alternativwahrheit von Jayden in Betracht zog, dass Timothy und eventuell auch Richard ein doppeltes Spiel treiben und ständig Beweismaterial verschwinden ließen.

So trug er für das Treffen mit seinem ehemaligen Chef eine kugelsichere Weste. Nur um zu beweisen, dass Jayden verrückt war, verstand sich. Er schoss auf Timothy.

Timothy flog rückwärts auf den Steg und drückte sich schmerzerfüllt seine Hände auf seine linke

Brust. Er blutete stark und hatte große Mühen, die Blutung zu kontrollieren. Roger schmiss sich über ihn und drohte mit der Pistole.

»So! Und jetzt will ich Antworten!«, schrie er ihn an.

Timothy fiel das Atmen schwer. »Du würdest es doch sowieso nicht glauben.«

»Erzähl schön!«, forderte Roger und drückte ihm die Waffe gegen die Stirn.

»Okay! Okay! Wie du willst«, keuchte er. »Mein Name ist nicht Timothy Taner. Ich bin auch kein Polizist, also, nicht wirklich. Ich bin Soldat und leite eine großangelegte Operation. Operation Endogen.«

»Hältst du mich für dumm?« Roger hatte genug von den Spielchen, er riss Timothys Hände weg und drückte die Waffe genau in seine Wunde.

»Es ist aber die Wahrheit!«, schrie Timothy und erlitt fürchterliche Qualen.

Roger zögerte, versuchte mit geschultem Auge zu erkennen, ob Timothy log, doch er schien tatsächlich die Wahrheit zu sagen. So erlöste er Timothy von seiner Folter. »Gut. Erzähl weiter. Um was für eine Operation handelt es sich dabei?«

Timothy brauchte eine Weile zum Antworten, seine Schmerzen lähmten ihn.

»Unser Auftrag besteht darin, die Erde zu infiltrieren und die Menschheit gegeneinander aufzuhetzen.«

»Was für ein Bullshit! Und du bist dann also ein Außerirdischer. Nee, ist klar.«

»Ich sagte ja, dass du mir nicht glauben würdest«, fühlte sich Timothy bestätigt. »Hast du überhaupt in letzter Zeit mal Nachrichten geschaut? Euer Planet steht kurz vor einem neuen Weltkrieg.«

»Und du behauptest, das war eurer Werk?«

»Ja.«

»So ein Schwachsinn. Als ob zwei Menschen«, er korrigierte sich selbst, »Außerirdische das schaffen könnten.«

»Wir sind nicht nur zu zweit. Wir sind Tausende, verteilt über den ganzen Globus, vertreten in allen wichtigen Ämtern der Wirtschaft, Politik und des Militärs. So war es uns möglich, euch im Laufe der Jahre gegeneinander auszuspielen.«

»Mit welchem Zweck?«

»Sobald ihr euch ausreichend durch einen großen Krieg geschwächt habt, können wir euren Planeten mit Leichtigkeit erobern.«

»Viel Spaß dabei«, spottete Roger, »falls es wirklich zu einem dritten Weltkrieg kommen sollte, wird nach ihm nichts mehr von diesem Planeten übrig sein, was sich lohnen würde zu erobern.«

»Deshalb haben wir ja auch eurer Militär infiltriert. Wir werden schon dafür Sorge tragen, dass keine nuklearen oder biologischen Waffen abgefeuert werden. Alles ermöglicht durch unsere endogene Vorgehensweise.«

»Oh, ein umweltfreundliches Welterobern. Ihr habt aber auch an alles gedacht«, merkte er sarkastisch an.

»Wir haben aus den Fehlern unserer Vorfahren gelernt.«

»Aber warum das alles? Ist euch eurer Planet nicht groß genug? Ist es die Gier nach mehr?«

»Nein. So mögen unsere Vorfahren gewesen sein, aber nicht wir. Unser Planet ist wegen ihnen dem

Tode geweiht. Wir brauchen dringend neuen Lebensraum. Und so suchten wir verzweifelt das All nach einem bewohnbaren Planeten ab. Wir suchten Jahrzehnte lang. Wir waren schon im Begriff aufzugeben, bis wir schließlich eines Tages euren Planeten fanden. Es war wie ein Sechser im Lotto, noch nie hatten wir andere Lebensformen entdecken können, wir dachten schon, wir seien alleine im Universum. Es ist jetzt zwölf Jahre her ...«

KAPITEL 26

OPERATION ENDOGEN

Zwölf Jahre zuvor. Wir schreiben das Jahr 2002.

Timothy betrat den Konferenzraum, in dem sich der Präsident mit den anderen Führungskräften befand. Sie saßen um einen großen Tisch mit abgerundeten Ecken.

»Herr Präsident«, grüßte Timothy und salutierte, »Sie haben mich rufen lassen?«

»Sehr wohl. Nehmen Sie sich einen Stuhl von da vorne und setzten Sie sich zu uns!« Timothy tat, was ihm gesagt wurde, währenddessen sprach der Präsident weiter: »Wir haben Ihren Bericht über den fremden Planeten gelesen. Wie nannten die Bewohner ihn noch gleich?«

»Erde.«

»Oh genau. Wie originell, dann heißt unser wohl Sand«, spottete er. »Jedenfalls sind wir uns nun uneinig darüber, wie wir weiter vorgehen sollen. Zwei Möglichkeiten stehen zur Auswahl. Möglichkeit 1: Wir nehmen Kontakt zu den Bewohnern auf und bitten sie um Hilfe. Möglichkeit 2: Wir erklären ihnen den Krieg. Für beides gibt es Argumente, die dafür und dagegen sprechen.«

»Das ist ja alles schön und gut. Aber was habe ich damit zu tun?«, fragte Timothy verwirrt.

»Sie sind der Einzige, der auf der Erde war und sich persönlich von ihr ein Bild machen konnte. Von ihrer militärischen Streitmacht und den Bewohnern im allgemeinen. Von daher haben wir uns dazu entschlossen, Ihre Meinung in unsere Entscheidung mit einfließen zu lassen.«

»Entschuldigen Sie. Der Einzige? Was ist mit Rekan und Merta? Sie waren mit mir dort.«

»Ach, Sie wissen wohl noch nichts davon?«, fragte der Präsident überrascht. »Es tut mir Leid, aber sie sind vor ein paar Tagen beide an Tenus gestorben. Anscheinend waren sie schon vor einer Weile daran erkrankt und hatten es verschwiegen. So konnten wir nicht mehr viel für sie tun.«

Rekan und Merta waren nicht nur Kameraden von Timothy gewesen, sondern auch gute Freunde. So traf ihn diese Nachricht schwer.

Tenus war eine weit verbreitete Krankheit bei den Alienus, die als unheilbar galt. Ähnlich wie Aids. Es gab zwar Medikamente, die den Fortschritt der Krankheit verlangsamen konnten, doch nicht vollkommen aufhalten.

Außerdem waren diese extrem teuer. Ein Job beim Militär zählte bei den Alienus zwar zu den mit Abstand am besten bezahlten Jobs, doch reichte selbst dort das Gehalt nicht aus, um sich eine Behandlung ohne starke wirtschaftliche Einbußen leisten zu können.

Timothy vermutete, dass sie es deshalb verschwiegen hatten, um ihre Familien nicht in den finanziellen Ruin zu treiben und fragte sich, ob er genau so gehandelt hätte.

»Ich verstehe das, wenn Sie jetzt trauern. Doch Sie müssen sich jetzt zunächst auf Wichtigeres konzentrieren. Welche der beiden Möglichkeiten halten Sie für die bessere. Verhandlungen oder Krieg?«

Timothy überlegte eine Weile. Alle Augen waren auf ihn gerichtet.

»Nun ja. Hinsichtlich der Tatsache, dass sich die Bewohner noch nicht einmal auf eine Universalsprache einigen konnten, geschweige denn in der Lage sind, eine gemeinsame Regierung auf die Beine zu stellen, bin ich der Auffassung, dass sie mit uns nicht verhandeln werden. Zumindest nicht auf fairer Basis. Sie werden unsere schwierige Lage mit ziemlicher Sicherheit schamlos ausnutzen und uns versuchen zu unterwerfen«, er schnaubte kurz. »Es ist schon erschreckend zu sehen, wie sehr sie unseren Vorfahren ähneln. So primitiv. Mit ihrem schönen Motto ‚In Vielfalt geeint‘, vertuschen sie in Wahrheit nur ihre Einfältigkeit und Kompromisslosigkeit sich gemeinsam auf etwas zu einigen und auch mal zurückzustecken, zu Gunsten des größeren, gemeinsamen. Wie ein Blick in unsere Geschichtsbücher. Von daher tendiere ich eher zum Krieg.«

»Genau meine Meinung!«, rief der Militärführer euphorisch.

»Das war so abzusehen«, schimpfte der Religionsführer. »Die Militärs halten natürlich zusammen. Das ist doch völliger Wahnsinn. Wie viele Soldaten haben wir? 3000, 4000?«

»90374, einschließlich Reservisten«, antwortete der Militärführer stolz.

»Großartig«, sagte der Religionsführer ironisch, »und wie viele hat unser potentieller Feind?«

»Laut den Unterlagen etwa 2,5 Milliarden«, antwortete er sachlich.

»Und Sie sprechen von Krieg«, spottete er.

»Ich äußere ebenfalls Bedenken, Herr Präsident«, erklärte der Wirtschaftsführer, »unsere gesamten Ölreserven reichen bei einer so großen Truppenbewegung und Entfernung gerade einmal für den Hinflug. Entscheiden wir also nicht direkt mit dem ersten Angriff den Krieg für uns, ist ein Rückzug und eine neue Formierung vollkommen ausgeschlossen. Das Öl und unsere Soldaten wären verloren.«

»Sie lassen außer Acht, dass sie keine Weltregierung haben. Jeder kocht dort sein eigenes Süppchen. Es handelt sich dabei also nicht um eine geschlossene Streitmacht, sondern um einen riesigen Flickenteppich. Außerdem haben wir den Überraschungseffekt auf unserer Seite.«

»Dem kann ich zustimmen«, merkte der Wissenschaftsführer an, »Die Erdbevölkerung ist nicht auf einen Angriff aus dem All vorbereitet. Sie sind uns technologisch zwar weitestgehend gleich auf, doch in Sachen Raumfahrttechnik hinken sie weit zurück. Da sie über keine Kampfraumschiffe verfügen, könnten wir sie relativ gefahrlos aus dem All heraus mit unseren Flaggschiffen bombardieren.«

»Genau«, stimmte der Militärführer zu. »Zudem sind ihre Ölvorkommen nicht gleichmäßig verteilt.« Er stand auf, ging zu einer Karte der Erde und zeigte mit einem Stab auf eine Region. »Beherrschen wir nur diesen kleinen Teil der Erde, wären bereits circa 40% ihrer Vorkommen unter unserer Kontrolle. Ein Sieg ist demnach nicht so abwegig wie er im ersten Moment klingen mag, wenn man sich unsere zahlenmäßige Unterlegenheit ansieht. Wir könnten also unsere Truppen auf wenige Orte verteilt bündeln. Das ganze kann aber nur gelingen, wenn wir blitzartig und überraschend angreifen. Nehmen wir vorher Verhandlungen mit ihnen auf, ist unsere stärkste Waffe, der Überraschungseffekt, verloren und eine solche Chance bekommen wir kein zweites Mal.«

»Richtig«, stimmte der Wissenschaftsführer zu. »Nebenbei. Mit was könnten wir denn verhandeln? Das Einzige, was wir haben, wäre unsere überlegene Raumfahrttechnologie. Tauschen wir diese ein, würden sie in kürzester Zeit nachrüsten und wir wären ihnen von diesem Tag an hoffnungslos ausgeliefert. Das können Sie nicht allen Ernstes wollen.«

»Sollten wir aber scheitern«, mischte sich der Wirtschaftsführer ein, »wäre es unser sofortiges Ende. Wir könnten uns von einem solchen Schlag nicht erholen.«

Der Präsident grübelte. Es war keine leichte Entscheidung. Die Risiken waren bei beiden Varianten sehr hoch. Zu hoch.

»Wenn ich noch etwas dazu sagen dürfte«, bat Timothy.

»Sicher. Dafür sind Sie hier«, willigte der Präsident ein.

»Wir sind bereits dem Tode geweiht, falls wir nichts unternehmen sollten. Was haben wir also zu verlieren, wo wir wissen, dass wir bereits verloren haben? Wir können daher nur gewinnen. Wir waren einst genau so viele wie sie, sogar noch ein wenig mehr und seht, was aus uns geworden ist, wie viele von uns noch übrig sind. Dutzende Bürger leiden an Hunger und Krankheiten. Ich habe selbst eine schwer kranke Tochter. Ich möchte, dass sie wieder gesund wird, eine Zukunft hat.« Als Timothy das sagte, wurde der Präsident besonders aufmerksam. »Doch auf diesen Planeten ist das nicht mehr möglich. Wir sollten uns daher für die Variante entscheiden, die erfolgsversprechender ist, eine, bei der wir nicht auf die Willkür anderer angewiesen sind. Das ist eindeutig die militärische Lösung. Ich war dort und habe bereits in dieser kurzen Zeit miterleben müssen, wie habgierig und egoistisch diese Bewohner sind. Wie sie sich gegenseitig ausbeuten. Ich bin Realist. Sie werden uns nicht helfen. Sie werden uns nicht aufnehmen. Wenn wir mit ihnen verhandeln, wird sich nichts an unserer Lage verbessern, es wird höchstens noch schlimmer werden. Ich bin kein Kriegstreiber, aber es ist in diesem Fall die einzige plausible Lösung.«

»Ich hatte auch eine Tochter. Sie ist vor einem halben Jahr an Tenus gestorben«, sprach der Präsident. Die Gruppe schwieg. »Also gut. Lösen wir es demokratisch. Alle, die für Verhandlungen sind, heben jetzt die Hand.« Der Wissenschafts- und Religionsführer hoben ihre Hände. »Und wer ist für eine militärische Lösung?« Alle anderen einschließlich des Präsidenten hoben ihre Hände. »Damit steht es fest. Wir befinden uns ab sofort im Kriegszustand mit der Erde«, er richtete sich an den Militärführer. »Bereiten Sie bitte alles Nötige für einen Angriff vor«, dann stand er auf und richtete sich wieder an alle. »Guten Tag, meine Herren«, er verließ den Raum.

Die Konferenz löste sich auf. Der Militärführer stand auf und legte seine Hand auf Timothys Schulter.

»Das haben Sie hervorragend gemacht, Soldat. Ihr Land schuldet Ihnen etwas. Sie werden Ihre Entscheidung sicher nicht bereuen. Jetzt haben alle wieder eine Zukunft«, er ging aus dem Raum.

Ich hoffe es, dachte sich Timothy.

Einige Wochen später.

Timothy betrat seine Wohnung. Seine Frau kam ihm entgegen. Sie sah etwas betrübt aus.

»Hi, Schatz. Alles klar bei dir?«, er küsste sie zärtlich. »Wie geht es unserer Kleinen?«

Ihr kamen die Tränen. »Ihr Zustand ist kritischer geworden. Der Doktor musste ihre tägliche Dosis erhöhen.«

Er nahm seine Frau behutsam in den Arm.

»Hey, dass wird schon wieder. Jetzt, wo wir die Erde entdeckt haben, ist es nur noch eine Frage der Zeit, bis wir aus diesem Drecksloch hier raus kommen, dann wird sich ihr Zustand automatisch bessern. Die Ärzte werden wieder die nötigen Rohstoffe haben, um vernünftige Medizin herstellen zu können. Stell dir vor, dort gibt es Ozeane, Bäume und sogar Blumen. Wie konnte ich nur so vergesslich sein«, ärgerte sich Timothy, »ich hatte dir noch etwas von der Erde mitgebracht.« Geschwind verschwand er in sein Arbeitszimmer und kam kurze Zeit später mit einem kleinen Buch wieder. Er öffnete es vorsichtig. Zwischen den Seiten steckte eine getrocknete Rosenblüte. Stolz übergab er die Blüte seiner

Frau. Sie war ganz entzückt von ihrer Schönheit. Sie hatte noch nie eine echte Blume gesehen.

»Moment, ich hab da eine Idee«, er ging in die Küche und kam mit einer Stecknadel wieder, nahm die Rose und steckte sie seiner Frau ins Haar. Dann geleitete er sie zum Spiegel in den Flur. Seine Frau lächelte. Die Blüte harmonierte perfekt mit ihrer Frisur.

»Bezaubernd«, sagte Timothy. »Und wo das her kommt gibt es noch viel mehr.«

Das ganze machte seine Frau zuversichtlicher.

»Vertrau mir, bald wird alles besser.«

Er gab ihr nochmal einen Kuss und betrat das Zimmer seiner Tochter. Sie lag in einem kleinen Bett und schien zu schlafen. Er setzte sich auf den Bettrand und streichelte ihr über die Wange.

Sie öffnete ihre Augen.

»Papa?«, fragte sie schwach.

»Ich bin hier, mein Schatz.«

Sie lächelte und fing stark an zu husten. Er hielt ihre Hand.

»Es tut wieder so weh.«

»Einen Moment.« Zügig verließ er den Raum und kam kurze Zeit später mit einem Glas Wasser und einer Tablette wieder.

»Hier, nimm das.« Sie war erst sechs, doch zierte sich nicht, sie zu nehmen. Sie war bereits daran gewöhnt. »Keine Sorge, meine kleine Prinzessin. Es ist alles in Ordnung. Der Arzt sagte sogar, dass du bald wieder draußen mit deinen Freunden spielen kannst.«

»Wirklich?«, strahlte sie und wurde abermals vom Husten geschüttelt.

»Ja«, antwortete er und vermied dabei direkten Augenkontakt. »Aber schlafe jetzt ein wenig.«

»Okay, Papi. Ich hab dich lieb.«

»Ich dich auch«, er gab ihr noch einen Kuss auf die Stirn und öffnete die Tür. Er drehte sich noch einmal um und schaute besorgt. Sie sah so friedlich aus, wenn sie schlief, doch er wusste, dass sie große Schmerzen hatte. Nun schloss er sie vorsichtig.

Im Flur hörte er jemanden weinen. Es kam aus dem gegenüberliegenden Zimmer. Als er die Tür öffnete, verstummte es schlagartig.

Die Nachttischlampe brannte noch. Hektisch drehte sich Tremor mit dem Rücken zur Türe, und wischte mit der einen Hand seine Tränen aus dem Gesicht. Mit der anderen Hand umklammerte er fest sein Lieblingsplüschtier.

»Hey, was ist denn los?«, fragte Timothy und ging zu seinem Sohn.

»Gar nichts«, schoss es aus ihm heraus.

»Sieh mal«, erklärte er, »Es ist keine Schande zu weinen. Dazu gehört tatsächlich sehr viel Mut. Auch ich weine manchmal.«

»Wirklich?«, horchte Tremor auf. Er schwieg eine Weile, dann fuhr er zögerlich fort: »Seitdem ich in der Schule von meinem Traum erzählt habe, hänseln mich meine Mitschüler«, gestand er schließlich. »Sie sagen, ich sei verrückt, so etwas wie das Meer gäbe es gar nicht.«

»Und ob es das gibt. Ich habe es doch mit eigenen Augen gesehen. Nur ist es eben nicht hier. Es ist auf einem anderen Planeten. Eines Tages werden wir alle dorthin ziehen. Es wird noch eine Weile dauern, doch der Tag wird kommen, das verspreche ich dir. Dann werde ich uns ein kleines Schiff kaufen und wir segeln über die Ozeane. Was meinst du, was deine Klassenkameraden dann eifersüchtig auf dich sein werden.«

»Ja«, grinste er, »das wäre der Wahnsinn!«

»Und bis es so weit ist, lass sie einfach reden. Du weißt doch, wer zuletzt lacht, lacht am besten. Du weißt, dass du Recht hast.«

Tremor nickte.

»So. Und jetzt leg dich schlafen. Gute Nacht, mein Junge.«

»Gute Nacht, Papa.«

Timothy löschte das Licht der Nachttischlampe und ging zurück zu seiner Frau. Sie lag bereits im Bett. Er legte sich zu ihr.

»Morgen ist es so weit«, sagte sie.

»Ja.«

»Ich möchte nicht, dass du gehst.«

»Diese Frage stellt sich leider nicht. Ich muss. Wir brauchen jeden verfügbaren Mann, wenn es gelingen soll.«

»Aber das ist doch absoluter Wahnsinn!«, schrie sie auf. »Man sagt, dass wir zahlenmäßig eins zu 28000 unterlegen sind. Das ist doch ein reines Selbstmordkommando.«

»Eins zu 27662,8«, korrigierte Timothy lächelnd, seine Frau fand es gar nicht lustig. »Wir haben zumindest den Überraschungseffekt auf unserer Seite. Außerdem verfügt die Erde über keine geschlossene Armee. Sie arbeiten nur bedingt zusammen, wir werden sie total überrumpeln.«

»Und was ist, wenn nicht? Was ist, wenn der Angriff scheitert?«, fragte seine Frau besorgt. »Du hast mir selbst erzählt, dass ihr nicht genügend Treibstoff habt um zurückzufliegen«, sie kämpfte mit den Tränen. »Ich möchte nicht, dass du stirbst.«

Timothy bekam ein schlechtes Gewissen. Was sollte er nur dazu sagen? Was hatte er denn für eine andere Wahl? Plötzlich schwenkte ihre Stimmung von Angst in Wut. »Denk doch mal an die Kinder! Sollen Sie etwa ohne Vater aufwachsen?«

Das ließ er nicht auf sich sitzen. »Was meinst du, was ich die ganze Zeit tue? Warum ich zum Militär ging? Das tat ich für euch! Es ist nun einmal die einzige Chance, die wir haben. Wenn wir nicht kämpfen, dann wird es uns in ein paar Jahrzehnten nicht mehr geben. Das hier ist nicht mein Kampf, es ist unser Kampf. Ich kämpfe dafür, dass unsere Tochter wieder gesund wird, dass unser Sohn zur See fahren kann. Das wir alle eine gemeinsame Zukunft haben können. Da ist der Krieg nun einmal unausweichlich.«

»Ich meine doch nur ... Vielleicht gibt es noch eine andere Lösung. Warum verhandelt ihr nicht einfach mit ihnen?«

»Als ob sie mit sich verhandeln lassen würden. Die sind doch genau so wie unsere Ahnen. Du weißt doch selbst, was sie uns eingebrockt haben. Krieg ist die einzige Lösung.«

»Du sprichst genau so wie sie«, spottete sie.

Timothy erschrak. Sie hatte vollkommen Recht. Verzweifelt stand er auf und ging in sein Arbeitszimmer. Er setzte sich auf seinen Schreibtischstuhl und rieb sich mit einer Hand durchs Gesicht. Was könnte man nur tun, um einen Feind zu besiegen, der zahlenmäßig so dermaßen überlegen ist, ohne ein großartiges Risiko einzugehen, fragte er sich nachdenklich.

Plötzlich quiekte es. Es kam aus dem kleinen Terrarium, das schräg gegenüber im Schrank stand. Es waren Tata und Mata, seine Haustiere.

Es war eine Tierart, die es auf der Erde nicht gab. Sie hatten einen ähnlichen Körper wie Meerschweinchen, doch Augen so groß und rund wie eine Zwei-Euro-Münze. Außerdem hatten sie fledermausartige Ohren, kleine Reißzähne und scharfe Krallen. Es waren Fleischfresser.

Sie schauten Timothy mit ihren großen, funkelnden Kulleraugen an und bettelten. Er konnte nicht widerstehen und warf ihnen ein Stück Pökelfleisch ins Terrarium. Er setzte sich wieder hin und grübelte weiter, als er kurze Zeit darauf erneut aus seinen Gedanken gerissen wurde.

Abermals waren es Tata und Mata, die sich aggressiv um das Pökelfleisch stritten. Bösartig fauchten sie sich an, bissen und kratzten sich.

»Hey, hey! Spinnt ihr? Auseinander!«, rief Timothy, doch es nützte nichts. Sowie er ein zweites Stück Pökelfleisch hineinwarf, beruhigten sich die Gemüter schnell wieder. Friedlich speisten sie schmatzend nebeneinander. Da fiel es Timothy wie Schuppen von den Augen. Das war genau die Lösung, wonach er gesucht hatte.

Seine Frau betrat wehmütig das Zimmer.

»Es tut mir leid. Ich ...«

Doch Timothy hörte ihr nicht zu. Fröhlich lief er zu ihr, hob sie hoch und wirbelte sie im Kreis.

»Ich liebe dich!«, rief er zufrieden.

Seine Frau hatte keinen blassen Schimmer, was mit ihm los war, doch sie freute sich darüber, dass er glücklich zu sein schien.

»Ähm ... ich liebe dich auch«, antwortete sie verirrt und lachte. Sie küssten sich. Die meerschweinchenartigen Wesen verdrehten ihre Augen.

Am nächsten Morgen machte sich Timothy auf zum Militärführer. Er befand sich in einem der Hangars. Es herrschte große Aufregung. Hunderte Soldaten und Ingenieure rannten kreuz und quer, letzte Wartungsarbeiten wurden durchgeführt, einige marschierten bereits in große Kampfraumschiffe.

»Hop! Hop! Hop! Das muss schneller gehen!«, schrie der Militärführer in einem rauen Ton.

»Herr Oberbefehlshaber! Herr Oberbefehlshaber!«, rief Timothy und kam keuchend auf ihn zugelaufen. Er sah alles andere als frisch aus, er hatte die ganze Nacht kein Auge zugetan. »Ich muss mit Ihnen dringend sprechen.«

»Ach, Sie sind es. Sollten Sie nicht bei Ihrer Einheit sein?«

»Bitte, Sir. Es ist wirklich dringend«, er zeigte ihm eine Mappe. Der Militärführer überflog sie und hörte sich an, was Timothy zu sagen hatte. Er wurde ganz angetan von Timothys Plänen. Gemeinsam verließen sie den Hangar und suchten den Präsidenten auf.

Erneut klopfte es.

»Herr Präsident, bitte, es ist wirklich dringend!«, rief die Leibwache von draußen.

»Ja, ja, ich komme schon«, antwortete der Präsident mürrisch.

Er öffnete die Badezimmertüre. Er trug nur einen Bademantel und hatte noch Schaum im Haar. Er schaute den Soldaten genervt an.

»Was gibt es denn so Dringendes? Hier kann man auch noch nicht einmal in Ruhe ein Bad nehmen!«, schimpfte er. Eingeschüchtert schaute die Leibwache an ihm vorbei. Der Präsident drehte sich um und erspähte den Militärführer und Timothy. Sie grüßten ihn und salutierten.

»Ich bitte vielmals um Entschuldigung, Herr Präsident, aber es ist wirklich unerlässlich«, sprach der Militärführer. »Dieser Soldat hier dürfte Ihnen noch bekannt sein. Er ist derjenige, der auf der Erde war.«

»Ja, und weiter?«, drängelte er.

»Er hat einen simplen, aber wie ich zugeben muss, genialen Plan ausgearbeitet, wie wir die Erde erobern könnten, ohne großartige Risiken eingehen zu müssen.«

»So? Ich bin ganz Ohr«, er schaute Timothy erwartungsvoll an.

»Sehen Sie, Herr Präsident«, Timothy zeigte ihm die Mappe. »Ich hatte mir die ganze Zeit den Kopf darüber zerbrochen, ob es nicht auch eine Alternative zum Krieg geben könnte, abgesehen von Verhandlungen, bis mir ein Licht aufging. Der größte Schwachpunkt der Menschen ist ihr künstlicher Hass. Sie reden sich ein, es gäbe verschiedene Rassen, was einer der Grunde dafür ist, warum es bis heute keine Einigkeit auf ihrem Planeten gibt. Diese Uneinigkeit können wir leicht zu unserem Vorteil nutzen. Das einzige, was wir dafür tun müssen, ist, die einzelnen Länder gegeneinander auszuspielen. Durch verschiedene Sprachen und Religionen haben sie bereits ein gewisses Misstrauen gegeneinander, teilweise sogar künstlichen Hass, verursacht durch Unwissenheit und der damit verbundenen Angst. Da alle Länder größtenteils abhängig voneinander sind, ist ein fairer Welthandel unabdingbar, um den Frieden zu bewahren. Vor allem Öl ist ein knappes Gut, welches aber nur ungleichmäßig auf dem Planeten vorkommt. Würden wir nun die einzelnen Länder in der Wirtschaft, dem Militär und der Politik infiltrieren, könnten wir sie so weit sabotieren, dass sie sich am Ende gegenseitig auslöschen würden. Wir könnten z.B. die ölreichen Länder dazu bewegen, den Export zeitweise auszusetzen oder es zu absolut inhumanen Preisen zu verkaufen. Dies würde die vom Ölimport abhängigen Länder wirtschaftlich verheerend treffen. Und auch durch religiöse Hetze könnten wir den künstlichen Hass weiter schüren, bis er vollkommen eskaliert. Es gibt da unzählige Möglichkeiten. Das Beste ist jedoch, dass wir dazu vergleichsweise kaum Männer brauchen. 20000 bis 30000 Mann sollten ausreichen, um alle nötigen Schlüsselpositionen besetzen zu können. Sobald sie sich dann gegenseitig militärisch und wirtschaftlich geschwächt haben, schreitet unser Militär ein und gibt dem zurückgebliebenen Haufen Elend den Rest. Das Ganze wird natürlich einige Jahre der Vorbereitung in Anspruch nehmen, doch es wird sich mit Sicherheit auszahlen.«

Der Präsident war zunächst sprachlos. Damit hatte er nicht gerechnet. Dann übermannte ihn seine Freude.

»Das klingt ja fabelhaft!«, strahlte er. »Hiermit befördere ich Sie zum Leiter dieser Operation. Operation ... Endogen.«

»Es wäre mir eine Ehre«, antwortete Timothy überrascht.

»Was?«, rief der Militärführer schockiert. »Aber was ist dann mit mir?«

»Sie bleiben hier. Sobald Sie das Zeichen von den Truppen auf der Erde erhalten, brauche ich jemanden der alle restlichen Mannen mobilisiert und die Großoffensive leitet!«

»Jawohl. Da haben Sie Recht«, er zögerte kurz, dann fuhr er fort. »Ich habe da noch eine Kleinigkeit, die ich diesem Unterfangen beisteuern kann. Ich wusste gleich, dass sich diese Spezialeinheit irgendwann bezahlt machen würde«, er nickte einem Soldaten zu, der an der Türe stand, welcher daraufhin den Raum verließ.

»Wovon reden Sie da?«, wunderte sich der Präsident. »Was für eine Spezialeinheit, warum weiß ich nichts davon?«

»Es handelt sich hierbei um ein Geheimprojekt des Militärs. Nur eine Handvoll wissen davon. Ich entschuldige mich zutiefst, dass ich Sie nicht darüber aufgeklärt hatte.«

Noch bevor der Präsident etwas dazu sagen konnte, kam der Soldat mit einer Handvoll Kindern wieder. Unter ihnen waren auch Gregor und Kevin.

»Kinder?«, fragte Timothy entsetzt.

286

»Keine gewöhnlichen Kinder«, erläuterte der Militärführer stolz. »Es sind Elitesoldaten. Trotz ihres jungen Alters, oder gerade deswegen, sind sie die perfekten Spione. Einen Feind auszuschalten ist gut, doch ihn auszuspionieren noch besser. So ist man ihm immer einen Schritt voraus. Wer würde schon etwas Böses in den Augen dieser Gesichter erkennen? Es ist wie die Bekämpfung von Unkraut. Schneidet man es ab, kommt es immer wieder nach. Will man es loswerden, muss man die Wurzel zerstören. Diese Soldaten werden uns die Möglichkeit dazu geben.«

Timothy war von der Idee angeekelt. Allein der Gedanke, seine Kinder könnten zu solchen Taten missbraucht werden, fand er fürchterlich, doch der Präsident zeigte sich interessiert.

»Woher haben Sie diese Kinder?«

»Es sind Waisenkinder. Sie vermisst keiner.«

»Sie sind so abartig!«, brüllte Timothy. »Ob Waisenkinder oder nicht, es sind immer noch Kinder!«

»Ach, werden Sie jetzt bloß nicht sentimental«, antwortete der Militärführer verständnislos. »Im Krieg ist alles erlaubt.«

»Da muss ich ihm leider Recht geben. Es steht viel zu viel auf dem Spiel, um jetzt über Moral zu diskutieren. Aber verraten Sie mir, wie stellen wir das an? Warum sollten Führungskräfte sie an sich ran lassen?«

»Es wird sicherlich nicht bei allen klappen, aber bei vielen. Es macht sich als Person in der Öffentlichkeit immer gut, ein Kind zu adoptieren. Das verbessert den Ruf und je besser der Ruf, desto mehr Aufträge bekommt man und mehr Aufträge bringen mehr Geld ein. Wo wir beim eigentlichen Grund für die Adoption sind. Geld.«

»Ausgezeichnet. Dann mal an die Arbeit. Wegtreten!«

Der Militärführer und Timothy salutierten erneut und verließen den Raum. Timothy wollte es nicht wahrhaben, doch was sollte er schon dagegen machen? Der Präsident ging zurück ins Badezimmer und schloss die Tür hinter sich.

»Entschuldigung, dass ich dich habe warten lassen«, er zog ein Quietscheentchen aus seiner Bademanteltasche, drückte es und schmiss sich pfeifend ins Badewannenwasser.

KAPITEL 27

EIN SCHWERER ABSCHIED

Zwölf Jahre später, im Industriegebiet von Jamestown. Wir schreiben das Jahr 2014.

»Was ist mit Jayden? Ist er einer von euch?«, fragte Roger.

»Nein«, antwortete Timothy, »er ist ein Mitglied der Résistance.«

»Die Résistance? Wer ist das schon wieder?«

»Unsere Ankunft auf der Erde verlief nicht reibungslos. Wir wurden stellenweise entdeckt. Nachdem man ihnen keinen Glauben schenkte, haben sie sich später zusammengeschlossen und eine Organisation gegründet, die uns seither bekämpfen.«

Roger ging ein Licht auf. »Die Mitgliederliste ... dieser Motorradclub, waren das etwa alles ...«

»Mitglieder der Résistance«, kam ihm Timothy zuvor. »Sie sind leider nicht auf den Kopf gefallen. Sie haben ihre Organisation in hunderte kleine Abteilungen aufgeteilt, welche vollkommen unabhängig voneinander operieren können. So ist es für uns viel schwerer, sie ausfindig zu machen. Fliegt eine Abteilung auf, bleiben die anderen sicher.« Langsam machte alles Sinn für Roger. »Prinzipiell stellte die

Résistance nie eine ernstzunehmende Bedrohung für uns dar, da sie keine Beweise hatten. Und jene, die es trotzdem versuchten, wurden für verrückt erklärt. Doch dann bekamen sie einen unserer I-35 in die Hände.«

»Den blauen Kristall?«

»Genau. Es gibt nicht nur einen. Bei den blauen Kristallen handelt es sich um eine weit fortgeschrittene Waffentechnologie. Darüber hinaus dienen sie auch als Datenspeicher und Kommunikationsgeräte. Mit der Hilfe einer unserer I-35 hätten sie problemlos unsere Existenz nachweisen können.«

»Und so begann die Mordserie von Jamestown. Ihr habt ein Mitglied der Résistance nach dem anderen beseitigt, um euch das I-35 zurückzuholen.«

»Wir wussten nicht, wer von ihnen es versteckt hielt, so mussten wir chronologisch vorgehen. Es war auch nicht das erste Mal, dass so etwas vorgekommen war. Bisher konnten wir sie uns immer rechtzeitig zurückholen.«

»Und die Tatwaffe war immer ein I-35.«

»Ja. Das I-35 wurde für verdeckte Operationen entwickelt. Es tötet seine Opfer lautlos und ohne Spuren zu hinterlassen.«

»Was ist mit Frank? Er war doch kein Résistance Mitglied, oder?«

»Wir sahen ihn aus dem Gebäude, in dem die Motorradmesse stattgefunden hatte, kommen. Während sich Gregor um den Veranstalter kümmerte, heftete ich mich an Frank, um herauszufinden ob und was er wusste. Er führte mich zu Jayden Parker. Leider weihte dieser ihn in alles ein. Zudem fand ich schließlich heraus, dass es Parker war, der das I-35 versteckt hielt.

Er demonstrierte ihm die Waffe anhand seines Hundes und Frank schoss begeistert mit seinem Handy Fotos davon. Er fuhr in die Autopsie und verglich die Muster der Verbrennungen, welcher das I-35 zurück ließ, mit denen der Opfer. Sie waren natürlich identisch.«

»Und deshalb hast du ihn getötet ...«

»Natürlich holten wir uns das I-35 von Parker zurück, doch Frank war nun eingeweiht und da waren ja auch noch die Fotos auf seinem Handy. Ich hatte keine andere Wahl.«

»Ihr verdammten Schweine!«, brüllte Roger und legte die Pistole an.

»Es tut mir ja leid!«, sagte er hektisch. »Ich mochte Frank, ich wollte ihn nicht töten, wirklich! Aber er wusste einfach zu viel! Er wurde zu einem zu großen Risiko! Versteh das doch! Bitte, ich habe eine Frau und zwei Kinder, sie brauchen mich!«, flehte er.

Roger ließ von ihm ab. »Du hast Recht. Es war nichts Persönliches.« Timothy atmete auf, da wurde Roger wieder ernst. »Aber du weißt zu viel!«, und schoss ihm ins Herz.

Während Timothy mit jedem Atemzug schwächer wurde und sein Leben langsam zu Ende ging, konnte er nur noch an eines denken ...

Zwölf Jahre zuvor. Wir schreiben das Jahr 2002.

Timothy umarmte seine Tochter.

»Wo gehst du denn hin, Papi?«, fragte sie.

»Auf eine lange Reise.«

»Wann kommst du wieder?«, fragte Tremor aufgeregt.

»Das kann ich noch nicht genau sagen, mein Junge. Es wird vermutlich ein paar Jahre dauern. Aber dann hole ich euch nach und wir werden zusammen segeln gehen. Was haltet ihr davon?«

»Au ja!«, rief Tremor euphorisch, auch seine Schwester war begeistert, wenn auch nicht wegen des Segelns.

Timothy hockte sich vor seinen Sohn. »Und während ich weg bin, bist du der Mann im Haus und passt auf deine kleine Schwester und deine Mutter auf.« Tremor nickte. Dann zog Timothy etwas aus seiner Jacke und gab es Tremor. Es war ein Amulett. »Hier. Das gehörte deinem Großvater. Er hat es immer bei sich getragen, als er noch zur See fuhr. Es war so etwas wie ein Glücksbringer für ihn. Jetzt soll er dir gehören.«

Tremor war total überwältigt. Ihm fehlten die Worte. Dankend umarmte er seinen Vater und hielt ihn ganz fest. Nun schaute Timothy hoch zu seiner Frau. Er ging zu ihr und nahm sie in die Arme.

»Keine Sorge«, flüsterte er ihr ins Ohr, »ich komme wieder. Versprochen.«

»Ich liebe dich.«

»Ich liebe dich auch.«

Sie küssten sich ein letztes Mal, dabei lief ihr eine Träne über die Wange. Langsam ging Timothy zur Türe und drehte sich noch einmal um.

»Ich komme bald wieder, versprochen. Und passt mir gut auf eure Mutter auf.«

Nun schaute er seiner Frau noch einmal tief in die Augen. Beide wussten, dass es vermutlich das letzte Mal sein würde.

Zwölf Jahre später, im Industriegebiet von Jamestown. Wir schreiben das Jahr 2014.

Timothy sammelte noch einmal seine letzte Kraft.
»Es tut mir leid.«
Roger nahm ihn und warf ihn in sein nasses Grab.

Zwei Monate später.

Roger und Kathy kamen am Konferenzgebäude an.
»Jetzt stellt sich nur die Frage, wie wir dort hinein kommen.«
Kathy nahm seine Hand. »Komm mit. Ich kenne einen Weg.« Sie rannten los.

Brian und ein Kollege befanden sich in einem Umkleideraum im Konferenzgebäude und schauten Ärzten dabei zu, wie sie die Leichname von George Kabaschko und Tim Boltimore für den Abtransport vorbereiteten.
»Ich verstehe das nicht«, sagte Brian. »Ich könnte schwören, dass ich die beiden noch irgendwo lebend gesehen habe, nachdem Kathy bereits abgeführt wurde. Wie soll sie diese dann ermordet haben?«
»Was fragst du mich?«, antwortete sein Kollege. »Ich befolge nur Befehle.«
Das war nicht die Antwort, die sich Brian erhoffte.
»Ich geh mal kurz frische Luft schnappen«, teilte er unzufrieden mit und verließ den Raum, als er plötzlich Roger und Kathy Hand in Hand in Richtung des Konferenzsaals laufen sah. »Diese Hure!«, fluchte er. »Und sie betrügt mich doch! Na die kann was erleben!« Er nahm die Verfolgung auf.

Währenddessen betraten Roger und Kathy den Saal und liefen weiter Richtung Rednerpult.

Im Saal herrschte ein großes Chaos. Das Sicherheitspersonal, welches eigentlich die Tür bewachen sollte, war damit beschäftigt, einige Politiker ruhigzustellen, die ihre Beherrschung vollkommen verloren hatten und gegenüber anderen handgreiflich geworden waren.

Papierkugel und Kugelschreiber flogen umher, teilweise sogar Stühle. Wilde Beschimpfungen in den verschiedensten Sprachen waren auf der Tagesordnung. Dies kam Roger und Kathy nur zu Gute. Niemand interessierte sich für die Eindringlinge.

»Bitte, bitte meine Damen und Herren. Hören Sie mit diesem Kindertheater auf. Wir sind doch zivilisierte Bürger«, verzweifelte der Redner.

Schließlich schafften es die beiden zum Rednerpult. Der Redner hielt seine Hand auf das Mikrofon. »Wer zum Teufel sind Sie denn? Wie kommen Sie hier herein?«

»Ich bitte Sie, Sir. Lassen Sie uns ans Pult. Es ist unheimlich wichtig«, beteuerte Kathy mit einer freundlichen Stimme.

»Das wäre ja noch schöner!«, spottete er. »Verschwinden Sie auf der Stelle, oder ich rufe den Sicherheitsdienst. Wache!«

Das war zu viel des Guten. Brutal wurde er von Roger niedergeschlagen. Kathy erschrak.

»Wir haben keine Zeit für Spielchen. Dann wollen wir mal.«

»Ja«, stimmte sie zögerlich zu.

Roger holte den Kristall aus seiner Tasche, während sich Kathy ans Pult stellte. Wie bedient man das

Ding eigentlich, fragte sich Roger, und drückte darauf herum, doch nichts geschah.

»Entschuldigen Sie bitte«, sprach Kathy leise und schüchtern. »Wir müssen dringend mit Ihnen sprechen.«

Doch die Politiker waren so sehr miteinander beschäftigt, dass sie noch nicht einmal bemerkt hatten, dass der Redner mit etwas Überzeugungsarbeit zu Gunsten eines anderen zurückgetreten war.

»Hallo? Hört mir überhaupt jemand zu?«, fragte Kathy verzweifelt.

»Lass mich mal«, griff Roger ein und schob Kathy bei Seite. »Du hast eine zu zarte Stimme.«

Er hohle einmal tief Luft und wollte gerade losbrüllen, da fiel plötzlich ein Schuss. Irritiert schaute Roger auf seine Brust. Diesmal trug er keine kugelsichere Weste. Das Blut spritzte nur so heraus, die Kugel hatte ihn direkt ins Herz getroffen.

Er sackte zu Boden. Kathy versuchte panisch, die Blutung zu stoppen, doch es gelang ihr nicht. Sie schrie um Hilfe, doch es interessierte nicht mal jene, die es direkt mitbekommen hatten.

Dann entdeckte sie Brian in der Menge. Rauch dampfte noch aus seiner Pistole. Er warf ihr einen wütenden Blick zu und kam zu ihr.

»Was hast du getan?«, schrie Kathy wütend und stürmte auf ihn los. Sie rangelten um die Waffe, als sich unerwartet ein zweiter Schuss löste.

Mit weit aufgerissenen Augen schaute Brian Kathy an, die langsam aus seinen Armen glitt und schließlich auf den harten Boden aufschlug. Er wachte aus seinem Hasszustand auf und starrte entgeistert auf Kathys Körper.

Wie konnte das nur passieren? Das wollte er nicht! Er liebte sie doch!

So langsam sprach sich das Geschehen am Rednerpult herum, doch nahmen dies die Politiker als Anlass, um erst recht aufeinander loszugehen. Weiteres Sicherheitspersonal stürmte in den Saal und versuchte die Ordnung wiederherzustellen, während sich Brian kurzerhand seine Pistole an den Kopf setzte und sich das Leben nahm.

EPILOG

DER ANFANG VOM ENDE

Die folgenden Monate wurden von Morden, Vergewaltigungen und Kriegen geprägt. Während sich Milliarden Menschen sinnlos gegenseitig das Leben nahmen, bemerkte niemand, wie die wahre Bedrohung aus dem All immer näher kam.

Hunderte Kampfraumschiffe traten in unser Sonnensystem ein und hatten den blauen Planeten auf ihrem Schirm. In einem von ihnen saß der mittlerweile einundzwanzigjährige Tremor.

Wie sein Vater Timothy zuvor war auch er in die Armee eingetreten. Er trug das Amulett seines Großvaters um den Hals, welches er von seinem Vater bekommen hatte.

Der Militärführer betrat den Raum, in dem Tremor und hunderte andere Soldaten saßen. Angst suchte man hier vergebens, sehnsüchtig warteten die Soldaten auf ihren Einsatz.

Die meisten von ihnen freuten sich schon darauf, Familienangehörige und Freunde endlich wiederzusehen, von denen sie vor einer halben Ewigkeit getrennt wurden.

»Ankunft auf der Erde in zwei Stunden und drei-zehn Minuten. Bereitet euch gut vor. Das wird kein Spaziergang. Viele von euch werden den morgigen Sonnenaufgang nicht mehr erleben. Doch eure Op-fer werden nicht vergebens sein, werden eure Kin-der und Kindeskinder in einer sauberen und sorglo-sen Welt aufwachsen können ... Euer Anblick erfüllt mich mit Stolz!«

Tremor nahm sein Amulett in die Hand und drück-te es ganz fest.

»Vater. Ich bin bald da. Halte durch.«